I0686050

INCARNATIONS

A Sylvaine, Anouk et Raphaël,
Tour à tour mes piliers et mes remparts,
De toute éternité.

Du même auteur

Aux Editions Les Eclosions Asynchrones

Le retour à Orphalèse, *roman, 2016*

La provende des sibylles, *poèmes, à paraître*

Visitez le site des Eclosions Asynchrones :
http://www.eclosions-editions.com

Sur Facebook :
https://www.facebook.com/LesEclosionsAsynchrones

Sur Twitter : @EclosionsAsync

Philippe Souchet

INCARNATIONS
roman

Prologue

La psychothérapeute avait profité de quelques jours de congés pour remettre sa maison en ordre, et plus particulièrement ses archives professionnelles. Hélas, son effort louable s'était bien vite interrompu, lorsqu'elle était tombée sur une boîte à chaussures remplie de cassettes enregistrées il y avait plus de vingt ans, contenant des entretiens avec des patients depuis longtemps oubliés. Sans réfléchir, elle avait commencé à parcourir les titres inscrits sur les boîtes, essayant de se remémorer le visage de ses interlocuteurs de l'époque. Elle s'était soudain arrêtée sur celle portant la mention « Haziel – cassette n°3 – incarnation ». Des images revinrent immédiatement défiler devant ses yeux. Tout cela paraissait irréel à présent. Mon Dieu, elle n'avait pas entendu sa voix depuis si longtemps ! La tentation était décidément trop forte de se replonger pour un moment dans le passé : lorsqu'elle eût retrouvé son vieux dictaphone au fond d'une autre caisse, elle alla se caler dans son sofa, la boîte à chaussures sur les genoux, et enclencha la lecture de la cassette. Par bonheur, les batteries n'étaient pas à plat, et pour la première fois depuis des années, elle entendit à nouveau la voix de Haziel, avec son petit accent bizarre qui venait d'on ne sait où :

« Cela doit bien faire des centaines, sans doute même des milliers de fois que je viens, et c'est toujours la même impression. On pourrait croire qu'on s'habitue à la longue, mais non. On oublie et on réapprend tout à chaque passage, qu'on fasse le voyage tous les jours ou de siècle en siècle.

Tout commence dans l'inconscience, une chute dans le noir et l'inconnu qui semble durer l'éternité, à mesure que vous vous immergez plus profondément dans l'illusion du temps. Vous vous réveillez brusquement avec une forte envie de vomir – ultime rejet, irrépressible, de la barbarie que l'on vous impose. Vous ouvrez alors les yeux, et vous regrettez d'être venu.

Toujours.

Puis le cœur commence à battre, et le sang se trace un chemin par à-coups dans la chair glacée. Enfin la première goulée d'air vous transperce la poitrine. Le tout dans un silence absolu, le choc étant tellement violent que vous ne pouvez même pas hurler.

Vos cinq sens se réveillent simultanément et votre tête explose. Vous ne savez plus qui vous êtes ni pourquoi vous êtes là, pendant que les joies de la matière vous sautent à la gorge. Il y a les odeurs, bien sûr. Les yeux tout neufs qui brûlent à la lumière et les oreilles qui s'emplissent de la cacophonie du monde. La fraîcheur de l'air sur la peau qui se hérisse, ou la moiteur écœurante de la sueur qui coule dans le dos.

Et puis on s'y fait.

8

Prologue

On se fait à tout, paraît-il.

L'adaptation se fait en quelques minutes, mais ce sont les pires du séjour, celles où vous êtes le plus vulnérable. Vous êtes là, allongé sur le sol, paralysé et complètement nu, et vous attendez de vous rappeler quelle abomination vous avez commise pour être condamné à une telle torture. Il vous faut entre dix et quinze minutes pour retrouver la plénitude de vos moyens et de vos mouvements, c'est pourquoi les lieux de «débarquement» sont choisis avec soin pour vous assurer une certaine tranquillité. Malgré tout, il faut souvent faire vite, comme j'ai failli en faire les frais cette fois-ci, en arrivant à Paris.

Mon arrivée avait été prévue dans un grand magasin, juste avant l'ouverture, pour que je puisse avoir le temps de choisir des vêtements et sortir à la faveur de la foule. Il s'en est fallu d'un cheveu pour qu'un gardien trop zélé ne me surprenne et ne sonne l'alarme.

Généralement, quand cela est possible, on évite les débarquements en plein air, afin de garantir un confort et une sécurité maximum à l'intervenant. L'expérience est suffisamment traumatisante de toute façon, même pour les vétérans. Le deuxième choc arrive alors lorsque vous mettez le nez dehors. Il vous a déjà fallu pas mal de temps pour vous approprier la carcasse dont vous êtes soudain affublé, et pour réapprendre avec effroi à vous mouvoir de façon si limitée, en traînant cet exosquelette de chair et d'os. Vous mettez un pied hors de votre refuge, et c'est l'extase. En fait, la plupart des gens qui font ce que je fais acceptent le boulot pour vivre ce moment-là. L'éternelle redécouverte des premières fois. La première caresse du Soleil sur la peau au matin ; le crépitement de la pluie sur les plantes ; le vent dans les arbres ; les senteurs de la terre

9

mouillée, des fleurs au printemps ; les oiseaux qui s'ébrouent dans les flaques et chantent leur bonheur d'être vivants... Tout cela vous paraît ridicule, je suppose ? C'est que vous n'avez aucune idée de la chaîne infinie de miracles qui vous a menée là où vous êtes aujourd'hui.

Là d'où je viens, des petits plaisirs similaires existent, mais ne sont pas ressentis de façon aussi... épidermique, animale. Oui, je crois que c'est ça : c'est la partie animale de notre corps tout neuf qui exulte instinctivement en ressentant la nature autour de lui, parce qu'il sait qu'elle fait son bonheur, qu'elle est son bonheur.

Ça, c'est la théorie. Pour être franc, nous prions pour que les missions sur lesquelles on nous envoie nous fassent vivre de tels instants de temps en temps, mais c'est rare. Par exemple, cette fois-ci, Paris-années deux mille, ce n'est pas enthousiasmant. Mes premières expériences « épidermiques » ont plutôt été goudron-gazole-crottes de chien. J'ai donc arpenté une nouvelle fois les trottoirs de la plus belle ville de votre monde, où les façades malades pleurent de crasse. Comme j'avais encore du temps devant moi avant mon rendez-vous, j'ai erré au milieu de vos véhicules nauséabonds qui défèquent une mort gazeuse et grise, et de vos semblables, désespérément tristes, se précipitant par millions sous la terre à la poursuite de chimères sans valeur. L'air, déjà, devient irrespirable, et vous mettez de petits tubes de tabac ou d'herbe dans votre bouche, comme pour donner un peu de goût à votre lente asphyxie.

Il faut vraiment vous aimer pour vouloir vous tirer d'affaire.

Encore et encore ... »

10

Prologue

La thérapeute prit une autre cassette au hasard dans la boîte. Sur celle-ci était inscrite « Haziel – cassette n°5 – rock'n'roll ». Le vieux magnétophone se remit à crachoter, laissant entendre la même voix que sur le premier enregistrement :

« ... *j'ai ma petite idée sur ce qui vous sauve. Pour dire le vrai, on a commencé à se demander si on devait continuer à vous maintenir à bout de bras pendant les années quarante de votre vingtième siècle. On a beau être de la meilleure volonté, il y a des moments où on peut quand même se poser des questions, quand on vous observe depuis des millions d'années. Tout ce temps pour passer des chefs-d'œuvre de Lascaux à la bombe H, ce n'est pas vraiment glorieux comme progression !*

Tout à coup, en 1954, Fats Domino déboule avec « Blueberry Hill ». En 1955, c'est Bill Haley avec « Rock around the clock ». Et en 56, le petit Presley, qui va devenir le « King », commence à faire swinguer les ondes. Et là, on dresse l'oreille et on arrête tout. Quoi ? Il y aurait enfin quelque chose de bon qui sortirait de ce tas de boue ? Halte au feu ! Vous dites que ça s'appelle comment ? Du rock'n'roll ? Fantastique, je prends !

On avait déjà été titillé par le blues, mais là, attention, c'est carrément autre chose. On voit défiler les Beatles, les Stones, les Who, Dylan, les Doors, Hendrix, Pink Floyd, Led Zeppelin... ça ne s'arrête plus ! Hosannah ! Ils ont enfin compris ! On en veut encore !

Le genre humain, qu'on n'attendait plus, avait enfin trouvé le moyen de faire entendre sa voix au sein du concert des harmonies cosmiques ! Par le rock, elle avait retrouvé la joie et l'énergie pure du commencement des temps, la jouissance naïve et brute qui avait prévalu à sa création. Et là, on s'est dit qu'une planète qui pouvait produire des Lennon, des Richards,

11

des Morrison, des Joplin, des Townshend, des Reed, des Bowie, des Gilmour, valait la peine qu'on lui laisse le bénéfice du doute, et qu'on patiente encore un peu avant de la laisser tomber... »

En proie à une bouffée de nostalgie, la femme, qui portait avec grâce une cinquantaine flamboyante, stoppa la lecture. Tant d'années la séparaient du moment où elle avait rencontré Haziel... Les évènements d'alors s'étaient gravés à jamais dans sa mémoire, car ils avaient modifié le cours de son existence, et sa signification même. Un moment songeuse, elle se leva bientôt pour aller allumer une radio dans la salle de bains. Elle voulait tenter une expérience. La station choisie au hasard diffusait « Hello, I love you » des Doors, laissant s'élever la voix basse et envoûtante de Jim Morrison dans la maison.

Emportée à la fois par la joie et l'émotion, elle laissa une larme couler tandis qu'elle riait. Malgré le temps enfui, le miracle se reproduisait à volonté !

12

Incarnation 1

« On n'est pas toujours du pays qui vous a vu naître, et, alors, on cherche à travers tout sa vraie patrie ; ceux qui sont faits de la sorte se sentent exilés dans leur ville, étrangers dans leurs foyers, et tourmentés de nostalgies inverses. C'est une bizarre maladie : on est comme des oiseaux de passage encagés. [...] – Toi, tu es Allemand ; moi, je suis Turc, non de Constantinople, mais d'Egypte. Il me semble que j'ai vécu en Orient. »

Théophile Gautier, *Lettre à Nerval, 1843*

1. Haziel

« We're on a mission for the Lord... »
The Blues Brothers

Le barman observait depuis un bon moment l'homme assis en terrasse à travers la vitrine du café. C'était assurément un étranger, ou un voyageur, et s'il n'avait pas de bagage, son accoutrement inadapté au climat en disait long. Il ne fallait vraiment pas être du coin pour porter un pull-over et un blouson de cuir au mois de juin et en plein soleil, sans parler de l'assortiment des couleurs qui était plus qu'audacieux ! L'homme avait l'air d'attendre quelqu'un qui ne venait pas, car il consultait régulièrement la pendule de l'établissement.

Il était onze heures et demie du matin, et comme il n'y avait pas foule, le barman se dit qu'il allait déroger à son habitude et en profiter pour tenter sa chance avec le client, qui était tout à fait son type d'homme. Mieux que ça : il était parfait. Des boucles blondes, des yeux d'une clarté incroyable, un visage de dieu grec... c'était bien simple, si ce mec-là n'était pas gay, on ne pouvait plus se fier à personne ! Il sortit et alla se planter devant la petite table ronde.

« On vous a posé un lapin, on dirait ! » dit-il au bel inconnu avec sa plus belle voix de fausset, histoire de balayer les équivoques d'entrée de jeu.

– Non, non, répondit l'homme. Je préfère juste être en avance.

– Si jamais votre rendez-vous ne vient pas, je pourrai peut-être vous consoler ? » insista le barman. Et vlan ! ajouta-t-il en son for intérieur. Le rentre-dedans, il n'y a que ça de vrai : ça passe ou ça casse !

« Je vous remercie de la proposition, dit l'inconnu au blouson, mais vous n'êtes pas mon genre.

– Dommage », fit l'autre avec une moue déçue, mais il ne s'avoua pas vaincu :

« Si jamais vous changez de genre, passez donc me voir...

– Je suis désolé, mais je ne suis à Paris que pour quelques heures, et je n'y reviendrai sans doute pas avant longtemps. D'ailleurs, il faut que j'y aille ! »

Lorsque l'étranger se leva, le barman se rendit compte qu'il était très grand, sûrement plus d'un mètre quatre-vingt cinq. Il le regardait s'éloigner avec des yeux gourmands, quand il s'avisa qu'il n'avait pas réglé sa consommation. Il héla le jeune dieu et lui rappela son dû. L'autre se frappa le front du plat de la paume :

« Ah oui, c'est vrai... sur la table ! » dit-il en désignant du doigt sa place laissée vide.

Surpris, le cafetier jeta un nouveau coup d'œil, et l'argent était bien là, à côté du verre. Il prit les pièces, le compte était exact.

« Et mon pourliche, alors ? Quel radin ! » marmonna-t-il entre ses dents. Il s'apprêtait à débarrasser la table, quand il poussa une exclamation : de nouvelles pièces y étaient apparues ! Il était pourtant bien sûr de les avoir toutes ramassées !

16

« Merci, *Milord* ! cria-t-il à l'adresse de l'étranger prodigue. Je peux connaître votre prénom, que je sache de qui je vais rêver ce soir ? »

L'homme éclata de rire. « Haziel ! » dit-il sans se retourner. Le barman était bien avancé : de quel pays pouvait bien venir un type avec un nom pareil ? Lituanie ? Islande ?

La chaleur commençait à monter car il était bientôt midi, et Haziel regrettait de ne pas avoir choisi ses vêtements avec plus de discernement, ce matin-là. Il cuisait littéralement dans son blouson, et il sentait la sueur couler dans son dos, ce qu'il détestait par dessus tout. Pourtant, même cette gêne n'arrivait pas à gâcher son bonheur, et il souriait aux pigeons en déambulant dans les ruelles écrasées de soleil pour se rendre à son rendez-vous. Après tout, pourquoi ne pas être heureux quand on est un ange envoyé sur Terre pour une mission de routine ? N'était-il pas un peu en promenade dans cette belle ville, l'un des innombrables jardins créés par Le Patron, bien que ce jour-là il fût chargé d'en assurer la sécurité ? Et ne faisait-il pas partie des êtres les plus évolués de l'univers, protecteurs de la Vie et grands dispensateurs de paix et d'amour, omnipotents et omniscients, assis à la droite du Créateur et disposant de Son oreille ?

Ils n'étaient en effet que soixante-douze, faits comme lui de l'énergie la plus pure. Soixante-douze guerriers de lumière à avoir observé la valse tentatrice des univers sans jamais s'être laissés prendre dans ses filets. Ils étaient connaissance, force, beauté, volonté et compassion. Ils étaient perfection. Le temps et l'espace étaient des illusions dont ils se jouaient. Ils pouvaient être partout, à tout instant, depuis toujours et pour l'éternité. Ils étaient Séraphins, Chérubins, Trônes,

Dominations, Puissances, Vertus ou Principautés. Répartis en neuf chœurs commandés chacun par un archange, ils étaient les légions du Seigneur, chargés de porter Le Verbe ou La Main depuis le commencement des temps, jusqu'aux confins des mondes.

Haziel, cependant, faisait partie de la crème de l'élite, un Groupe d'Intervention Angélique un peu spécial, trié sur le volet, que Le Patron envoyait régulièrement dans la matière afin de donner discrètement un petit coup de pouce à l'humanité et l'empêcher de succomber à ses tendances autodestructrices.

Pour cette fois, en tout cas, l'affaire était simple, et même agréable, puisqu'il ne s'agissait que de passer un moment avec une jeune femme en la retardant suffisamment pour modifier son emploi du temps, et empêcher qu'elle ne rencontre un inconnu pour lequel elle aurait un coup de foudre immédiat. Le problème était que de cette rencontre de hasard, de cette union sans lendemain, allait naître un enfant au destin cauchemardesque. Une pure incarnation du mal, un conquérant sanguinaire à la puissance démesurée, un fou qui désirerait la planète, et la désirant, la détruirait. Un cocktail explosif d'intégrisme, de mafia et de terrorisme. La quintessence de l'humain dans ce qu'il a de plus beau, en somme ! Empêcher cette femme et cet homme d'avoir une aventure, c'était par conséquent sauver l'humanité, rien que ça ! Evidemment, formulée ainsi, l'affaire pouvait prêter à sourire, mais cette mission n'était pas à prendre à la légère, car comme d'habitude, toute erreur était proscrite.

Haziel était arrivé au point de contact, et il attendit dans la rue, non loin de l'ambassade d'un pays du Moyen-Orient où travaillait la diplomate qu'il devait intercepter. Sa « cible », sa « cliente » comme aurait dit un tueur à gage. Il ne savait pas encore vraiment comment il allait opérer. Elle sortirait pour déjeuner, et c'est dans son restaurant habituel qu'elle verrait l'homme, le futur géniteur. Il fallait agir avant, en l'empêchant d'aller au restaurant, ou au moins en la retardant.

Les « hasards » des histoires qui se font ou ne se font pas dépendent souvent de pas grand chose, et il suffit d'un rien pour passer à jamais à côté du bonheur ou de la catastrophe. Haziel le savait : le hasard, c'était lui ! Et la plupart de ses missions consistaient justement en ces tout petits riens qui changent tout. Cela ne durait jamais longtemps ; arrivé le matin, parti le soir, c'était beaucoup mieux ainsi. L'incarnation est une sale habitude qui s'attrape vite, et dont on a du mal à se défaire. Plus elle dure, plus le retour est difficile.

Il était déjà arrivé que pour une raison quelconque, une opération ne se déroule pas comme prévu. Malgré leur destin tout tracé, ou du moins prévisible sur quelque temps, comme la météo, les humains gardaient leur liberté de pensée et d'action, et, parfois, un incident imprévu venait bouleverser l'ordre établi. Ce pouvait être un coup de tête, une lubie soudaine, ou un courage, une lâcheté qui se révélaient à la dernière seconde, et qui faisaient momentanément échouer la mission. L'ange se retrouvait alors en situation délicate, en attente de nouveaux ordres, bloqué dans un corps pesant et incommode pour une durée indéterminée. La nouvelle situation était analysée immédiatement, et une seconde mission plus adaptée était lancée qui complétait et terminait immanquablement la première tentative.

La difficulté majeure, et la seule obsession de tous les intervenants, était d'interférer le moins possible avec la trame historique normale. L'expérience humaine dans son ensemble, et depuis le début, n'avait de sens que si elle se déroulait en déconnection complète d'avec les instances qui l'avaient provoquée. Le monde de la matière était clos, sans contact avec les autres univers, car c'était en partant à la découverte d'elle-même, et des mondes qui la bordaient, que l'humanité connaîtrait sa place dans le plan global. Mais si ces mondes donnaient trop de preuves de leur proximité et de leurs possibilités, ils faussaient le jeu en accélérant certains processus évolutifs, et en empêchant d'autres. La marge de manœuvre des anges du Groupe d'Intervention était donc particulièrement étroite, entre actions incessantes pour empêcher les tendances autodestructrices de l'expérience humaine, et discrétion indispensable à la validité de cette expérience.

Les renseignements donnés à l'ange étaient toujours d'une précision extrême, et la femme sortit de l'ambassade à la seconde prévue. Toute de noir vêtue, les cheveux tirés en arrière, à la fois réservée et féminine dans son tailleur à jupe longue, elle représentait un métissage réussi entre l'Islam et l'Occident, deux mondes que tout semblait opposer depuis toujours. Elle était à une centaine de mètres et venait dans sa direction, de l'autre côté de la rue. D'ici quelques instants, elle serait à sa hauteur. Haziel jeta un dernier coup d'œil aux alentours, pour chercher l'inspiration de ce qu'il allait dire. Il était passé maître dans l'art difficile de l'improvisation, ce qui compliquait quelque peu les rapports avec sa hiérarchie. Selon lui, moins c'était préparé, plus cela semblait naturel. Et plus c'était osé, plus cela avait une chance de réussir, du genre : « Excusez-moi, mademoiselle, mais je crois que vous êtes la plus jolie femme de l'univers, et je viens de recevoir une flèche en plein cœur ! Je vais mourir si vous ne faites rien : ça vous dirait qu'on déjeune ensemble ? ». Elle éclaterait de rire et son charme angélique ferait le reste. Peut-être, à la fin du repas, irait-il jusqu'à lui demander son numéro de téléphone en lui promettant de la rappeler le soir même, tout en sachant qu'il serait à des éons de là, déjà sur une autre mission. Ce serait somme toute lui infliger une bien petite déception en regard de la menace potentielle qu'elle faisait peser à son insu sur la planète.

Il commençait à s'engager sur la chaussée, quand il manqua de se faire écraser par une voiture, qui pila en faisant une embardée pour l'éviter. Il ne l'avait pas vu venir, et se jura qu'à l'avenir, il ferait plus attention. Il avait perdu l'habitude des civilisations à la circulation anarchique. Par réflexe, il jeta un coup d'œil au conducteur pour s'excuser d'un geste de la main et d'un sourire, mais il marqua un temps : le visage de l'homme derrière le volant lui disait quelque chose. Il le connaissait, à n'en pas douter, mais comment était-ce possible ?

L'homme n'avait pas vraiment d'âge marqué, sans doute la cinquantaine. Ses tempes grisonnantes et les traces laissées par le temps sur son visage témoignaient d'une vie aventureuse et en plein air. Mais Haziel eut à peine le temps de constater sur sa figure la même expression incrédule que lui-même devait afficher, que le véhicule redémarra en trombe et disparut au premier carrefour.

L'ange perdit encore quelques instants à essayer de se remémorer un nom, un indice, quand il se rendit compte avec stupeur qu'il avait laissé filer la mission, dont chaque étape clef devait pourtant se dérouler à la seconde près ! Heureusement, la jeune femme avait elle aussi perdu un peu de temps sur son parcours, alarmée par le bruit du freinage. Les conditions étaient encore réunies pour le succès du contact, et Haziel s'approcha d'elle. Il lui sourit. Elle lui rendit son sourire. C'était dans la poche.

Malheureusement, d'obscures volontés en avaient décidé autrement, et le monde s'écroula dans une déflagration énorme. Un éclair blanc, une secousse titanesque, puis le décor disparut dans une soudaine obscurité. En une fraction de seconde, ce qui était inerte se transforma pour se jeter avec rage sur le vivant ; le verre en éclats de haine; le béton en grêle de mitraille ; le métal en milliers de lames incandescentes. Tous cherchaient la chair pour la brûler, la cribler, la transpercer. Douleur totale, inimaginable. Chaque cellule du corps hurlante à l'infini. Désintégration au ralenti.

Un silence de mort revint s'abattre sur la capitale, tandis que les échos de l'explosion se perdaient dans les corridors des rues, tels une armée de géants en fuite. Tout était rouge et noir, sang et poussière. Tandis qu'un torrent de fumée et de gravats s'abattait sur lui, Haziel eut juste le temps de voir s'écrouler le corps à vif de la diplomate sur le trottoir, avant de sombrer lui-même dans l'inconscience.

2. Le commissaire

« And for a minute there, I lost myself »
Radiohead, *Karma police*

« Il me donne du souci, votre pèlerin, commissaire... » dit nerveusement le professeur Billand en relisant pour la dixième fois quelques feuillets qui perdaient peu à peu leur superbe sous les doigts agités. Il ne cessait de remettre en place de petites lunettes cerclées de métal qui glissaient sur son nez.

Son bureau de La Salpêtrière était d'un bleu blafard, misérablement éclairé par quelques néons et par les visionneuses de radios sur un mur. De l'autre côté de la porte, provenant du couloir, filtraient les bruits incessants de la ruche hospitalière en vitesse de croisière.

« Pourquoi ? s'inquiéta, assis face à lui, le commissaire Lelubre en haussant le sourcil. Il va y passer ?

— Non, non, rassurez-vous... il va plutôt bien. On peut même dire qu'il se remet étonnamment rapidement. Mais en l'examinant, on a trouvé des éléments... qui sans être vraiment pathologiques sont... inhabituels. Troublants, plutôt. Disons que selon nos connaissances actuelles, qui quoique limitées, sont grandes, je vous l'assure...

— Et bien... au fait !

— Hum... et bien cet homme ne peut pas exister ! »

Lelubre eut un éclat de rire. La faculté qu'avaient les toubibs à noyer le poisson était proprement stupéfiante. En vingt ans de métier, il ne s'y était pas encore fait.

« Quand les pompiers vous l'ont amené, tout à l'heure, il me paraissait faire un candidat à la morgue tout à fait crédible, en tout cas ! » sourit-il au professeur embarrassé. Il lui en fallait plus pour l'impressionner, lui l'homme de terrain, le « Terminator » comme l'appelaient ses collègues avec un brin de respect. C'était d'ailleurs la raison pour laquelle on l'envoyait toujours sur les attentats dans la capitale : il savait garder la tête froide au milieu de l'enfer.

Une grosse quarantaine athlétique, quoique légèrement trapue et bedonnante, la mâchoire carrée, le cheveu ras et grisonnant, il avait baladé depuis deux décennies son éternel imper marron sur tous les théâtres d'atrocités de la capitale, terroristes ou accidentelles. Autant dire que ce qu'il avait vu le matin même n'avait hélas rien d'extraordinaire, même si une voiture piégée à Paris n'est pas le lot quotidien.

« Alors, qu'est-ce qu'il a de particulier ?

— En fait, c'est comme s'il était né hier ! Tout est neuf, chez lui, sans aucune marque de vieillissement. Tout d'abord, il n'a pas de poils. Excepté les cheveux, les cils et les sourcils, l'ensemble de son corps est complètement glabre !

— Mouais... c'est étonnant, mais c'est possible, non ?

24

– Attendez, il y a ses dents aussi. Elles sont parfaites : bien plantées, symétrie impeccable, sans caries, d'une blancheur immaculée. Je vous garantie qu'elles n'ont jamais été touchées par un dentiste ! Comme si elles venaient de pousser...

– OK, ça aussi c'est rare, mais c'est concevable. Il a de la chance, c'est tout !

– D'accord, admettons. Mais je vous ai gardé le meilleur pour la fin ! »

Le professeur souriait presque à présent, il avait su ménager le suspens jusqu'au bout et pouvait décocher sa dernière bizarrerie, celle qui l'avait interloqué quelques instants auparavant, pendant l'examen de l'étrange patient venu de nulle part :

« Il n'a pas de nombril !

– Vous voulez dire qu'il a été emporté dans l'explosion ?

– Non, non, son ventre est intact. Simplement il n'a pas de nombril. Il n'a jamais été relié à sa mère par un cordon ombilical ! »

Le commissaire resta bouche bée un temps en dévisageant son interlocuteur.

« Et vous me dites ça comme ça ? s'insurgea-t-il enfin.

– Je ne pensais pas que ce détail, pour original qu'il fût, pouvait orienter un tant soit peu votre enquête. Cet homme constitue plutôt une énigme scientifique que policière...

– Excusez-moi, docteur, mais je suis seul juge de ce qui est important ou non dans mes enquêtes ! Et j'ai la faiblesse de croire qu'un homme sans nombril retrouvé sur le théâtre d'un attentat à la bombe en a forcément très lourd sur la conscience ! Et tout d'abord, qu'essayez-vous de me faire avaler, là ? Qu'il n'est pas né par des moyens naturels ?

25

– Je ne sais pas… j'essaie justement d'envisager des possibilités…

– De la chirurgie esthétique ?

– Non, non, il y aurait des marques, des cicatrices… Je l'ai examiné sous toutes les coutures, c'est le cas de le dire, et il n'a jamais été opéré.

– C'est le genre de chose qu'on peut effacer au laser, non ?

– Pas à ma connaissance, mais quand bien même, à supposer qu'une telle opération ait une utilité, il resterait toujours une trace, aussi infime soi-elle !

– Ne me dites pas que c'est un extra-terrestre ! »

Le professeur Billand ôta ses lunettes et s'épongea le front avec un mouchoir en papier.

« Je dois dire que l'idée m'a traversé l'esprit un moment, à ma grande honte. J'ai aussitôt fait des prélèvements cellulaires sur ses cheveux, sa peau, son sang, qui après analyse se sont révélés tout à fait normaux. La seule chose que je puisse vous certifier, commissaire, c'est que ce type est bien un être humain, comme vous et moi…

– Merde, me voilà rassuré ! dit l'autre ironiquement. C'est quoi, alors ? Un clone, un bébé éprouvette ou un truc du style ?… Je ne sais pas, moi, un mutant transgénique ?

– Ne soyez pas ridicule, monsieur le commissaire, vous mélangez tout. »

L'homme de science se raidit. Il ne supportait pas qu'on prenne à la gaudriole les progrès philosophiques et technologiques que représentaient les recherches en génétique et le décryptage du génome humain.

« Quoiqu'il en soit, reprit Lelubre, comment expliquez-vous ce phénomène ? Si je comprends bien, il ne serait pas un mammifère ? Il serait plutôt sorti d'un œuf, une sorte d'homme poisson, ou d'homme oiseau ?

Vous imaginez les titres dans les journaux : *L'invasion des moineaux mutants ! Méfiez-vous, ils portent des jeans et des baskets !* »

L'hilarité du commissaire n'était pas du tout communicative, et c'est avec le plus grand sérieux que le professeur en médecine entendait poursuivre l'entretien :

« A vrai dire, je n'ai jamais pensé à un ovipare, mais l'idée d'un marsupial m'a effleuré l'esprit, je l'avoue : on aurait copié le mode de reproduction du koala ou du kangourou pour cultiver des embryons humains et les faire croître dans des matrices artificielles. A ma connaissance, aucune équipe au monde n'a réussi à cloner un être humain. Tous les essais, pour la plupart illégaux d'ailleurs, ont lamentablement échoué pour des raisons encore inconnues. Personne n'a encore la technologie nécessaire... mais allez savoir où ils en étaient de l'autre côté du rideau de fer, avant que tout ne pète ? »

Lelubre se gratta la joue, songeur :

« Un coup des Russes, hein ?

– J'ai entendu dire qu'en Ukraine ou en Ouzbékistan, ils avaient dissimulé des laboratoires ultramodernes dans des complexes de centrales nucléaires, pour travailler plus discrètement ! »

L'officier de police s'enfonça le pouce et l'index dans les yeux et frotta très fort. Il resta quelques instants dans cette position, signe d'une intense méditation, ou d'une lassitude soudaine.

« Si je comprends bien, finit-il par résumer, vous me laissez le choix entre un kangourou géant et un clone ouzbek, c'est ça ? »

Billand lui montra ses mains, paumes vers le ciel, et haussa les épaules. Il n'avait visiblement rien trouvé de mieux pour l'instant. La journée de Lelubre était commencée depuis une éternité, et elle risquait d'être encore fort longue si on la parsemait régulièrement

27

d'olibrius de cette pointure. Ne comptez pas sur la science, se morigéna-t-il. Elle vous lâche toujours quand vous en avez vraiment besoin...

Il regarda l'homme en blouse blanche avec des yeux vides, fit une petite moue qui en disait long sur ses discours intérieurs, se gratta le front, et se leva de sa chaise.

« On peut le voir, votre phénomène ? » lâcha-t-il enfin.

En entrant dans la chambre de l'inconnu, le commissaire ne put s'empêcher de noter l'abondance d'appareils de toutes sortes qui entouraient son lit, et qui corroboraient la thèse selon laquelle l'homme était un cas médical.

Le professeur pénétra dans la pièce à sa suite et, avisant une plantureuse infirmière qui relevait des informations sur les machines, lui demanda des nouvelles du patient :

« Alors, comment est-il ?

– Très beau garçon » répondit-elle avec malice.

Elle échangea avec Billand un regard un peu trop appuyé pour être innocent, qui en disait long sur l'intimité des deux lascars. En grand connaisseur de la nature humaine, Lelubre nota la chose avec indifférence, et se dit en détaillant la jeune femme que le corps médical pouvait être fort appétissant, et que les pauses-cafés de Billand devaient être bien occupées.

« Ce n'est pas ce qu'on vous demande, mon petit, s'impatienta-t-il tout de même.

– En parfait état, docteur. Toutes ses constantes sont revenues à la normale. Il est pour ainsi dire guéri !

– En si peu de temps, c'est remarquable ! »

Le commissaire s'était rapproché du lit, et son regard allait alternativement du dossier qu'il tenait ouvert à l'homme inconscient étendu devant lui.

28

« Blond, yeux bleus, un mètre quatre-vingt cinq au bas mot, musclé... baraqué même...pas un poil de graisse... C'est un athlète, votre extra-terrestre ! dit-il en regardant le professeur, qui ne releva pas la pique. Le type slave... Ça pourrait être une nageuse est-allemande. »

Il avait insisté sur le « ça ».

Puis, notant les reliefs que dessinait le corps sous les draps, il devint songeur.

« Dites-moi, un clone ne devrait pas avoir besoin de sexe pour se reproduire, non ? Celui-ci m'a pourtant l'air bien pourvu de ce côté-là !

– Si je puis me permettre, monsieur le commissaire, intervint l'infirmière, c'est moi qui ait fait sa toilette tout à l'heure. Une toilette complète, si vous voyez ce que je veux dire... et bien et je peux vous assurer qu'il est en parfait état de marche pour ça aussi !

– Mais enfin, Catherine, tu... vous êtes une vraie obsédée ! s'écria Billand en rougissant brusquement.

– Je vous remercie de ce détail, mademoiselle, dit Lelubre en souriant. Il sera versé au dossier ! »

Il s'amusait vraiment, maintenant, et sa visite à l'hôpital prenait une toute autre tournure : Billand semblait avoir grandement sous-estimé les appétits de sa collègue !

Soudain, un murmure plaintif sortit de la bouche de l'inconnu, qui commençait à bouger et à battre des paupières. L'homme se réveillait. Aussitôt, tel un prédateur, le commissaire fut sur lui :

« Vous m'entendez ? Qui êtes-vous ? Comment vous appelez-vous ? D'où venez-vous ?

– Vous êtes fou ? Laissez-le respirer ! »

Le professeur lui empoigna le bras pour l'éloigner de son patient. Celui-ci regarda lentement autour de lui, sans comprendre ce qui lui arrivait.

« ... Ha... azi... el... » prononça-t-il faiblement avant de retomber dans l'inconscience.

« Qu'est-ce qu'il a dit, là ? Asile, c'est ça ? Ce salopard demande asile, c'est bien ça ? »

Billand et Catherine le regardèrent en signifiant qu'ils ne pouvaient pas l'aider. Ils n'avaient pas entendu, ne pouvaient jurer de rien.

En sortant de l'hôpital, Lelubre saisit son téléphone portable.

« Allo, Denis ? Tu te souviens du gars qu'on a ramassé devant l'ambassade tout à l'heure ? Dès qu'il ouvre un œil, tu le fous en cabane. A mon avis, c'est lui qui a mis la bombe, il est louche ce mec. C'est un étranger, en plus : il m'a demandé l'asile politique avec un accent bizarre... Ça ne m'étonnerait pas que ce soit un ancien du KGB qui travaille pour la mafia Russe...

— Mais pourquoi il s'est précipité sur la bagnole, alors ?

— Je ne sais pas... Sans doute un idéaliste qui ne voulait pas faire de victime. Il a dû voir la nana sortir, aura voulu la prévenir, et ça lui a pété à la figure...

— Quel con !

— Tu sais, les Russes, c'est pas des flèches... »

3. Viviane

« Your eyes are like deep wells of desire »
INXS, *Heavensent*

Une jeune femme en blouse blanche se tenait debout à la fenêtre, l'esprit ailleurs. Son regard se perdait dans le parc en contrebas, dont le calme et la beauté l'émerveillaient. Cette matinée de juin commençait à peine, et l'air n'était troublé que par une brise légère, annonçant une journée chaude sur fond de ciel d'azur. Au loin, au-dessus des frondaisons qui bordaient le jardin et le protégeaient des bruits de la circulation, l'incontournable Tour Eiffel rappelait qu'on était à Paris. Sans cet indice, on aurait vraiment pu oublier la vie citadine pendant un moment.

Mince et plutôt menue, âgée d'une trentaine d'années, elle maintenait ses cheveux bruns mi-longs attachés en une queue de cheval un peu lâche. Ses traits, fins et réguliers, semblaient empruntés à une madone de Raphaël, dont elle avait aussi le teint légèrement trop pâle. Mais ce qui la démarquait, ce qui rendait sa beauté si particulière, c'était son regard, la seule arme dont elle usait parfois dans ses approches amoureuses. Deux petits disques d'un noir abyssal perdus au milieu de grandes amandes glaciaires, subtilement soulignées par le maquillage. Lorsqu'elle apparaissait à une soirée ou au milieu d'un groupe d'amis, les conversations baissaient naturellement d'un ton, et on la contemplait telle une déesse descendue pour un moment parmi les hommes, pour inspirer quelque poète, ou pousser au suicide quelque amoureux transi. Celui-là, l'observant avec une passion béate et distante, n'aurait pu s'empêcher de noter, par la qualité des mots qu'elle distribuait avec parcimonie et par la grâce sans artifice avec laquelle elle se mouvait, qu'elle avait bénéficié d'une très bonne éducation, incluant peut-être quelques années de danse classique. Elle avait cette beauté qui rend inaccessible, propre aux natives du signe de la vierge, cette beauté rare et solitaire, qui hypnotise la gent masculine mais l'empêche de s'approcher, si bien que les autres femmes ne la jalousaient pas, mais la regardaient simplement passer, pétrifiées.

Elle jeta inconsciemment un coup d'œil sur la table derrière elle, et la présence d'un dossier volumineux qu'elle y avait laissé quelques instants plus tôt la ramena brusquement à la réalité. Une réalité nettement moins romantique, comme souvent. En ce vendredi, en effet, le docteur Viviane Lanson était venu à l'hôpital Sainte Cécile afin de donner son avis médical sur un patient accusé d'attentat à l'explosif et de meurtre. Le docteur Lanson était psychiatre, et Sainte Cécile un asile spécialisé dans les pathologies mentales – très – lourdes, impliquant la plupart du temps des crimes de sang. Le calme qui régnait dans les jardins entourant la grande bâtisse de la fin du dix-neuvième siècle offrait un contraste saisissant avec l'extrême violence qui explosait quotidiennement dans ses couloirs.

32

On se serait lourdement trompé si l'on avait jugé ce petit bout de femme comme étant réservé aux salons de la bonne société, et incapable de volonté ou de courage physique.

Si elle était là aujourd'hui, sur ordre du préfet de Paris, c'est justement parce que la thèse qu'elle avait soutenue trois années auparavant avait fortement impressionné les plus hautes instances médicales et judiciaires, jusque dans les ministères disait-on. Le sujet qu'elle avait choisi était une étude sur « le repérage psychopathologique du suicide en prison », et bouchait un trou béant laissé dans ce domaine par toutes les enquêtes publiques depuis trente ans. On devinera qu'il en fallait, de la volonté et du courage, pour mener ce travail à bien pendant plusieurs années dans les prisons françaises les plus dures, surpeuplées, vétustes, à côtoyer schizophrènes et psychotiques, déjantés multirécidivistes et autres monstres en phase terminale de perdition.

Comme on ne lui amenait toujours pas son patient, le docteur Lanson parcourut à nouveau les pages du dossier qui retraçaient les deux derniers jours du dénommé Haziel. Lorsqu'on avait été convaincu de sa parfaite guérison, quasi-miraculeuse d'après le médecin qui l'avait suivi, la justice avait décidé de son incarcération dans l'attente d'un complément d'enquête, car il constituait le suspect idéal. Viviane pensa qu'il était le seul à ce jour de toute façon, et que s'il était innocent, il n'avait vraiment pas de chance, car on trouverait toujours quelque chose à lui mettre sur le dos !

A commencer par l'absence de papiers d'identité, et les vêtements qu'il portait, volés dans un grand magasin le matin même de l'attentat, et dont certains portaient encore les étiquettes !

Elle passa rapidement sur les caractéristiques physiques du prévenu, qui ne l'intéressaient que

33

moyennement, pour s'attarder sur une première analyse psychologique établie à la hâte lors de son réveil définitif. Il avait tenu des propos incohérents, selon lesquels il était un ange nommé Haziel, descendu sur Terre pour sauver l'humanité d'un grave danger qui la menaçait. Comme l'analyse sanguine n'avait révélé la présence d'aucune substance psychotrope pouvant altérer les facultés mentales du convalescent, le médecin avait conclu à une bouffée délirante, peut-être provoquée par le choc de l'explosion. Il ajoutait que l'homme avait sérieusement accusé le coup lorsqu'il avait appris que la diplomate non loin de laquelle il se trouvait lors de l'attentat était décédée durant son transfert. Il était resté prostré et n'avait plus prononcé une parole à partir de ce moment.

La psychiatre découvrit ensuite comment le machiavélique commissaire Lelubre avait sauté sur l'occasion pour demander son internement en sanatorium pour cas désespérés. Une note manuscrite du fonctionnaire faisait part de sa conviction personnelle, selon laquelle le nom et le léger accent venu d'on ne sait où du suspect laissait envisager des origines lituaniennes ou balkaniques, et qu'en fait d'asile politique, il allait avoir le psychiatrique, car il n'y avait rien de tel pour démasquer les simulateurs et les affabulateurs. Trois jours dans un milieu hautement déstabilisant, et il serait à genoux, demandant grâce.

Le docteur Lanson se dit que c'était un raisonnement plutôt sommaire et pas vraiment légal, mais en matière de terrorisme l'arbitraire fait souvent loi, les hautes sphères exigeant des résultats rapides pour calmer l'opinion.

Elle ne connaissait pas le commissaire personnellement, mais de réputation, comme tout le monde. Il faisait souvent des apparitions dans les journaux télévisés, et était considéré comme le meilleur

34

flic anti-terroriste de France. Qui plus est, sa carrure charismatique et son verbe, abondant et imagé, en faisaient une icône télégénique idéale pour les patrons de chaîne, qui l'invitaient souvent pour commenter les crises à l'étranger en tant que consultant.

Sa réflexion fut interrompue par un infirmier au physique imposant de rugbyman, qui lui demanda s'il pouvait faire entrer son patient. Elle acquiesça, et la porte se referma sur un jeune homme grand, en pyjama bleu, ayant un visage d'une beauté extraordinaire. Il est rare que l'on puisse dire cela d'un homme, pourtant le fait était indéniable, et était presque plus saisissant compte tenu de son accoutrement. La thérapeute le contempla un instant avant de lui demander de s'asseoir. Elle se demanda si elle ne l'avait pas déjà vu quelque part, mais ce devait être l'effet que produisait sa perfection physique. Il aurait très bien pu être acteur ou top model, de ce type de personnalités qu'on côtoie tous les jours grâce aux médias, qu'on croit connaître intimement, mais qui vivent dans un autre monde.

Dans son dossier, il était écrit qu'il se prenait pour un ange, mais on pouvait le comprendre : en plus de ses cheveux blonds et légèrement bouclés, il avait des yeux d'un bleu très clair, presque irréels. Il correspondait tout à fait, en tout cas, à l'image que la jeune femme se faisait d'un ange. Elle n'osait même pas imaginer le succès qu'il devait avoir auprès de la gent féminine. Ou masculine d'ailleurs, allez savoir.

Pour l'heure, cependant, l'homme avait l'air mal en point. On avait indiqué au docteur, à son arrivée à Sainte Cécile, qu'il refusait de s'alimenter depuis son admission, peut-être même depuis l'attentat qui remontait à presque cinq jours. En outre, et pendant la même période, il n'avait pas fermé l'œil, refusant à maintes reprises les cachets que les infirmières lui proposaient pour le détendre et le faire dormir un peu. Il semblait ne pouvoir ingérer quoi que ce soit.

« Bonjour… vous vous appelez Haziel, c'est bien cela ? » commença-t-elle enfin.

Haziel leva vers elle un regard cerné d'ombre, et fit un signe affirmatif de la tête.

« C'est votre prénom ou votre nom de famille ?

— C'est mon seul nom. Je n'en ai pas d'autre. » répondit le présumé étranger, d'une voix grave et encore mélodieuse, malgré la fatigue et les séquelles de l'attentat. Il avait un petit accent indéfinissable, à peine perceptible. Viviane ne put s'empêcher de penser qu'il avait tout pour plaire, le bougre.

« Et le nom de votre père, ou de votre mère ? Vous avez bien une famille, non ?

— Pas à proprement parler. La Source d'où nous sommes issus n'a pas de nom. C'est à la fois notre père, notre mère et notre famille. Nous l'appelons Patron, mais c'est affectueux ! »

« On démarre fort… » songea la thérapeute.

« Quand vous dites « nous », continua-t-elle, vous faites référence à qui ?

— En l'occurrence, je parlais des anges, mes « collègues de travail »... Mais cela vous englobe aussi, en fait, ainsi que tout ce qui existe. On vous a dit que je suis un ange, je suppose ?

— Oui, j'ai lu ça dans votre dossier. Donc, si j'ai bien compris, vous seriez un ange, travaillant avec d'autres anges sous les ordres d'un grand patron à la source de tout, que je pourrais appeler Dieu, c'est bien ça ?

— Si tant est que le mot Dieu ait un sens dans votre société, je suppose qu'on pourrait dire ça, oui. »

36

A ce stade, le docteur Lanson décida de marquer une pause. Elle ne savait pas encore s'il simulait, ou s'il était vraiment en plein délire, mais il ne reniait rien de ses premières déclarations. Bien au contraire, il les confirmait, calmement et sans marquer le moindre doute. S'il était sincère, il était assurément très atteint, mais il n'avait pas l'air instable, ni violent. Il devait y avoir une faille dans sa logique :

« Si vous n'avez pas de parents, comment se fait-il que vous soyez là, devant moi ? Ne devriez-vous pas être dans une sorte d'espace éthéré, au Paradis, ou quelque chose comme ça ? »

Haziel sourit faiblement.

« En effet, et vu la tournure des derniers jours, j'aurais dû y rester, je crois…

— Vous êtes donc venu en mission sur Terre, en provenance d'une autre dimension, ou d'un espace lointain ? Est-ce que vous êtes des sortes d'extra-terrestres, qui vous déplacez dans des vaisseaux spatiaux ultra rapides ? »

Le dialogue pouvait paraître loufoque, mais elle en avait entendu d'autres dans sa courte carrière. La technique de base était de rentrer dans l'univers du malade, de comprendre son système de pensée pour pouvoir communiquer avec lui.

Il éclata de rire.

« Non, non, pas de grosses machines ! Je suis juste apparu à la surface de la Terre, comme ça ! » et il claqua des doigts.

« Vous comprenez que c'est difficile à avaler pour moi ! Il y a forcément une explication, des mécanismes qui entrent en jeu. Rien n'apparaît à la surface de la Terre comme ça ! » sourit Viviane en claquant des doigts à son tour. Elle reprenait confiance en elle. Décidément, il n'avait pas l'air bien méchant, et elle sentait venir le moment où elle allait le mettre face à ses contradictions. Ils avaient sensiblement le même âge, apparemment, et le préfet l'avait peut-être aussi choisie pour cela : les jeunes gens ont des connivences naturelles que d'autres générations n'ont plus, ou n'osent plus avoir.

« Il y a une explication à tout, bien sûr, dit Haziel, dont l'épuisement s'aggravait visiblement, à mesure qu'il s'affaissait dans sa chaise. Mais je crains que ça ne nous entraîne un peu loin. Il faudrait faire appel à des notions de physique vibratoire, et je ne suis pas sûr que vous comprendriez de toute façon.

– Essayez quand même, en simplifiant au besoin ! insista Viviane, qui tenait absolument à l'enferrer. J'essaierai de suivre, j'ai mon bac, vous savez !

– Merveilleux... Vous n'allez pas croire un mot de ce que je vais vous dire, mais allons-y. »

Il ferma les yeux en fronçant les sourcils, comme pour rassembler ses idées, puis soupira profondément.

« On peut décrire notre univers comme étant constitué d'une multitude de couches s'imbriquant les unes dans les autres, commença-t-il. Toutes les couches, que vous pourriez appeler dimensions, coexistent dans le même temps et le même espace, même si, au sein de chacune d'elle, ces notions sont perçues différemment. Chaque couche est caractérisée par la fréquence vibratoire des particules élémentaires qui la constituent.

Par exemple, ce qui vous permet de poser votre main sur cette table, devant vous, c'est le fait que les atomes de la main et ceux de la table vibrent à la même vitesse. Ce qui fait la solidité de cette table, bien qu'elle soit composée en grande partie de vide (celui, immense, qui sépare le noyau d'un atome de ses électrons), c'est la ronde ultra rapide des électrons autour du noyau, et les frictions incessantes entre atomes.

Si vous aviez la possibilité d'accélérer, par votre seule volonté, la fréquence vibratoire des particules qui

38

la composent, votre main deviendrait de plus en plus transparente, et pourrait traverser la table sans difficulté ; vous seriez devenu un fantôme ! Tout à fait comme une corde de guitare qui disparaît quand on la pince, pour réapparaître lentement à mesure que sa vibration se ralentit.

Vous pourriez traverser la matière car sa vibration serait devenue tellement lente, pratiquement fixe, par rapport à la vôtre, que vous pourriez vous insérer au milieu de ses particules presque sans les toucher !

– Vous pouvez le faire, ça ? Accélérer la vitesse de vos atomes à volonté ? Je serais curieuse de le voir !

– Normalement oui, j'en suis capable. Mais là je ne suis pas au meilleur de ma forme. On dirait que j'ai perdu toutes mes capacités depuis l'explosion. Il faut dire que je me suis un peu pris une bombe sur le coin de la figure ! »

« Mais bien sûr, voyons, cela aurait été tellement simple… » pensa le docteur Lanson, qui commençait à trouver son patient effectivement sérieusement atteint. Il lui fallait reconnaître cependant qu'il n'était pas dénué de culture, ni d'une certaine logique.

« Je ne sais pas si vous y croyez, reprit Haziel, mais vous avez une âme, qui est dans un monde jouxtant celui de la matière, à une fréquence légèrement plus élevée. Elle est très proche de votre corps, et le suit partout. Elle en épouse pratiquement la forme.

A la mort d'un être vivant, son âme (ou conscience) a atteint, par le degré de son évolution spirituelle, une fréquence vibratoire plus ou moins élevée. La partie subtile laisse alors le corps physique qui n'est plus en état de fonctionner, et va rejoindre la couche ou dimension qui lui correspond le plus, trouvant refuge dans un nouveau monde à partir duquel elle pourra poursuivre son évolution, en compagnie d'autres âmes qui vibrent à la même vitesse, qui sont sur la même longueur d'onde.

C'est de l'un de ses mondes, à la fréquence encore beaucoup plus rapide, que je viens. Pour apparaître dans la matière, dans votre dimension, il a « suffi » que je ralentisse mes particules jusqu'à arriver à votre fréquence, pour que vous puissiez me voir et me toucher !

– C'est fascinant, tout cela. Toutefois, vous comprendrez que, une fois de plus, j'aie du mal à vous croire. Vous n'êtes pas le seul à parler d'âme et d'une éventuelle survie après la mort, mais jusqu'à présent aucune preuve tangible n'est venue corroborer ces allégations. C'est pourquoi, si vous n'avez pas d'élément nouveau à me fournir, je resterai sur ma conviction que vous me cachez quelque chose.

– J'étais sûr que vous alliez dire ça. Hélas, je n'ai rien d'autre à ajouter. Je ne suis pour rien dans ce qui est arrivé, et n'ai aucun moyen de vous en convaincre.

– Vous êtes bien conscient que notre entretien va servir à déterminer si vous souffrez d'une pathologie mentale, ou si vous n'êtes qu'un simulateur qui essaie de gagner du temps ? Vous êtes accusé d'acte terroriste et d'homicide volontaire : votre avenir dépend de mon appréciation !

– Je suis désolé, docteur, mais je ne peux pas mentir. Les anges ne mentent jamais ! » fit l'ange avec un grand sourire, qui exaspéra Viviane.

Outrée par tant de désinvolture, elle appela l'infirmier rugbyman et lui demanda de ramener Haziel dans sa chambre d'isolement, où il était tenu à l'écart des autres malades. Alors qu'il se levait, elle ajouta :

« Je vous laisse encore une chance. Vous réfléchissez à votre ligne de conduite cette nuit, et on se revoit demain matin. Après, je ne pourrai plus rien pour vous. »

Il lui fit signe qu'il avait compris, puis disparut dans le couloir, laissant la thérapeute dans un abîme de perplexité.

En réalité, elle ne bénéficiait pas de cette journée supplémentaire d'examen. Il allait falloir qu'elle négocie pied à pied pour l'obtenir, mais elle l'avait jetée dans la conversation sans réfléchir, comme une bouée lui permettant de retenir un peu cet homme étrange, qui l'intriguait plus qu'il ne l'inquiétait. Car enfin, qu'avait-elle à lui reprocher jusqu'ici ? Son discours pouvait-il s'apparenter à du fanatisme religieux, ce qui expliquerait l'attentat à la bombe ? Au contraire, son attitude n'avait à aucun moment laissé transparaître la moindre violence, la moindre haine ou intolérance envers qui que ce soit.

Viviane lui laissait une issue de secours parce qu'elle était persuadée qu'il n'était pas dangereux. Il devait même être d'une grande intelligence et en possession de toutes ses facultés, à en juger par son humour qui surgissait à l'improviste en dépit de sa fatigue extrême. S'il avait choisi de jouer la folie, de camoufler ses motivations profondes, il faisait une grave erreur. Il finirait par craquer un jour ou l'autre et plongerait dans l'enfer judiciaire, qui n'appréciait guère ce genre de plaisanterie. Elle ne savait pas pourquoi, mais elle voulait tenter de lui éviter ça.

Incarnations

4. L'asile

« There must be some kind of way out
of here, said the joker to the thief »
Jimi Hendrix, *The watchtower*

Une petite fenêtre grillagée, située à plus de deux mètres cinquante au dessus du sol, laissa passer pendant un bref instant un rayon de lumière blafarde venant du dehors. Assis sur son lit, Haziel regarda le carré blanc se dessiner un moment au plafond, avant de se déformer et disparaître. Il reviendrait dans un quart d'heure, comme il l'avait déjà fait tous les quarts d'heure depuis la tombée de la nuit. Il allait et venait au rythme des rondes que faisaient les policiers en surveillant le bâtiment où il avait été placé en isolement. L'ange pouvait entendre leurs pas dans le gravier, en contrebas, et leurs conversations étouffées. Ils étaient nombreux, à se relayer régulièrement, et ils étaient tous là pour lui. Un client très spécial. Apparemment, on devait le prendre pour quelqu'un de particulièrement dangereux, et on avait mis les moyens pour l'empêcher de s'évader, d'une part, et pour le faire craquer d'autre part.

Les pieds nus posés sur le carrelage gris, les mains sur la maigre paillasse soutenue par un vieux sommier métallique d'avant-guerre, l'ange regardait d'un œil vague, dans la pénombre d'une nuit d'été, une lézarde qui partait du lavabo accroché au mur d'en face, et qui courait jusqu'au plafond.

En fait, Haziel était complètement perdu. S'il avait pu donner l'impression d'avoir la situation sous contrôle devant la psychiatre, c'était uniquement parce qu'il était dans un état second. Il avait joué les boute-en-train par réflexe, les jolies femmes ayant toujours eu sur lui un effet dopant. Mais aux séquelles de l'explosion, qui s'estompaient peu à peu, se substituait à présent une détresse physique à laquelle il n'était pas habitué.

Tout d'abord, il s'était refusé à ingérer quoique ce soit depuis son débarquement, et il sentait la faim lui ronger de plus en plus violemment les entrailles. Il essayait de tenir bon, cependant, car il craignait que le métabolisme de la digestion ne l'alourdisse en incorporant des éléments matériels issus des aliments dans ses propres tissus, l'empêchant peut-être de quitter ce monde. En serait-il seulement capable, d'ailleurs ?

Ensuite, il n'arrivait pas à trouver le sommeil depuis qu'il était sorti du coma à l'hôpital. Jusqu'ici, ses missions les plus longues n'avaient jamais dépassé deux jours, durant lesquels il avait tellement de choses à faire qu'il n'avait pas le temps de dormir. De même qu'il n'avait jamais avalé de substance matérielle, il n'avait donc pour ainsi dire jamais dormi !

Evidemment, il n'ignorait rien des mécanismes ni de l'importance du sommeil pour l'âme incarnée. Ainsi, il savait que le décalage qui intervient à ce moment-là entre l'âme et le corps, pouvant mener parfois à une décorporation complète, était nécessaire à un renouvellement plus efficace de l'énergie d'un individu. C'était en fait un véritable bain de jouvence !

44

Mais pour la première fois, les évènements lui échappaient complètement. Rien de ce qui se déroulait n'avait été prévu, et il perdait pied. A présent que la nuit était tombée sur Sainte Cécile, il se retrouvait livré à lui-même dans la chambre où on le tenait isolé, seul dans un monde hostile. Seul au milieu de fous dangereux, assassins pour la plupart, qui ne tenaient tranquilles qu'à coups de « cachetons » surdosés, enfermés dans ce que le personnel médical appelait délicatement une « camisole chimique ».

Pour ne rien arranger, l'atmosphère générale des lieux n'était pas vraiment empreinte d'insouciance. De temps à autre, un hurlement perçait l'obscurité, se répercutant dans les couloirs, et glaçant les os de l'ange à la dérive. S'en suivaient parfois, lorsque les hurlements devenaient insistants, des cavalcades et des interjections violentes. On séparait deux pensionnaires en train de se battre, on faisait une injection à un autre qui avait un peu trop d'états d'âme.

On cognait sur le mur de la cellule jouxtant celle de Haziel, avec une régularité stupéfiante depuis des heures. Il se rendit compte finalement que seule la tête de son voisin, projetée contre la cloison, pouvait produire un tel son. Alors, submergé par les coups de boutoir des âmes souffrantes et désespérées qui l'entouraient, et comme elles prisonnier d'une situation incompréhensible, il se mit à pleurer. Même Le Patron l'avait abandonné. Il avait essayé de le contacter à maintes reprises, sans résultat. De plus, il n'avait plus aucun pouvoir : il ne sentait plus l'énergie bienfaitrice affluer dans ses mains lorsqu'il l'appelait, il n'était plus capable de se décorporer à volonté, ou mieux de se délocaliser (sinon, bien entendu, il se serait éclipsé depuis un bon moment !). Il n'était plus qu'un être limité parmi d'autres, perdu entre l'oubli du passé, l'inconscience du présent et la peur du futur.

Jamais un tel fiasco n'avait été enregistré dans les annales angéliques. D'ailleurs, il était théoriquement impossible, puisque c'était Le Patron lui-même qui commanditait chaque mission, et que les tenants et les aboutissants des opérations, ainsi que le contexte dans lequel elles se déroulaient, étaient toujours parfaitement connus.

Alors, comment expliquer ce ratage ?

Le Patron l'avait-il sciemment envoyé au casse-pipe ? Ou bien fallait-il y voir un nouvel épisode de la guerre fratricide et éternelle que le Groupe d'Intervention livrait aux « anges noirs », des représentants de forces obscures et destructrices, nées en même temps que les forces créatrices lors du *Big Bang* ? Le Patron estimait que la présence de ces courants négatifs était nécessaire dans Son Univers, car ils faisaient partie intégrante du processus d'apprentissage qui avait suscité son élaboration. Selon Lui, la clef de l'évolution de Ses créatures résidait dans leur libre-arbitre, le choix qui leur était laissé en permanence entre des mauvaises solutions, qui ne marchaient pas à court ou moyen terme, et ce qui marchait vraiment, ce qui allait dans le sens général de l'Univers. Et comment connaîtraient-elles la lumière sans savoir ce qu'est l'ombre, la joie en ignorant le malheur, l'innocence sans avoir commis de crime, l'amour sans jamais avoir haï, la préservation sans d'abord avoir détruit, le détachement sans la possession ?

Ces agents du néant, donc, auraient pu saboter la mission de Haziel, éliminant sa cible en provoquant une grave perturbation du continuum historique, et le bloquant dans la matière sans contact avec sa hiérarchie. Si tel était le cas, c'était une première, car jamais les anges noirs n'étaient allés à l'affrontement direct avec

46

les troupes officielles du Patron. Ils fuyaient toujours à leur approche, de même que la lumière chasse l'ombre.

Soudain, en ressassant pour la vingtième fois les évènements qui avaient précédé l'explosion pour essayer d'y trouver un indice, il eut une révélation : il se souvenait du nom du conducteur de la voiture qui avait failli l'écraser !

Malek ! Tout devenait clair ! Il avait changé, bien sûr : il portait une courte barbe, ses cheveux avaient blanchi, des rides s'étaient creusées au fil du temps, mais son regard était resté le même, enflammé, étincelant de fièvre.

Malek était un paria, qui n'appartenait plus à aucun clan. Un ange déchu, un ancien compagnon de Haziel, abandonné pour l'éternité dans la matière par Le Patron pour insubordination pendant une mission sensible. Il avait toujours eu, même lorsqu'il était encore en service, une indépendance vis-à-vis de sa hiérarchie et une vision toute personnelle de son rôle auprès des civilisations qu'il visitait qui lui avaient valu plusieurs blâmes avant sa radiation. C'était un franc-tireur qui ne supportait pas d'être commandé, mais qui était un des meilleurs en intervention, sans doute à cause de son esprit d'initiative et de sa rapidité de prise de décision en cas de problème.

S'il était présent au moment de l'attentat, c'est qu'il y était pour quelque chose. Mais que cherchait-il ? Il n'aurait pas été aussi surpris de voir Haziel s'il souhaitait une confrontation... Voulait-il entrer en guerre ouverte avec Le Patron, se rappeler à Son bon souvenir ? Voulait-il marcher sur Ses plates-bandes et Lui envoyer un ultimatum, comme il l'avait déjà fait il y a très longtemps, lors de sa radiation du chœur angélique ? Il devait savoir qu'il n'avait aucune chance, depuis le temps...

Haziel connaissait bien Malek, ils avaient été très proches avant que ça ne tourne mal. Si vraiment l'apostat était l'instigateur de cette affaire, il parviendrait aisément à le ramener à la raison... Comme brusquement libérée par ce début de piste, la peur s'éloigna de l'ange, qui put enfin sombrer dans un sommeil de plomb.

5. Malek

« Please allow me to introduce myself
I'm a man of wealth and taste »
The Rolling Stones, *Sympathy for the Devil.*

Ô mon frère, mon vieux frère Haziel ! Quelle surprise de te retrouver ! Cela faisait bien trois mille ans que nous ne nous étions pas croisés…C'est curieux, la mémoire : malgré cet effroyable temps écoulé, j'ai tout de suite reconnu ta petite gueule de fils de pute. Il faut dire que tu n'as pas changé, forcément. Moi, j'ai pas mal vieilli. Plus lentement qu'un humain, bien sûr, mais trente siècles au milieu des singes, ça laisse des traces.

Si tu savais ce que j'ai enduré pendant tout ce temps par ta faute, mon frère ! Peux-tu seulement imaginer ce que ça fait, d'être condamné à la matière pour l'éternité ? D'oublier tout du passé et du futur, de redécouvrir les évènements au jour le jour sans pouvoir rien anticiper ? De souffrir quotidiennement des mêmes limitations qu'un chien abandonné ? Dire que j'ai tout fait serait un doux euphémisme. Dire que je l'ai fait mille fois aussi, d'ailleurs. Tout ça parce que j'ai voulu faire à ma façon, parce que personne ne voyait qu'on allait à la catastrophe.

J'ai très vite compris que mon insubordination allait me coûter cher, mais j'étais loin d'imaginer ça. Etre envoyé au Tartare pour ne pas avoir marché droit, pour ne pas avoir suivi la sacro-sainte règle de non ingérence dans les affaires humaines ! Et que faites-vous à longueur de votre absence de temps, vous les Anges, mes frères, si ce n'est pas de l'ingérence ?

Mes frères ? Tu parles ! Crois-tu qu'il y en ait un qui serait venu me voir ? J'étais devenu le mouton noir, le pestiféré. L'histoire de Malek le Maudit, ça devait faire rigoler à la cantine !

J'ai au moins eu le plaisir de dire ses quatre vérités au Patron avant qu'il ne me vire. Il a dû être vert, sur son trône de gloire pétrifiée de principes, monsieur Univers ! Personne n'avait dû lui parler comme ça avant !

Je suis sûr que tu ne te souviens même pas de ce qui a déclenché toute l'histoire. Au départ, c'était une banale mission en Egypte : mise en place d'une religion monothéiste révolutionnaire, création d'une nouvelle capitale pour marquer les esprits et rompre avec les habitudes, changement des réseaux d'influence. Rien que de très banal, somme toute. Le pharaon régnant, un grand homme, il faut bien le reconnaître, se sentant trop vieux pour mener la révolution jusqu'à son terme, passe la main prématurément à son fiston, qu'il charge de bâtir sa cité et de préparer les réformes religieuses. Ils règnent ainsi tous les deux en parallèle, chacun sur son territoire, sans coup férir. L'opposition potentielle, les pontes de la religion traditionnelle qui détiennent le pouvoir et les richesses, ne voit rien venir et ne bronche pas. Du velours.

50

Moi, jusqu'ici, j'ai fait mon boulot normalement, donnant un coup de pouce à droite et à gauche, comme d'habitude. Tout se passe plutôt bien pendant plusieurs années, jusqu'à ce que le père meure. Le fils est officiellement proclamé pharaon, et, laissé à lui-même, commence à faire gaffe sur gaffe, poussé par un idéalisme naïf et irréaliste. C'est là que ça se gâte, et que je commence à me dire que la politique de la maison mère a des ratées. Les ennemis du nouveau roi s'accumulent, tant à l'intérieur qu'à l'extérieur du pays, et les menaces de désordres, puis de guerres frontalières, puis de guerre civile, deviennent de plus en plus insistantes.

Très vite, c'est le chaos. L'armée, menée par un jeune général qui fera parler de lui par la suite, part défendre les frontières en désobéissant au roi, qui prône la paix à tout prix, y compris celui de la disparition de l'Egypte. Le peuple est déchiré et les massacres ne se comptent plus. La terreur règne.

Et comme si de rien n'était, Le Patron continue de soutenir la révolution, envoyant ses anges prêcher la bonne parole à de pauvres bougres qui n'ont plus rien à manger et qui ne demandent qu'une chose, que ça s'arrête !

Et là, je dis stop. Un jour, alors que je suis incarné en mission, je refuse d'obéir aux ordres, et je prends le maquis. Je ne me doutais pas que jamais plus je ne quitterais la matière. Je pensais que mon action clandestine prendrait le temps qu'il faudrait, mais que je pourrais plaider ma cause et revenir.

L'idée de génie, ça a été de me faire passer pour Amon-Râ ! Tu imagines ? J'incarnais le dieu suprême de leur panthéon surpeuplé, en lutte contre Le Patron lui-même ! J'avais élu domicile dans le Saint des Saints du temple de Karnak, d'où je pouvais donner mes ordres aux grands prêtres, qui les répercutaient sur toutes les terres des deux Egyptes.

Les pauvres, ils ont été bien surpris de me voir et de m'entendre la première fois ! Pourtant, ils sont restés incrédules au début. Il m'a fallu faire quelques miracles pour qu'ils se laissent convaincre que j'étais qui je prétendais être. Après, ça a été du gâteau. Ils m'amenaient des tas de trucs en offrande, nourriture, vêtements, babioles. Ce n'est que plusieurs décennies plus tard (j'ai occupé le poste très longtemps, c'était la solution de facilité) que j'ai pensé à leur demander de jeunes vierges ! Je devais commencer à être sérieusement perverti par la matière, et ça ne s'est pas arrangé par la suite, tu peux me croire. Bon sang que c'était bon, toute cette chair fraîche... Ils ont même fini par représenter Amon avec la trique, c'est tout dire !

Par la suite, j'en ai eu assez d'être enfermé, et j'ai tout plaqué. Je suis parti à l'aventure, à la découverte de ce monde que j'avais contribué à façonner et à éduquer pendant un temps. Quel échec tragique ! Il semble qu'arrivé à un certain stade d'évolution, l'être humain n'apprenne plus rien, et entre systématiquement dans une spirale infernale qui le mène vers sa propre destruction.

Durant ces siècles d'errance, j'ai beaucoup appris sur ces créatures et leurs paradoxes. J'ai vécu parmi eux, exercé la plupart de leurs métiers. Moi qui les aimais au début (c'est quand même pour les aider, changer leur destin, que j'avais renoncé à mon angélisme !), je me suis mis à les détester. Je n'ai plus supporté leurs limitations, leurs petites querelles incessantes, leur manque de perspectives. J'avais tout sacrifié pour sauver une grande civilisation pleine d'avenir, et je me retrouvais au milieu de primates dont les rares étincelles d'intelligence étaient balayées par des maelströms de stupidité, dès que leur cerveau reptilien prenait le contrôle du pilote automatique, et dont le niveau de réflexion ne dépassait pas celui d'un troupeau de buffles en rut. Partout bassesse et mesquinerie s'acoquinaient avec méchanceté et haine pour engloutir les âmes dans un substrat de lourdeur et de souffrance qui recouvrait le monde. J'ai bien cru m'y noyer plusieurs fois, jusqu'à ce que je comprenne que je ne m'en sortirais qu'en étant pire qu'eux.

Je leur ai même mis sur le dos la cause de mes malheurs et de mon expulsion du Royaume, comme ils disaient. Car mon histoire, que j'ai racontée à quelques-uns, leur a plu, et ils m'ont intégré dans leurs mythes, sous des noms divers. Par un retournement ironique des choses, j'ai fini par représenter le côté obscur de leur inconscient collectif, et ce sont eux qui m'ont accusé de tous leurs maux. C'était tellement plus facile…

Et puis le temps, ce grand magicien, a fait son œuvre. Le sort de l'humanité a fini par me désintéresser complètement, si ce n'est pour assouvir mes propres ambitions, que j'ai découvertes peu à peu avec passion. En cela, je suis peut-être devenu le plus humain d'entre eux. J'ai compris soudain que l'homme était en fait une ressource énergétique fabuleuse; un combustible en renouvellement constant et en expansion permanente; une matière malléable, qui répond à quelques lois simples, et dont je pouvais faire ce que je voulais.

A présent, regarde-moi, ô Haziel mon frère. Je suis devenu l'homme le plus puissant du monde. Et le plus riche, forcément. J'ai un building dans toutes les places qui « comptent », sous un pseudonyme ou sous un autre. Patiemment, brique après brique, siècle après siècle, j'ai bâti un empire invisible qui tire les ficelles de tous les gouvernements. J'ai contrôlé l'or, d'abord, depuis le temps des pharaons. Puis le charbon, lorsqu'on en a eu besoin pour les premières industries. Et le pétrole, bien sûr, qui reste à ce jour, et de loin, mon activité la plus lucrative. La méthode, la même depuis des millénaires, est affreusement simple : pour contrôler une ressource, il faut contrôler les pays où elle se trouve, ou par où elle transite. Pour contrôler un pays, il faut faire et défaire les gouvernements, au gré de leur docilité, ou de celui de leurs peuples. Nous ne sommes pas contre les révolutions, si elles vont dans le bon sens – le nôtre ! Nous ne sommes même pas contre le bonheur des peuples, figure-toi, comme en témoignent les nombreuses chaînes de télévision spécialisées que nous avons mises en place à coups de milliards pour qu'ils puissent satisfaire leurs instincts les plus bestiaux. *Panem et circenses...* Rien n'a changé depuis le temps que je vis sur cette planète ! Seuls les vêtements chics et les petits gadgets technologiques camouflent chaque jour un peu plus le singe qui ne dort que d'un œil au fond du contribuable.

Tiens, en parlant de gadgets, mon dernier dada, ce sont les biotechnologies. Et ça va faire très mal, je peux te l'assurer ! J'ai monté quelques labos clandestins avec des génies élevés en batterie, qui me concoctent des petites merveilles tout à fait monstrueuses. C'est fou comme les mortels sont peu scrupuleux à partir du moment où on les caresse dans le sens du poil... Vous donnez un peu d'argent et du bon matériel à un chercheur, et il vous pondra n'importe quoi sans dire un mot !

Quant à mes motivations, je te les exposerai quand nous nous reverrons. Car nous nous reverrons, il ne peut en être autrement. Je veux tout simplement que Le Patron me laisse cette planète. J'ai déjà prouvé que je pouvais la gérer, et je suis sûr que je peux faire mieux

54

que Lui. Il en a des milliers d'autres pour s'amuser, tu reconnaîtras que je ne suis pas trop gourmand, non ?

Le processus, ici encore, est enfantin : Il me la laissera si personne ici bas ne croit plus en Lui. Et les humains ne croiront plus en Dieu quand leur vie deviendra vraiment invivable. Encore plus que maintenant, je veux dire. C'est déjà dégueulasse dans pas mal d'endroits, mais ce que je vais faire, c'est l'Enfer global et absolu. Je vais les dégoûter de toutes les religions pour l'éternité.

Si tu veux t'associer à ma grande vision, si tu veux m'aider, tu seras le bienvenu. J'aurai besoin d'hommes comme toi pour réaliser mes projets. Car tu seras un homme alors, maudit comme moi, prisonnier de la matière comme moi, mais immortel et entièrement libre dans un monde clos. Que demander de plus ? Ne vaut-il pas mieux être empereur de village qu'éboueur à Rome ?

En attendant, Haziel mon ami, je contemple la plus belle ville du monde du haut de ma tour de verre, à la Défense. J'ai dans la main droite un verre de Pétrus 1947 offert par le Président, qui est un ami, et dans la main gauche un Montecristo gros comme le bras.

Et je jouis, mon pote, je jouis, tu ne peux pas savoir…

6. Le Patron

« It's been a long time since I do the stroll »
Led Zeppelin, *Rock'n'roll*

Haziel avait abandonné sa paillasse de l'hôpital Sainte-Cécile. Il s'était embarqué pour le pays des rêves, empruntant malgré lui une de ces petites bulles colorées et changeantes qui flottent autour des corps endormis. Il se retrouva ainsi marchant au bord d'un fleuve large et paisible, aux eaux sombres. Alors qu'il suivait la rive avec le courant à sa gauche, contournant des champs de roseaux et de souchets impénétrables, une aigrette s'envola en piaillant son mécontentement contre l'importun. Il arriva à un endroit où un petit chemin de terre se jetait directement dans l'onde, en pente douce. De l'autre côté de la trouée, une agitation suspecte venue d'un buisson lui donna l'alerte, et il se cacha instinctivement dans les profondeurs de la végétation amphibie, ne sachant pas s'il avait affaire à un ami ou un ennemi. Mais il n'avait pas fait attention où il mettait les pieds, et se retrouva dans la boue jusqu'à mi-cuisse !

Ce fut bientôt une petite gazelle qui sortit des fourrés, et se dirigea prudemment vers le bord de l'eau pour se désaltérer. Elle s'approchait à petits pas comptés, car le sol, défoncé par une multitude de gros animaux, était très inégal et bourbeux. Mais à peine eût-elle enfin commencé à lamper l'eau du fleuve, qu'une immense tête de crocodile se projeta violemment hors de l'eau et l'attrapa au cou. La frêle créature se défendait vaille que vaille, mais elle ne pouvait rien contre le poids de la bête hideuse qui l'attirait irrésistiblement loin du bord, ni contre la pression des mâchoires, si bien plantées que rien désormais ne pourrait leur faire lâcher prise. Décontenancé, Haziel ne savait que faire : devait-il sauver l'animal ? Et comment faire fuir un tel monstre sans y perdre soi-même la vie ? Il se reprocha de ne pas avoir continué normalement sa route, car en l'entendant passer, la gazelle aurait pris peur et serait aller boire plus loin...

Il se passa alors une scène étonnante : venu de nulle part, un garçonnet d'une dizaine d'année surgit brusquement et courut vers l'énorme saurien sans marquer la moindre hésitation, en lui hurlant des imprécations dans une langue inconnue, et en le menaçant d'un pauvre bâton qu'il brandissait d'une main. Simplement vêtu d'un pagne, le crâne rasé et le teint hâlé, il devait venir d'un village proche, sur la rive du grand fleuve.

Alors, comme obéissant au garçon, le crocodile sembla marquer un temps d'arrêt, puis relâcha de lui-même sa proie, avant de s'enfoncer dans les eaux noires, et disparaître complètement ne laissant à la surface que le mauvais souvenir d'un remous. Sonnée par sa mésaventure, la gazelle regagna péniblement la rive, puis s'enfonça à nouveau dans les buissons, sollicitée dans sa fuite par le jeune garçon qui tapait dans ses mains. Elle s'en était sortie à bon compte : les crocodiles ont des mâchoires puissantes, mais leurs dents coupent mal. C'est pourquoi ils sont obligés d'emmener leurs proies sous l'eau pour les noyer. La miraculée se remettrait vite.

Mais le plus surprenant restait à venir. Le môme qui ne connaissait pas la peur se retourna droit vers l'ange qui se croyait bien caché, et ses yeux semblaient percer l'épaisseur des roseaux.

« Haziel, cria-t-il soudain. Viens ici ! Sors de ta cachette, mauvaise engeance ! Ne reconnais-tu pas ton Créateur quand tu le rencontres ? »

Si le style du discours ne semblait pas aller avec la mise de l'enfant, il trahissait immanquablement son auteur pour qui le connaissait bien.

« Le décor te plaît-il ? reprit le garçon. A part les monstres qui règnent dans les profondeurs, n'est-il pas un miracle de paix et d'harmonie ? J'espère que cette petite mise en scène édifiante te mettra un peu de plomb dans la cervelle, car elle préfigure ce que tu vas bientôt devoir traverser.

– Patron, c'est vous ? s'exclama Haziel. J'essaie de vous joindre depuis si longtemps ! Vous allez enfin pouvoir m'expliquer ce bordel !

– Du calme ! Surveille ton langage, et viens t'asseoir. J'ai beaucoup à t'apprendre. Je constate avec regret que tes incarnations répétées n'améliorent pas ton vocabulaire ! Tu pourrais t'adresser à Moi en termes mieux choisis, non ?

– Votre langage non plus n'est guère châtié, « Seigneur » ! Mais passons … Pourriez-vous, de grâce, éclairer votre humble créature de vos lumières omniscientes ? Elle est un peu déboussolée, là ! »

Haziel sortit de sa cachette et marcha vers la berge, dégoulinant de boue. Il s'installa sur un talus herbeux à côté de l'enfant, qui n'était autre que Le Créateur de l'univers, L'Etre Suprême, Dieu, Iahvé,

59

Allah, Vishnu, Quetzalcóatl, Le Hasard, Le Logos, et tous les autres noms que les hommes lui ont donné depuis le début des temps !

« Alors, qu'est-ce qui te chagrine, mon fils ? dit celui-ci. Ne sais-tu pas que tout se déroule toujours à la perfection, quoiqu'il arrive ?

– En l'état actuel des choses, j'ai du mal à le croire. Ma petite mission pacifique, qui ne devait prendre que quelques heures, dure depuis bientôt une semaine et a tué quelqu'un. Je suis enfermé dans un asile, entouré de fous dangereux, avec toutes les polices du pays qui me surveillent. On a déjà fait mieux pour la discrétion et l'efficacité !

– En effet…

– Qui plus est, j'ai vu Malek dans les parages au moment de l'explosion. J'ai mis un moment à le reconnaître, mais je suis sûr que c'était lui. Connaissant l'oiseau, il est certainement pour quelque chose dans ce fiasco.

– C'est bien lui le responsable, c'est vrai. Il est le crocodile de ton rêve, qui met Ma Création en péril. On dirait que j'ai perdu le contrôle quelque part, n'est-ce pas ? Cela ne me ressemble guère … à moins que…

– A moins que quoi ?… Holà, j'ai l'impression que vous ne m'avez pas tout dit avant de partir, je me trompe ?

– Il faut te rendre à l'évidence : cette incarnation a un caractère très spécial, et son but te concerne très intimement. Oublie le premier ordre de mission. En plus d'être devenu caduque par la force des choses, ce n'était qu'un prétexte depuis le début.

– Mazette ! J'aime quand vous me faites confiance comme ça… Je me sens considéré, c'est pas croyable !

– Ne te fâche pas… hum, attends plutôt la suite. »

Haziel serra les dents et saisi son poing dans sa main :

60

« Allez-y, je m'attends au pire, souffla-t-il.

– Ce que j'ai dit tout à l'heure sur l'influence que tes incarnations avaient sur toi n'était pas faux. Il semblerait qu'à ton insu, tes actions aient fait quelques vagues il y a bien longtemps, et la loi universelle de cause à effet, qui est immuable, impartiale et mathématique, te met maintenant face à leurs conséquences, avec quelques millénaires de retard.

– En clair, je suis sous le coup d'un redressement karmique !

– Exact.

– Mais je suis un ange, ce n'est quand même pas rien ! Comment puis-je encore être pris dans ces histoires à la noix ?

– Oui, c'est vrai, tu es encore un ange, pour l'instant... Mais tu déclines ! Plus tu t'es incarné au cours de tes missions, plus ton humanité, ton amour de la matière, on pourrait dire ta « matérialité », ont augmenté. Actuellement, tu en es arrivé à un point où tu es plus proche de l'être humain que de ton angélisme initial. Ce qui provoque cette brusque apparition de passif personnel à régler.

– Mais ce n'était pas prévu, ça ! J'ai fait quelque chose de mal, ou quoi ? J'ai beau chercher, je n'arrive pas à me rappeler un moment où j'aurais pu merder ! J'ai toujours respecté les consignes à la lettre !

– Non, non, ce n'est pas toi ! Et reste poli, tu veux ? C'est Moi qui n'ai pas anticipé cette transformation. J'aurais dû la prévoir, après le retournement de Malek. Mais je croyais avoir sélectionné des candidats suffisamment solides et incorruptibles pour résister aux tentations du monde physique... Il était trop tard quand je me suis rendu compte des dangers que vous couriez. Le mal était fait. »

Gêné, l'enfant eut un sourire pincé, pendant que son interlocuteur restait bouche bée :

61

« Je ne peux pas croire ce que je viens d'entendre ! Comment est-ce possible ? Comment n'avez-vous pas pu voir venir cela, vous qui voyez et savez tout ?

– Euh... et bien en fait, je ne contrôle pas tout, vois-tu... Ma création est en changement perpétuel, et elle est libre d'évoluer comme elle le veut, à condition de se diriger dans la bonne direction... C'est comme si j'étais responsable d'une compagnie ferroviaire : je connais la gare de départ, la gare d'arrivée, mais il y a une infinité de chemins possibles pour aller de l'une à l'autre !

– D'accord, mais c'est quand même vous qui avez construit les gares, les voies ferrées, les trains, les aiguillages... et même les gens dans les trains... et même les vaches qui regardent passer les trains !

– Oui, mais les gens prennent les trains qu'ils veulent, ils font ce qu'ils veulent dans les trains, et ils peuvent même choisir d'être des vaches s'ils ne veulent aller nulle part... »

L'ange balaya le débat d'un revers de main :

« Bon, on arrête... Je refuse ça ! Je ne veux pas déchoir, devenir un humain ! C'est ce qui risque de m'arriver si je continue, n'est-ce pas ?

– Je le crains en effet...

– Restons calmes. Il y a sûrement une solution pour s'en sortir. Que dois-je faire ?

– Je dirais que tu dois faire comme tous les humains, c'est-à-dire régler tes histoires pour pouvoir passer à la suite. Il va te falloir renouer le contact avec des mortels qui se considèrent liés à ton destin, et que tu défasses en douceur ces liens, que tu règles ces dettes, que tu guérisses ces relations de dépendances mal placées. Il se pourrait même que tu apprennes des tas de choses sur toi qui te feront grandir encore un peu plus !

62

Cette affaire est peut-être une grande chance, finalement ?

– Mouais… quand je regarde autour de moi, je n'en reviens pas de ma chance…

– Mais si ! Tu vas voir, ça va être super ! Après, je te laisserai partir en vacances, pour que tu prennes un peu de hauteur et que tu te sentes pousser des ailes… »

Tandis qu'ils parlaient, la gazelle était revenue sur ses pas, et frottait son museau dans le dos du petit garçon. Celui-ci prit la tête de l'animal entre ses mains, et commença à le complimenter.

« Regarde cette délicieuse créature, dit-il à Haziel. N'est-elle pas magnifique ? »

La gazelle regardait l'ange avec insistance, tandis que l'enfant lui flattait l'encolure.

« Je t'attendais depuis si longtemps ! » articula-t-elle soudain contre toute attente.

Surpris, Haziel eut un mouvement de recul.

« Voici le message principal de ce rêve ! expliqua l'enfant. Ton passé revient vers toi par l'intermédiaire d'une rencontre que tu viens de faire, et qui t'ouvre la possibilité de corriger ou de refaire ce qui a été mal fait.

– Une rencontre récente ? Mais qui donc aurais-je pu… »

L'ange se réveilla en sursaut lorsqu'il reconnut le regard du petit mammifère : il avait les yeux du docteur Lanson !

7. Mérit

« The trick is to keep breathing »
Garbage

Le jour se levait sur les bords du Nil. L'astre solaire rougeoyant à l'horizon, embrasant les berges couvertes de roseaux, ne réchauffait ni le regard ni le cœur de la jeune fille debout à la poupe du navire dont l'étrave fendait les eaux boueuses. A chaque coup de rame, elle voyait s'éloigner la cité qui l'avait vue grandir, où elle avait passé les quelques années heureuses de sa courte existence.

Depuis plusieurs mois déjà, la Cité du Soleil, la Demeure d'Aton, n'était plus la lumineuse ville blanche voulue par son fondateur. Après la mort de celui-ci, elle avait été privée de son souffle vital, et s'était abandonnée à une ruine rapide. A présent, pratiquement vidée de tous ses habitants, en proie aux pillards et aux troupes autorisées à accomplir toutes les dégradations, elle se laissait mourir par les flammes et la lassitude, elle se laissait fouetter et démembrer par les vents du désert.

L'adolescente détourna la tête pour ne plus contempler les colonnes de fumée qui détruisaient son passé. Malgré l'adversité qui la poussait vers un avenir incertain, elle saurait tenir son rang et rester digne. Elle était la princesse Mérit, et le sang des rois coulait dans ses veines. Fille d'un pharaon assassiné, épouse d'un autre pharaon assassiné, elle était emmenée sous escorte militaire, ainsi que ce qui restait de la famille royale et de ses fidèles, à Thèbes, la cité d'Amon, qui avait fini par remporter la bataille qui l'avait opposée pendant près d'un quart de siècle à Aton, le dieu Soleil représenté sur Terre par son fils bien-aimé Akhénaton, le roi hérétique.

Cette lutte d'influence, qui était longtemps restée larvée, avait été menée au nom du riche et puissant clergé d'Amon par le général en chef des armées, Horemheb. Celui-ci était présent sur le pont ce matin-là, car il n'avait pu s'empêcher de savourer ouvertement sa victoire, en accompagnant à bon port ses « hôtes » de marque. A trente-huit ans, il était encore suffisamment jeune pour avoir toutes les ambitions. Grand et musclé, d'une santé insolente, il avait en plus le charme et le charisme des hommes ayant reçu très tôt le commandement. Il ne doutait de rien et se sentait invincible. En voyant le désarroi dans lequel étaient plongés les rescapés de la famille régnante, il commençait à caresser des rêves de pouvoir qui ne lui seraient même pas venus à l'idée deux ans auparavant.

Il y avait là le petit Tout, bien sûr. Le plus jeune frère de l'hérétique, fils d'une épouse secondaire d'Amenhotep le grand, était âgé d'à peine dix ans, et avait été choisi par le clergé pour accéder au trône des deux Egyptes. On se disait que l'enfant n'avait pas eu le temps d'avoir le cerveau farci par son entourage, et qu'on pourrait plus facilement le ramener à la vraie foi. On se disait aussi que ce roitelet providentiel ne s'opposerait pas aux contre-réformes draconiennes qui seraient décidées en son nom le jour même de sa proclamation.

A ses côtés se tenaient le seigneur Aÿ et son épouse Ti, les beaux-parents d'Akhénaton, qui avaient donné à l'Egypte sa reine la plus légendaire depuis la grande Hatshepsout, la plus belle d'entre les belles, Néfertiti. Le pragmatisme et l'intelligence d'Aÿ, alliés à la beauté de sa fille, avaient été des atouts majeurs pour le jeune roi lorsqu'il avait voulu faire accepter par le peuple une vision du monde anticonformiste et des changements d'habitudes radicaux. Pragmatisme encore lorsque, après la mort du roi et de son successeur éphémère, Aÿ avait négocié avec le clergé d'Amon le retour du pouvoir central à Thèbes, sa capitale historique, pour apaiser les tensions et arrêter le massacre. De ces négociations étaient sortis le nom de Tout comme futur pharaon, et celui d'Aÿ comme régent jusqu'à ce que l'enfant soit en âge de régner seul.

Ainsi, aux yeux du peuple, les apparences étaient-elles sauves, presque sans coup férir : la dynastie continuait et regagnait la ville qu'elle n'aurait jamais dû quitter. La parenthèse de quelques années de la folie d'Aton, qui n'avait pas vraiment convaincu la plèbe, serait vite oubliée, et on effacerait au besoin des stèles le nom de ses principaux acteurs. De toutes les façons, l'Histoire ne conserverait aucune trace des égarements qui avaient failli faire disparaître l'Egypte de la surface de la Terre.

Néfertiti était du voyage, elle aussi. Elle ne portait plus le titre de Reine, car Akhénaton l'avait éloignée du pouvoir plusieurs années auparavant pour divergences politiques. Les mauvaises langues disaient qu'il lui en voulait surtout de ne pas lui avoir donné un descendant mâle pour assurer la continuité de la dynastie. Il faut dire que le couple avait eu six enfants, tous des filles, dont certaines étaient mortes en bas âge.

C'est pourquoi celle qui serait plus tard considérée comme la plus grande beauté de tous les temps serait sa cadette Ankhesen contre son cœur comme un trésor, car, en la mariant au jeune Tout, elle comptait sur elle pour regagner de l'influence qu'elle avait perdue.

Et puis il y avait Mérit, la fille aînée d'Akhénaton, dont le visage avait hérité de la pureté et de la régularité des traits de sa mère. A dix-sept ans, elle était plus mûre que les filles de son âge : en quelques mois, elle avait été mariée à Smenkh, le successeur désigné de son père, puis reine d'Egypte à la mort de ce dernier, puis veuve, enfin, dans des conditions tout aussi mystérieuses que la mort d'Akhénaton (mais était-ce vraiment un mystère ?). Lorsque Horemheb la regardait, il avait beaucoup de mal à se retenir de l'attirer contre lui. Il la désirait comme un fou, et son cœur battait à tout rompre chaque fois qu'il l'approchait. Alors qu'elle était inaccessible il y a quelques temps encore, tout avait changé désormais : le destin de l'Egypte était scellé, et elle n'en faisait plus partie. Elle n'était plus rien. Et pour Horemheb tout devenait possible.

Lorsque Mérit regardait le général, c'étaient des bouffées de haine, au contraire, qui la submergeaient. Il représentait le conservatisme, l'obscurantisme, le nationalisme, l'oppression, l'arrogance, la rigidité... et elle en oubliait sûrement. Tout ce contre quoi sa famille avait lutté depuis toujours. Cet homme avait semé la mort au milieu de son paradis. Il n'avait pas hésité à faire empoisonner son père et égorger son époux afin de mettre fin au rêve révolutionnaire qu'ils représentaient. Pour elle, elle en était consciente, tout était fini. Elle subirait sans doute le même sort quelques jours à peine après son arrivée à Thèbes. L'ardeur des prêtres d'Amon à faire disparaître toute trace de l'hérésie n'avait pas de limite.

68

Pourtant, curieusement, elle se disait que quelqu'un pourrait encore la sauver. Un homme mystérieux, d'une grande beauté et dont elle avait été immédiatement amoureuse, qui avait surgi dans sa vie juste après qu'elle eût été intronisée reine.

« Haziel… », murmurait-elle souvent, sans même s'en rendre compte…

*

« Haziel ? Vous vous sentez bien ? »

L'interpellé regarda le docteur Lanson l'air hagard, comme au sortir d'un songe. C'était leur deuxième entrevue, et elle n'arrivait toujours pas à cerner le personnage. Il était insaisissable, et la rendait mal à l'aise. Il venait de passer plusieurs minutes à la regarder bizarrement, sans dire un mot, l'œil fixe et vague à la fois. Il donnait l'impression de pouvoir lire en elle, à travers elle.

« Vous avez eu une assez longue absence. Cela vous arrive-t-il souvent ? lui demanda-t-elle.

– Non, non, répondit-il, encore ailleurs. Je découvrais votre passé. Je me posais quelques questions à votre sujet, et je voulais en savoir plus ! »

Il lui fit un grand sourire. Elle le dévisagea, un peu troublée. Alors que la veille encore, il paraissait complètement démuni et au bord de l'inanition, il affichait à présent une bonne humeur et un optimisme à toute épreuve. La plongée en asile psychiatrique semblait l'avoir ragaillardi !

« Quand vous dites que vous découvrez mon passé, vous faites allusion à quoi, exactement ? demanda-t-elle, sceptique.

– Et bien je vous regarde au niveau du plexus, en accommodant ma vision pour pouvoir lire votre aura, c'est à dire en ne fixant rien de précis, et au bout d'un moment, apparaissent des images de scènes que vous avez vécues il y a plus ou moins longtemps, qui revêtent une importance particulière dans votre histoire. En fait, c'est vous, votre surmoi si vous préférez, qui me montrez ce que vous voulez bien me montrer. Et voilà ! »

Viviane regarda son patient avec un air bizarre. L'apparence agréable de Haziel l'avait rendu *a priori* sympathique à ses yeux, mais il fallait reconnaître que son discours partait dans des directions qu'elle ne pouvait cautionner, même avec la meilleure volonté. Peut-être tenait-elle enfin le premier signe marquant d'une pathologie.

« Vous voyez des auras autour des gens, c'est bien ça ? répéta-t-elle avec une mine contrite. Vous pouvez m'expliquer ce que c'est exactement, pour que j'essaie de vous suivre ?

– La structure d'un corps humain, ainsi que de tout corps vivant d'ailleurs, est plus complexe que ce que vous pouvez en voir. Elle ressemble plutôt à un emboîtement de poupées russes, dont le corps physique serait la plus petite poupée. Je pourrais prendre une analogie musicale pour tenter de vous faire comprendre ce que je veux dire. Vous jouez d'un instrument de musique ?

– Non. Mais j'ai pris des leçons de piano, quand j'étais petite, répondit celle qui était sensée mener l'entretien.

– Excellent ! Vous savez donc que lorsque vous jouez une note de piano, le son que vous entendez est issu de la vibration d'une corde frappée par un marteau. Mais on vous a certainement expliqué que ce son est plus complexe que ce qu'il y paraît, et qu'une écoute attentive permet de distinguer d'autres notes que la fondamentale, celle que vous aviez jouée au départ. Ces autres notes sont appelées harmoniques, et ont des fréquences multiples de la note fondamentale. Ainsi, si vous jouez un *do*, vous pourrez entendre en plus un *do* à l'octave supérieur, un *mi*, un *sol* et peut-être d'autres *do*, *mi* et *sol* de plus en plus aigus, et théoriquement à l'infini, en fonction de la force avec laquelle vous avez frappé la touche du piano, de la facture de l'instrument, et de la qualité de la pièce dans laquelle vous vous trouvez. Soit dit en passant, si vous jouez ces trois notes en accord (do mi sol), vous obtiendrez ce qu'on appelle un « accord parfait » de do, celui qui sonne le mieux à l'oreille, parce que les harmoniques générées alors entrent en résonance et s'enrichissent mutuellement, en transcendant les caractéristiques vibratoires de l'instrument.

— Si je comprends bien, c'est là qu'interviennent les notions de physique vibratoire dont vous me parliez hier ? intervint le docteur Lanson. Parce que pour l'instant, je ne vois pas le rapport avec l'aura !

— Le lien est pourtant évident ! répondit Haziel. C'est la même logique qui prévaut dans les deux domaines : il faut considérer que les différentes couches de l'aura, les poupées russes qui s'étendent autour de vous, sont des harmoniques nées de la vibration des atomes de votre corps, ayant des fréquences de plus en plus élevées à mesure qu'elles sont éloignées de leur source. De même, le nombre de couches observables, qui est de trois ou quatre chez la plupart des individus, s'accroît à l'infini avec la pureté et la force de leur note fondamentale, c'est-à-dire avec l'élévation de leur niveau de conscience !

— C'est fascinant, tout cela ! J'ai presque l'impression de comprendre, dit Viviane en entrant dans le jeu de son patient. Mais à quoi sert-elle exactement, cette structure que vous me décrivez ?

— C'est plus compliqué à expliquer, car chaque couche à un rôle différent. On peut simplement dire que

71

l'aura à deux fonctions principales. Tout d'abord, elle sert d'interface entre les mondes matériel et spirituel, puisque les informations qui transitent entre le corps, l'âme, et l'esprit d'un individu passent par elle. Elle constitue d'ailleurs ce que vous-même appelez le moi et le surmoi, qui sont des notions qui vous sont chères, Madame la psychiatre, si je ne m'abuse ?

– Absolument, répondit la jeune femme sur un ton glacial. Et c'est « Mademoiselle », s'il vous plaît.

– Vraiment ? Encore célibataire ? C'est à peine croyable ! » dit l'ange avec un air intéressé, assorti d'un regard volontairement gourmand.

Viviane écarquilla les yeux, et la lumière se fit jour dans son esprit. Comment pouvait-on être aussi désinvolte quand on était accusé d'entreprise terroriste et de meurtre ? En fait, son patient, n'avait aucune conscience de la gravité des faits. Il vivait dans une bulle, un rêve sans aucune connexion avec la réalité.

« Revenons à nos moutons, si vous le voulez bien, reprit-elle. Quelle est donc, selon vous, la deuxième fonction de l'aura ?

– Elle a un rôle protecteur, reprit Haziel. A la fois comme une armure, qui défend le corps contre les agressions extérieures, et comme un scaphandre, qui permet à l'âme de vivre en milieu hostile pendant une période prolongée. »

« Aurions-nous une tendance paranoïaque ? » songea Viviane. Elle s'empressa de creuser :

« Qu'entendez-vous par « milieu hostile », et qu'elles sont ces menaces extérieures dont vous parlez ?

– Ce n'est pas un monde de tout repos que celui de la matière ! On y baigne dans un bouillon de culture malsain où festoient microbes et virus de toutes sortes ; le corps accueille bien malgré lui des agents infectieux plus ou moins dangereux, des cellules cancéreuses de passage, des dérèglements qu'il faut surveiller et réparer

72

au plus vite ; sans parler des rayonnements cosmiques venus de tous les horizons qui vous bombardent en permanence et qui vous grilleraient en quelques secondes si votre aura ne veillait au grain, tel un filet énergétique de sécurité qui maintient la cohérence et l'intégrité de votre être contre vents et marées !

— Par conséquent, les maladies seraient dues à un dysfonctionnement de l'aura, si j'ai bien compris ?

— Tout à fait ! Imaginons que vous soyez plongée dans un bain d'acide, mais protégée par un scaphandre parfaitement étanche. Si la plus petite fissure survient, vous serez brûlée ! De même, une faille dans votre armure énergétique fragilise la partie de votre corps qui se retrouve ainsi exposée, et les agents pathogènes peuvent s'en donner à cœur joie !

— Alors allons plus loin : quelle sont les causes de ces fissures, de ces dysfonctionnements ?

— Hélas, les types d'altérations énergétiques sont pléthore, de même que leurs causes ! On peut citer une mauvaise hygiène de vie, bien sûr, mais aussi une conception erronée du monde, des pensées obsessionnelles qui vont provoquer un véritable kyste aurique en empêchant une bonne circulation de l'énergie, des problèmes hérités de vies antérieures, des chakras atrophiés, tordus, qui ne tournent pas assez, ou même à l'envers... Oui, vraiment, la panoplie des maladies énergétiques est aussi riche que celle des maladies physiques, puisqu'en fait elle est son pendant exact !

— On entend partout parler de chakras. Pouvez-vous m'expliquer ce que c'est ?

— Les chakras ressemblent à des turbines qui traversent toutes les couches de l'aura, à des petits ventilateurs en forme de cônes, de tornades, dont la pointe est tournée vers le corps, et dont la partie évasée s'ouvre vers l'extérieur. Leur rôle est essentiel,

73

puisqu'ils renouvellent en permanence l'énergie vitale nécessaire à la bonne santé de tout être vivant, en irriguant les organes dont ils ont la charge.

– Admettons, concéda le docteur. Puisque vous êtes en verve, aujourd'hui, continuons un peu dans cette direction qui a l'air de vous passionner, même si elle n'a aucun rapport avec notre affaire. Vous avez compris, j'espère, que je suis chargée d'établir si vous souffrez d'une quelconque pathologie mentale. Si, comme vous le faites en ce moment, vous êtes capable de démontrer une certaine culture, une faculté de raisonnement logique, vous avez une chance d'échapper à l'asile, étant donné qu'apparemment vous n'avez eu aucun comportement violent depuis votre arrivée ! Donc, prouvez-moi que tout ce que vous dites est vrai. Pourquoi ne puis-je pas les voir, moi, ces auras ? Cette faculté est-elle réservée à une élite ? Faut-il être un Saint, un moine tibétain ?

– Non, certainement pas une élite ! Tout le monde devrait pouvoir le faire. Mais il faut avoir un peu travaillé sur soi pour être autorisé à accéder à ces informations intimes qui donnent un aperçu objectif de l'état de santé et de conscience d'un individu. On peut même, comme je vous l'ai dit, assister à des scènes d'autres vies de cette personne, qui permettent de mieux comprendre comment de mauvaises habitudes ou des pathologies récurrentes se sont ancrées dans son histoire.

– Mais bien sûr, c'est évident, comment n'y avais-je pas songé plus tôt ! dit la psychiatre avec ironie. C'est comme au cinéma, sauf que là, c'est Superman qui regarde l'écran avec son œil bionique ! Et sans indiscrétion, qu'avez-vous appris sur moi, tout à l'heure ?

– Apparemment, vous étiez une princesse en Egypte antique, il y a environ trois mille trois cents ans. La fille d'un pharaon qui a beaucoup fait parler de lui…

– Ben voyons, Toutankhamon maintenant ! La fête n'aurait pas été complète sans lui !

– Euh… si vous me permettez, il s'agissait plutôt d'Akhénaton, son grand frère…

– Vous vous fichez de moi, ou quoi ? Vous rendez-vous compte que j'essaie de vous suivre avec une patience que m'envierait Gandhi, et que vous vous discréditez complètement au moment où j'entrevoyais une issue ? Je me fiche totalement de vos élucubrations, mais je fais beaucoup d'efforts pour ne pas vous donner un visa pour perpète, alors j'apprécierais que vous m'aidiez un peu ! »

En temps normal, elle n'aurait jamais dû s'emporter de la sorte avec un malade. Mais elle refusait de croire que celui-ci soit stupide, et encore moins dangereux, et le fait qu'il gâche tout en s'enfermant dans ses discours imbéciles la mettait hors d'elle.

« Nous n'avons pas la même notion de « perpète », comme vous dites, répartit Haziel. Rien n'est éternel dans votre monde, contrairement au mien…

– Je n'ai pas l'impression que vous saisissiez la gravité de votre situation, répondit la thérapeute. Et je commence à croire que vous avez réellement besoin d'une assistance médicale.

– Ecoutez. Je suis innocent des crimes que l'on essaie de me mettre sur le dos. Toutefois, je suis conscient que le contexte dans lequel on m'a découvert ne plaide pas en ma faveur, loin de là. Je n'ai malheureusement aucun moyen pour l'instant de me disculper. »

Elle fit mine d'ouvrir la bouche, mais il l'interrompit d'un sourire :

« Ne vous en faites pas pour moi, je m'en sortirai. »

Et il se leva pour signifier la fin de l'entretien. Bouche bée, elle le regarda sortir de la pièce et appeler

75

lui-même l'infirmier de garde. Quelques instants après que la porte se fût refermée, elle ouvrit machinalement un des tiroirs de son bureau, y prit un dictaphone, et arrêta l'enregistrement. Décidément, ce cas ne ressemblait à aucun autre. Qu'allait-elle donc pouvoir écrire dans son rapport, à présent que le temps d'examen qui lui était imparti était écoulé ?

8. Alexander

« I will be king, and we'll live
Forever and ever»
David Bowie, *Heroes*

J'ai voulu mourir. Souvent. Mettre enfin un terme à cette comédie. Mais je connais les souffrances qu'endurent les suicidés errant dans l'entre-mondes, suffisamment dissuasives pour les empêcher de recommencer, et je n'avais vraiment pas envie de tenter ma chance. Alors je laissai pendant des siècles le crachin des jours ruisseler sur moi, pluie régulière et interminable, sclérosante et grise. Puis j'eus une idée que je crus bonne un moment. Puisque mon corps était décidément incorruptible, et qu'aucune maladie ne l'affectait jamais, que l'usure des âges n'avait pas de prise sur lui, ou si peu, je m'étais dit qu'en devenant soldat, en participant à quelques-unes des innombrables guerres qu'offre l'Histoire, je donnerais à la Grande Faucheuse plus de chances de me trouver sur son chemin. Evidemment, je me trompais, tant il est vrai que même au milieu des plus effroyables carnages, La Mort vous évitera avec soin si ce n'est pas votre heure. Et il semble que mon heure ne sonnera jamais. J'ai ainsi participé à des petits massacres et à de grandes batailles, assisté à des actes héroïques que tout le monde a oublié, et à des lâchetés sans nombre, mais dont certaines sont devenues grandioses une fois passées au filtre déformant de la légende.

La guerre n'est sans doute pas l'invention des hommes, mais ils se la sont si bien appropriée qu'ils en sont passés maîtres. Grâce à elle, ils éliminent les gêneurs, régulent leur démographie, et font des bonds technologiques phénoménaux. C'est le conflit incessant, la peur et la compétition qu'il engendre, qui ont fait de l'humanité ce qu'elle est, qui ont façonné son évolution. En fantassin ou en cavalier, en troufion ou en maréchal, en rangs serrés sur une plaine ou seul dans une tranchée, avec un glaive, une baïonnette ou une mitrailleuse, j'en ai avalé, des litres de boue, de sueur et de sang. J'en ai vu mourir, des compagnons à mes côtés, à qui on sert toujours les mêmes fables, quelle que soit l'époque. Certains mêmes partaient le sourire aux lèvres ou la fleur à la boutonnière. « Ils vont voir ce qu'ils vont voir, ça ne prendra pas longtemps, on sera revenu avant la moisson... ». Tu parles. C'étaient les mêmes qui faisaient dans leur froc en arrivant sur le champ de bataille, prenant conscience de l'ampleur du malentendu. C'est comme si d'une guerre à l'autre, on avait oublié les souffrances et les atrocités de la précédente, comme si les nouvelles armes, toujours plus raffinées, promettaient enfin une mort propre, sans bavure, et seulement pour les salauds d'en face. J'avais parfois l'impression d'être le seul à savoir vers quel enfer sans nom nous marchions. J'étais certainement l'un des rares, en tout cas, à y aller sans vouloir défendre le camp dans lequel je m'étais retrouvé embrigadé au hasard, dans un moment de déprime, en espérant simplement une fin rapide et indolore. Simplement une fin, en fait.

Mes premières batailles, je les ai connues en suivant un enfant au bout du monde. Un enfant étrange, issu du mariage fascinant du glaive et de la chance, qui était venu me trouver, de l'autre côté de la mer, pour que je le fasse roi d'Egypte. Il régnait déjà sur mainte contrée, et ne comptait visiblement pas en rester là. Il s'appelait Alexander, et les hommes le surnommeraient « le Grand », malgré la brièveté de son passage.

Lors de notre rencontre, j'étais déjà lassé depuis longtemps de ma vie de Dieu des Dieux. Cela faisait plus de mille ans que je cachais ma misérable carcasse sous les ors d'Amon-Râ, et j'avais fait plusieurs fois le tour de la richesse, de la vie facile, et de toutes les douceurs que peut offrir la matière. J'avais cessé d'espérer un retour en grâce auprès du Patron, même si j'avoue m'être bercé d'illusions au début. Après tout, quel était mon crime ? Cela ne rimait à rien ! Quoiqu'il en soit, aucun signe ne me fut jamais adressé et désormais, c'était chacun pour soi.

L'Egypte, pour laquelle j'avais tout quitté, et que j'avais tant contribué à enrichir et à renforcer, avec les Séthi et les Ramsès, n'était plus que l'ombre d'elle-même. Les rois étrangers, Hittites ou Nubiens, se succédaient et ruinaient l'économie. L'armée ne valait plus rien, la misère grandissait partout, les prêtres initiés aux hautes sciences étaient de moins en moins nombreux, et la langue sacrée des hiéroglyphes se perdait rapidement. Les grandes barques sacrées, qui reliaient une fois l'an les temples de Karnak et de Louxor durant la fête plusieurs fois millénaire d'Opet, prenaient l'eau de toute part. Les présages néfastes se multipliaient, qui me poussaient à tout quitter. Alors vint Alexander.

79

Il avait déjà conquis la moitié du monde connu, et s'apprêtait à partir à l'assaut des terres sauvages et peuplées de monstres, loin à l'Est. Mais avant cela, il voulait posséder le joyau d'entre les joyaux, la clef de voûte du bassin Méditerranéen, son grenier à blé et son coffre aux trésors. Comme tant d'autres avant lui, il voulait devenir le maître des Deux Terres, Pharaon. Mais là où les barbares n'avaient usé que de force et de violence, il exprimait une fois encore une intelligence et une subtilité rares chez un jeune homme d'à peine vingt ans. Il avait décidé de prendre l'Egypte sans verser le sang, simplement en se faisant reconnaître comme fils de Zeus-Amon-Râ – nommer un dieu était un peu compliqué en ces temps-là ! - et représentant direct de son pouvoir sur la Terre. Les seuls combats qu'il livrerait sur le sol égyptien seraient ceux d'un libérateur, qui rendrait à son Père céleste ce qui lui était dû.

C'est ainsi qu'il me trouva, au milieu du désert, à l'oasis de Siwa où il avait entendu dire qu'Amon-Râ parlait aux oracles. C'était là en effet que je m'étais retiré, à l'écart du tumulte des invasions qui agitaient de loin en loin la vallée du Nil. Une rencontre fut arrangée par les prêtres du lieu, qui voyaient dans les bonnes intentions du nouveau conquérant une chance de redorer leur gloire passée.

Lorsqu'il pénétra dans le sanctuaire, vêtu d'une simple tunique blanche de moinillon, emprunt de l'humilité qui sied à celui qui quémande, il me fit – dois-je l'avouer ? – forte impression. Il émanait de lui, malgré sa défroque, un charisme et une noblesse que je n'avais jamais observés auparavant chez un homme, et que je n'ai, je crois, jamais constaté depuis. Ou peut-être chez Bonaparte, ou Jim Morrison, mais ils n'étaient que des copies, obsédés par le feu de l'original. L'Histoire devait prouver par la suite qu'il n'était effectivement qu'un mortel, mais je le pris un moment pour un ange inconnu venu m'annoncer mon pardon et ma libération, avec ses cheveux longs et son regard tranchant comme une lame.

Nous parlâmes longuement, toute une journée me semble-t-il, et nous abordâmes les sujets les plus variés. De l'amour des femmes à la vie d'une armée en campagne, en passant par les plus grands auteurs hellènes, sa science de la vie et son érudition semblaient celles d'un vieillard. Le garçon, qui parlait aussi bien aux chevaux qu'aux hommes, me subjugua par son intelligence, et je me pris à entrevoir l'impossible : cet adolescent, si jeune encore, capable de déplacer les montagnes, ou de les araser si elles ne voulaient pas bouger, ne représentait-il pas un avant-goût d'une mutation de l'humanité ? N'était-il pas le héraut annonciateur d'une nouvelle ère, où les hommes, ayant grimpé quelques marches pour se rapprocher des dieux, auraient un accès naturel à toute la connaissance et la culture des mondes ? Où chacun serait exempt des tares et souffrances généralement constatées dans l'état matériel ?

Il me fit partager ses visions d'un monde idéal, qu'il instaurerait une fois passé l'état de guerre permanent qu'il avait déclaré lors de son accès au trône, et qui n'était selon lui qu'un mal nécessaire et transitoire. Une seule nation englobant toutes les autres, illuminée par la sagesse des plus grands philosophes grecs, une seule langue, une seule monnaie. Les enfants grandiraient alors dans un monde pacifié et équitable, les mérites s'obtenant par le travail, et non par la naissance.

Il emporta ma décision lorsqu'il me parla de ses projets pour l'Egypte. Il me dit en effet que son premier acte de gouvernement, s'il était amené à présider au destin des Deux Terres, serait de bâtir une nouvelle capitale au bord de la mer, entièrement tournée vers les grands axes commerciaux et culturels de la Méditerranée, vers la Grèce, vers le Liban, vers l'Asie

Mineure. Non loin du port, il ferait construire un temple du savoir, la plus grande bibliothèque du monde, où serait entreposé l'ensemble des connaissances humaines, où seraient traduits, copiés et protégés tous les livres écrits depuis le début des temps ! Ainsi, Alexanderia, sa cité de rêve, serait non seulement le carrefour incontournable de toutes les transactions commerciales, mais aussi la lumière du genre humain, vers laquelle tous les regards se tourneraient pour repousser les spectres de l'ignorance et de la barbarie.

Je ne savais pas s'il réussirait à matérialiser ses rêves, mais ceux-ci étaient beaux, et sa fougue, son enthousiasme à me les décrire me convainquirent de lui donner mon accord. Ce que je fis gravement, comme il sied à un dieu.

S'il me prit vraiment pour Amon-Râ, je ne saurais le dire. Il y avait trop de discernement dans ses yeux, de calculs dans sa tête, et en même temps trop d'amour de lui-même dans son cœur, pour considérer que qui que ce fût d'autre qu'Alexander fût un dieu sur la Terre !

Lorsque l'entretien se termina, je fis publiquement, devant les grands prêtres assemblés, une accolade paternelle au jeune garçon, et leur dit qu'en vérité, celui-là était mon fils bien-aimé, et qu'il avait tout pouvoir sur l'Egypte pour lui rendre honneur, gloire et richesse. Cela équivalait à le faire Pharaon.

Ce faisant, je donnai ma terre d'adoption à la Grèce pour les trois siècles suivants, sans remord car l'Egypte ne m'était plus rien. Puis, changeant une nouvelle fois d'apparence, je décidai de suivre ce jeune roi qui semblait venu du ciel et qui promettait tant, et m'enrôlai dans son armée comme simple fantassin pour qu'il ne me reconnaisse pas. L'attente ne fut pas longue avant qu'Alexander ne souhaite repartir en campagne vers l'inconnu, laissant le gouvernement de la nouvelle province à un général, son ami le plus proche, un certain Ptolémée dont la descendance, prolifique et scandaleuse, ferait parler d'elle jusqu'à Cléopâtre, à l'arrivée de l'armée romaine. Ainsi commença ma longue marche pour conquérir l'Univers.

9. Au troisième jour...

« You can't always get what you want... »
The Rolling Stones

Lorsque le commissaire Lelubre arriva au sanatorium Sainte Cécile, il était tout ce qu'il y a de plus furibond. L'heure extrêmement matinale et le réveil brutal dont il avait fait l'objet quelques minutes plus tôt n'y étaient sans doute pas pour rien, mais c'était surtout la cause de ce réveil qui l'avait jeté dehors la rage au ventre. Un coup de fil laconique et embarrassé du fidèle Denis lui avait appris l'impossible : Haziel s'était échappé !

« L'enfant de salaud ! J'aurais dû le foutre en taule ! » n'avait-il cessé de remâcher pendant tout le trajet.

Comment ? L'homme le plus surveillé et le plus détesté de France depuis une semaine pouvait se faire la malle aussi facilement, ridiculisant tous les services de police mobilisés par sa seule et misérable existence ? C'était tout simplement inconcevable. Il devait se terrer dans un coin, comme un lapin apeuré par la venue

85

prochaine de son sort inéluctable. C'était sûr : il était encore dans l'enceinte de l'asile. En fait, cette fuite était la preuve irréfutable de sa culpabilité, la pièce du puzzle qui manquait tant à la justice pour l'enfermer pour de bon !

A son arrivée, le commissaire se rasséréna quelque peu en constatant que le dispositif de sécurité qu'il avait mis en place l'avant-veille n'avait pas bougé. Des hommes d'élite, disposés tous les cinq mètres autour du bâtiment principal, filtraient les entrées et les sorties avec une rigueur paranoïaque, la mâchoire musclée au chewing-gum et la main sur le flingue. Lelubre avait choisi les meilleurs, des cadors de l'antigang qui avaient à leur actif plusieurs démantèlements de réseaux puissants et lourdement armés, mafieux ou terroristes. Haziel n'aurait jamais pu passer, de jour comme de nuit. Il ne put s'empêcher un sourire de satisfaction en observant la machine implacable des forces républicaines en action.

Mais le mur se fissura pour laisser passer le lieutenant de police Denis Cadoux, l'infatigable grognard de la première heure, qui arborait ce matin-là la mine blafarde et décomposée des mauvais jours.

« La cellule est vide. » lâcha-t-il simplement entre ses dents. Le lieutenant n'était pas un bavard.

Ils déboulèrent au pas de course dans le couloir où se trouvait la chambre d'isolement de Haziel, et Lelubre avisa tout de suite la porte grande ouverte, signe douloureusement évident de l'évasion.

Une petite troupe de patients et d'infirmiers s'était massée autour de l'aumônier de l'établissement, et les conversations allaient bon train. Le prêtre se dirigea immédiatement vers le commissaire, et voulut le rassurer :

86

« Nous n'avons touché à rien, vous pensez bien, dit-il. Tout est resté en l'état. C'est un miracle ! Vous vous rendez compte ? Il y a tellement de gens qui se prennent pour le Christ ici, qu'on n'avait même pas remarqué qu'Il était *vraiment* au milieu de nous ! »

Lelubre n'en croyait pas ses oreilles. Il leva les yeux au ciel en signe d'impuissance, comme pour prendre à témoin le supérieur hiérarchique de l'homme d'église. Apparemment, tous les malades n'étaient pas en camisole, ici !

A l'intérieur de la cellule, tout était impeccable. Le lit était fait et le pyjama bleu que portait Haziel était plié. Si l'homme était quelque part dans le bâtiment, il devait être nu comme un ver !

« Comprenez-vous que cette scène est parfaitement décrite dans le Nouveau Testament ? reprit le prêtre. Nous revivons le moment où, au matin du troisième jour après la crucifixion, les disciples trouvèrent le tombeau de Jésus ouvert et déserté, le Saint Suaire parfaitement plié à l'endroit où aurait dû se trouver le corps !

– Bien sûr, mon père, bien sûr, répondit le commissaire distraitement. Mais tout d'abord, cet homme est loin d'être mort, en outre il est extrêmement dangereux, et s'il est le Messie, moi je suis la reine d'Angleterre ! »

Un rapide examen de l'unique fenêtre de la pièce révéla qu'elle était fermée, et que les barreaux métalliques qui la protégeaient étaient intacts. Il était résolument impossible de sortir par là. De même, la porte n'avait subi aucune effraction, à l'intérieur comme à l'extérieur. Soit le suspect avait une clef, soit il bénéficiait de complicités dans le personnel de l'établissement.

Le mystère entourant cette évasion miraculeuse ne cessa de s'épaissir à mesure que Lelubre et Cadoux interrogèrent tous les acteurs qui, de près ou de loin, avaient approché Sainte Cécile depuis la veille au soir, lors du dernier repas de Haziel dans l'enceinte du sanatorium.

Absolument personne n'avait rien vu, ni rien entendu, et il était impossible d'estimer une tranche horaire durant laquelle l'évasion aurait pu avoir lieu !

Seuls deux ou trois patients assuraient avoir aperçu une grande lumière blanche dans le couloir pendant la nuit, mais ils étaient tellement atteints qu'on les shootait en permanence pour avoir la paix, et leur témoignage ne pouvait guère être pris au sérieux.

Lorsque le docteur Lanson, prévenue par le préfet, arriva une heure plus tard sur les lieux, elle trouva un Lelubre désœuvré et perplexe, errant dans les allées du parc. Il semblait chercher des indices dans l'herbe et les fourrés alentour, mais on devinait que c'était plutôt dans les méandres de sa cervelle de détective que la tempête faisait rage. Aucune idée géniale, aucune illumination n'avait germée pour le moment de cette traque intérieure. Ce mec devait être un spécialiste des numéros de cirque, un illusionniste plus fort que Houdini, ce n'était pas possible autrement !

« Euh... excusez-moi, commissaire, osa le docteur timidement. Comment ça va ?

– Mmh ?... Ah, c'est vous ! Je ne vous avais pas vue, s'excusa l'autre, encore ailleurs. Si ça va ? Ça pourrait aller mieux, je dois dire. Je viens d'avoir notre vénéré préfet au bout du fil, et il m'a gentiment laissé entrevoir des mutations dans des coins charmants, et même pire, si je ne mettais pas rapidement la main sur notre oiseau ! En plus la presse est déchaînée et elle n'a rien d'autre à se mettre sous la dent en ce moment. On m'a donné un avant-goût des manchettes de ce matin, et

88

ce n'est pas triste : le pays tout entier nous regarde, ma petite demoiselle. Et demain, il voudra notre peau si nous n'avons pas avancé d'ici là !

– Et ... vous avez avancé ? »

Viviane Lanson comprit qu'elle venait de dire une insanité lorsque l'œil noir du fonctionnaire blessé dans son orgueil la foudroya à bout portant. Le commissaire détourna la tête, se redressa, et prit un air de vieux marin scrutant l'horizon pour estimer la distance du prochain coup de grain. Il n'était pas particulièrement macho, pas plus que la moyenne en tout cas, mais il fallait bien reconnaître que les gamines de maintenant, avec leurs petits airs et leurs grandes gueules, avaient le don de l'énerver. Il laissa échapper un long et profond soupir avant de se retourner vers la jeune femme.

« Dois-je vous rappeler, mademoiselle, que c'est grâce à un conseil pressant – devrais-je dire un ordre ? – du préfet que vous devez d'être dans mes pattes aujourd'hui ? Je vous assure que je m'en serais bien passé, mais il ne jure que par vous. Il est persuadé que vous êtes la personne qui, à ce jour, connaît le mieux notre cinglé et que vous m'êtes par conséquent indispensable. Mais moi, je m'en contrefous de votre psychologie à deux balles ! Je crois plutôt que vous êtes là pour rapporter en haut lieu le moindre de mes faits et gestes, et vous comprendrez que je n'apprécie pas ! »

La demoiselle encaissa sans sourciller la rafale, et tenta une riposte :

« En parlant de psychologie, avez-vous lu mon rapport, commissaire ?

– Parlons-en de votre prose ! Je l'ai parcourue, oui, et je n'ai jamais vu une pareille concentration d'inepties sur si peu de papier !

– Ah ... bon... d'accord. »

89

Viviane regarda un instant ses chaussures, comme une mauvaise élève prise en faute. Décidément, la conversation était mal engagée. Elle repartit prudemment à la charge :

« C'est mon analyse qui ne vous plaît pas ?

— Votre analyse ? Mais non, voyons, elle est très bien votre analyse. Enfin, je suppose, je n'y comprends rien, de toute façon. Non, c'est ce que dit « Monsieur cosmique », là, qui est grave à pleurer ! Un ange rédempteur qui est tombé du ciel pour nous sauver, rien que ça... Il est complètement barré, ce mec !

— Il faut avouer que la logique dont il a fait preuve, son calme, son humour, sont incompatibles avec une bouffée délirante. D'habitude, il y a toujours une faille qui permet de ramener le patient dans le monde réel, ou de le faire douter un peu. Au pire, on a au moins la certitude que la personne est gravement atteinte, mais là... on pourrait presque croire à ses histoires...

— Mais c'est ça, le pire : il pourrait embobiner des âmes simples, avec ses délires. Et après, c'est quoi son programme ? Nous envoyer au Paradis à coup de voitures piégées ? »

L'étrange couple formé par les circonstances garda le silence un moment, puis se mit à marcher, sans doute pour dissiper la gêne qui s'était installée entre les deux protagonistes. Ils s'engagèrent dans une allée transversale. Estimant le commissaire revenu à de meilleurs sentiments à son égard, le docteur s'interrogea à haute voix :

« C'est quand même curieux : à aucun moment, il n'a proféré de menace envers qui que ce soit. Il donnait l'impression de n'en vouloir à personne, il souriait même, souvent. Il ne s'est jamais énervé au cours de nos entretiens, même quand je le lançais sur des

90

sujets qui auraient dû le déstabiliser. En fait, j'ai du mal à croire qu'il soit pour quelque chose dans l'attentat.

– Vous voyez, exulta Lelubre, même vous, vous vous laissez avoir ! S'il restait calme, c'est qu'il savait qu'il avait des complices dans la place et qu'il pourrait partir quand il voudrait ! Non, non. A mon avis, c'est du gros gibier qu'on a là. C'est peut-être même un caïd du milieu, ou le maillon d'un réseau intégriste, pour être aussi froid et calculateur, avoir des connections si bien infiltrées.

– Hé, attendez ! Vous ne croyez pas que vous allez un peu vite, là ? Peut-être son délire mystique et son attitude ne sont-ils que des contrecoups de l'explosion ! On observe parfois des réactions similaires chez les survivants des grandes catastrophes.

– Faites-moi confiance : des barges, j'en ai vu dans ma vie, et du gros calibre. Celui-là, il est de la race des serpents, qui vous vendraient père et mère avec des grands sourires, pour mieux vous frapper dans le dos à la première occasion ! »

Le commissaire s'arrêta brusquement et tendit la main à Viviane avec un sourire pincé.

« Bien ! Mademoiselle, je suis désolé d'écourter notre conversation, mais j'ai un détenu en cavale, moi…Je vous remercie de votre collaboration, qui sera très utile à mes services, je n'en doute pas. Nous vous rappellerons quand nous aurons mis le grappin sur notre individu.

– Euh…oui, acquiesça la psychiatre, un peu surprise. Tenez-moi au courant de vos progrès, ce cas m'intéresse. Et puis, je pourrai peut-être vous aider ?

– Bien sûr, bien sûr…Ah ! Au fait, excusez-moi pour tout à l'heure, je me suis emporté… je n'aurais pas dû. C'est une journée difficile, vous comprenez… »

Elle le rassura d'un sourire :

« Ne vous en faites pas, ça ira. A bientôt ! »

L'imper à la carrure impressionnante s'éloigna à grandes enjambées, et se mit bientôt à aboyer des ordres aux factionnaires, dont l'attention s'était sensiblement relâchée depuis le début de la matinée.

10. Ether

« Good bye, crual world,
I'm leaving you today »
Pink Floyd, *The Wall*

(Le décor est très simple, composé d'une grande pièce aux murs nus et lisses, d'une table et de deux chaises. Il y a une porte dans le mur, sur la gauche de la scène. L'ensemble est entièrement peint en blanc, et ne laisse apparaître aucune couleur. L'éclairage, puissant mais très diffus, rend les ombres presque imperceptibles.
Assis derrière le bureau, Le Patron, un vieil homme à barbe blanche et vêtu d'un costume à col Mao lui aussi immaculé, est en train d'écrire. Il a une pile de dossiers en attente posée sur un coin de la table.)

(On toque à la porte)
LE PATRON
Entrez !

(L'ange Haziel, un jeune homme blond, ouvre la porte et entre en scène. Il est entièrement habillé de blanc, mais en jeans, T-shirt et baskets)
HAZIEL
Bonjour Patron !... Je suis de retour !

LE PATRON
(montrant une chaise en face de lui)
Ah ! Parfait ! Assied-toi, il faut qu'on parle.

(Haziel s'approche du bureau et s'assied en face du Patron.)
LE PATRON
Alors, c'était bien, ton escapade à Paris?

HAZIEL
Un peu long, mais je commençais à m'y faire...

LE PATRON
C'est bien là la source de tes ennuis... Comment s'est passé ton retour ?

HAZIEL
Sans accroc, merci pour l'évacuation !

LE PATRON
Bah, la routine. Il n'y a jamais de problème dans ce sens là.

HAZIEL
Tiens, au fait, une petite question que je me suis souvent posée, puisqu'on est en veine de confidences : pourquoi les gars de l'évacuation font toujours du rangement avant de partir ? On est obligé d'attendre que tout soit nickel, alors qu'on n'a pas forcément le temps !

LE PATRON

Ils sont un peu maniaques, hein ? C'est pour laisser place nette, je suppose...Plus sérieusement, les objets qui restent derrière vous peuvent être considérés par les humains qui les découvrent comme des preuves de l'existence de Dieu, parfois comme des reliques susceptibles de relancer la foi dans leur pays pendant des siècles ! C'est pourquoi il est important de soigner le service jusqu'au bout : c'est dans les détails qu'on bâtit une image de marque !

HAZIEL

Je n'avais pas envisagé la chose sous cet angle...

LE PATRON

Hé hé, c'est pour ça que c'est moi le Patron !

HAZIEL

J'aimerais comprendre pourquoi vous m'avez rapatrié, alors que la dernière fois qu'on s'est parlé j'avais des tas de problèmes personnels qu'il me fallait résoudre...

LE PATRON

Ne t'en fais pas, tu vas vite les retrouver, tes problèmes : je te renvoie dans la matière illico ! J'ai seulement voulu écourter tes démêlés avec la justice, qui nous feraient perdre un temps précieux. Je sais que Malek est en train de préparer un truc pas clair qui pourrait mettre en péril l'équilibre précaire de l'expérience humaine. Il nous faut agir vite. Et comme il se trouve que Malek est aussi intimement lié à ton travail personnel, tu feras d'une pierre deux coups !

95

HAZIEL

Génial... Et ça se présente comment, cette fois ? Vous êtes sûr de tout me dire ?

LE PATRON

Et bien... à situation exceptionnelle, mesures exceptionnelles. Cette fois, ce ne sera pas une opération éclair, exécutée dans la journée. Il faut plutôt voir ça comme une course de fond, qui devrait durer plusieurs semaines...

HAZIEL

Holà ! Mais je ne suis jamais resté aussi longtemps en bas ! C'est un coup à me faire devenir définitivement humain !

LE PATRON

Il est évident que je prends un risque énorme en te lâchant dans la nature : celui de te perdre, celui de voir un de mes meilleurs éléments se transformer en un simple mortel. Celui de te voir t'oublier, t'assombrir, te désespérer ; de t'entendre m'insulter, me nier. Mais après tout, c'est le risque que j'ai pris avec chaque âme depuis le début, ça fait partie du jeu. Tu ne peux pas échouer, j'ai confiance !

HAZIEL

J'espère être digne de cette confiance... Hum... Et dans quelles conditions matérielles tout cela va-t-il se passer ?

LE PATRON

Alors là, tu n'auras pas à te plaindre : j'ai fait chauffer la carte de crédit ! Il faut quand même que je te facilite la vie, non ? Tu as une chambre réglée pour deux mois dans un petit hôtel sympa, avec une garde-robe de

96

tombeur, des papiers d'identité authentiques, et le compte en banque qui va bien ! Plutôt confort, non ?

HAZIEL

Boudiou ! Je dois dire que vous ne m'aviez pas habitué à ce train-là ! En parlant d'identité, je ne risque pas de me faire pincer par Lelubre dès que je mettrai le nez dehors ?

LE PATRON

Ne t'en fais pas. Même si dans l'absolu il y a peu de chance que cela arrive, j'ai tout prévu. En deux mots : la police arrête deux terroristes agissant au nom d'une organisation extrémiste moyen-orientale, qui avouent avoir commis l'attentat. Tu es blanchi de toutes les charges qui pèsent contre toi, toute poursuite est abandonnée, et ton dossier médical disparaît mystérieusement. Tu n'as officiellement jamais existé. Ça te va ?

HAZIEL *(se lève)*

Bon, très bien. Rien à dire. Merci Patron ! Euh… quand dois-je repartir ?

LE PATRON

Bah ! Le plus vite possible, évidemment, mais profites-en encore un peu, ça va être dur…

(Haziel fait quelques pas vers la porte)

HAZIEL

Il y aura de quoi écouter de la musique, au moins, dans votre piaule ?

97

LE PATRON

Tu rigoles ou quoi ? Pour ça, tu te débrouilles. C'est quand même pas des vacances !

HAZIEL
(revenant vers le bureau)

Vous avez beau dire, mais pour garder le moral, un petit coup d'AC/DC ou des Who, ça aide...

LE PATRON
(se replonge dans ses papiers)

Moi, tu sais, en dehors de Bach et Haendel... Tout le reste c'est du bruit.

HAZIEL

Ce que vous pouvez être ringard !

LE PATRON
(redresse la tête en faisant semblant d'être énervé)

Ça va, oui ? Tu veux que je réduise tes avantages en nature ?

HAZIEL

Non, non, c'est bon. J'y vais alors...

LE PATRON
(fait un geste de la main, genre « du balai »)

C'est ça ! Et j'espère que ça va t'apprendre le respect, sale gamin !

(Haziel ressort par la porte sur la gauche de la scène)

11. Fleur de lotus

« Be sure to wear some flowers in your hair»
Scott MacEnzie, *San Francisco*

Haziel s'engagea sur la passerelle flottante qui menait à une vaste plate-forme au milieu du lac artificiel. Un bassin imposant avait en effet été creusé dans l'enceinte même du palais d'Akhénaton, et on y avait placé une sorte de radeau où Pharaon aimait à se retirer de temps à autres. Cette barge supportait de fines colonnes, faites de bois sculpté, doré et peint, entre lesquelles s'agitaient mollement des draperies de lin blanc. Ainsi, lorsque l'on déployait ces tentures, on pouvait s'isoler complètement du monde extérieur, au milieu des nénuphars, des jacinthes et des roseaux, des ibis rouges, des canards et des grues cendrées.

C'était là, dans ce cabinet à la fois intime et aéré, que la nouvelle reine d'Egypte, la toute jeune Mérit, avait fait mander l'un des plus proches conseillers d'Akhénaton, mais aussi le plus mystérieux, l'énigmatique seigneur Haziel.

Lorsque celui-ci posa le pied sur la plate-forme, il ne put s'empêcher de marquer un temps d'arrêt, tant la beauté du spectacle qui s'offrait à lui était indicible.

Lui tournant le dos, éclairée par un rayon de soleil providentiel, une adolescente au corps parfait à peine voilé par une longue robe de lin moulante et transparente, était en train de choisir une fleur de lotus au milieu d'un bouquet laissé sur une table. Ayant arrêté son choix, elle glissa l'élue au-dessus de son oreille, dans sa courte chevelure d'ébène, qu'on qualifierait bien plus tard de «Louise Brooks». Puis elle se retourna vers lui, et son cœur s'arrêta de battre.

« O Père ! pensa-t-il, fasciné. Voici donc la créature dans laquelle tu as mis toutes tes grâces ! Je ne pensais pas que les mondes de la matière pourraient supporter une telle perfection sans se consumer aussitôt ! »

En vérité, les Deux Terres n'avaient plus rien à craindre avec une telle reine. Ses armées iraient au combat en chantant, et multiplieraient les actes de bravoure, les sacrifices héroïques, juste pour un battement de ses cils. Il lui revint en mémoire un passage du célèbre *Hymne à Aton* que son père avait composé des années auparavant, et qui pouvait très bien devenir une *Ode à Mérit*, en changeant seulement quelques mots :

> *Ton apparition est belle à l'horizon du ciel,*
> *O Mérit, symbole de vie !*
> *Quand tu te lèves à l'orient,*
> *Tu remplis chaque pays de ta beauté,*
> *Car tu es belle, grande, étincelante,*
> *Elevée au-dessus de la terre.*
> *Tes bras entourent les pays et tout ce qui est créé.*
> *Tu les enchaînes de ton amour,*

100

Quoique tu sois éloignée, tes bras touchent la terre,
Bien que tu résides au ciel,
Les empreintes de tes pas sont le jour.
L'univers est dans tes mains,
Et c'est toi qui le crées.
Les hommes vivent de ta lumière.
Lorsque tu te couches, ils meurent,
Car tu es la vie, et par toi les hommes vivent.
Tous les yeux contemplent ta beauté,
Jusqu'à ce que tu te couches.
Tout travail est abandonné
Lorsque tu disparais à l'occident.

Il devait avoir l'air idiot, car elle laissa échapper un petit éclat de rire charmant. Elle n'était encore qu'une enfant de seize ans, dix-sept peut-être.

« Le Premier Ministre Maya m'a dit que vous aviez été un homme très influent aux côtés de mon père, bien que rarement présent, annonça-t-elle d'emblée. Je voulais m'entretenir avec vous afin de comprendre ce qui avait suscité cette confiance, et savoir si nous pouvions vous la conserver en ces temps troublés, où le doute et le chagrin s'emparent tour à tour de nos cœurs. »

La vie ne l'avait pas épargnée, et elle affichait déjà une gravité et une sagesse impressionnantes pour cet âge.

« Votre Majesté, j'ai servi votre famille depuis fort longtemps, il est vrai, répondit l'ange en s'inclinant comme il se devait à la cour. Je suis arrivé, pour ainsi dire, dans les bagages de votre grand-mère, la vénérable Tiye, qui venait du lointain pays de Mitanni pour épouser le déjà prestigieux Amenhotep. C'était le plus grand des rois qu'ait connu l'Egypte, vous en avez hérité la noblesse d'âme. Et je continuerai à vous servir aussi longtemps que vous jugerez utile d'écouter mes conseils. »

La Reine, qui s'était assise entre temps dans un petit fauteuil à accoudoirs, l'observa un moment en silence, perplexe. Haziel devina qu'elle devait s'interroger sur son âge, car il affichait depuis toujours la même trentaine insolente.

« C'est bien d'un conseil dont j'ai besoin, Seigneur Haziel, reprit-elle enfin, car je ne sais si nous suivons la bonne voie. Vous le savez, mon père est parti retrouver Aton il y a trois mois, traîtreusement empoisonné par nos ennemis. Depuis, nous sommes tous comme des orphelins, et le nouveau roi, mon époux, veut déchaîner sur Thèbes sa colère, en fermant tous les temples d'Amon du territoire, et en interdisant le culte à ses adeptes. Mais j'ai peur que cette décision, à laquelle mon père a toujours refusé obstinément de se résoudre, ne fasse sombrer définitivement notre pays dans la guerre civile.

– Je crains en effet que vous ne couriez à la catastrophe si vous persistez sur ce chemin. Votre père était un grand sage, qui savait très bien ce qu'il faisait lorsqu'il prônait la non-violence. Hélas, peut-être le monde n'était-il pas prêt à l'écouter, en tout cas bien peu l'ont compris et estimé à sa juste valeur.

– Mais ne devons-nous pas continuer son œuvre ? Si nous arrêtons maintenant, si nous laissons ses ennemis nous détruire, que restera-t-il de son action dans dix ans ? Dans un an ? Que restera-t-il de nous ?

– Majesté, ce que je vais vous dire va peut-être vous choquer, mais je voudrais vous ouvrir à une autre réalité. Nul ne sait ce qui va advenir dans les mois et les années qui viennent, mais il se peut que tout ce pourquoi nous nous sommes battus depuis tant d'années soit anéanti, et disparaisse de la surface de la Terre.

– J'en suis consciente, et c'est pourquoi nous résistons tant bien que mal aux coups qui nous assaillent. Mais vous qui nous avez soutenu depuis le début, êtes-vous en train de me dire que notre combat n'était pas le bon, que nous avons eu tort de vouloir libérer le peuple des jougs qui l'oppressent ? De lui faire entrevoir des espaces auxquels il n'avait jamais songé ?

– Absolument pas ! Je pense même que votre combat est le seul qui vaille d'être mené, mais je veux simplement vous faire comprendre qu'il y a d'autres façons de le gagner, et que même la plus impitoyable et la plus terrible défaite peut se transformer en victoire, en laissant faire le temps.

– Enseignez-moi donc cela, si ce n'est pas encore un tour de passe-passe philosophique, sourit la reine tristement, car j'ai bien besoin d'espoir en ce moment.

– Lorsque l'on se pique de faire croître les esprits, il faut s'armer de patience ; comme le paysan qui regarde pousser son blé jour après jour. Il faut parfois un temps infini entre les semailles et la moisson. Ce que votre père a semé pendant vingt ans dans l'âme de son peuple est à présent bien à l'abri, et ne risque plus de se dessécher au soleil ou d'être mangé par les oiseaux, malgré les apparences. Même si sa cité est détruite, même si sa famille disparaît, et même si son souvenir est effacé par les vents du désert, ses graines continueront à germer en secret. Et un jour, dans dix ans, un siècle, dix siècles peut-être, leurs fruits sortiront au grand jour. Et Aton sera encore là pour la moisson.

– C'est une jolie histoire, mais cela paraît tellement lointain... Combien faudra-t-il de haine et de souffrance d'ici là ? Combien de massacres ? Est-ce que les graines dont vous parlez ont toujours besoin d'être arrosées de sang pour pousser ?

– Amener le peuple à plus de conscience, c'est bouleverser les habitudes, faire tomber les tabous, remettre en question ce qui semblait acquis depuis longtemps. Cela suscite souvent la peur, la colère, et donc la violence.

– Alors pourquoi vouloir se lancer dans une telle entreprise ? Qu'est-ce qui a poussé mon père à s'exposer à tant d'incompréhension et d'aveuglement meurtrier ... ne pouvait-on pas laisser ces idées évoluer naturellement, sans heurt ?

– Hmm... Le feu révolutionnaire avait été allumé en lui par d'autres... Vous ne connaissez pas vraiment l'histoire de votre famille, n'est-ce pas ? demanda Haziel, un peu surpris de l'ignorance de la jeune femme sur ses origines.

– Non, en effet, et je souhaiterais que vous m'éclairiez à ce sujet. Cela me paraît indispensable étant donnée ma nouvelle position !

– Bien. Vous savez que votre grand-mère Tiye était originaire du Mitanni. Mais ce que vous ne savez sans doute pas, c'est que le peuple de Mitanni est l'héritier d'un important mouvement migratoire venu il y a bien longtemps de vastes terres à l'Est. Les Mitanniens ont conservé un grand sens du sacré de ses lointaines origines, ainsi qu'une foi très particulière en un dieu unique fondée sur la compassion et l'amour, ce qui les distingue de toutes les nations environnantes.

Lorsque Tiye arriva à la cour de votre grand-père Amenhotep, afin de célébrer un énième mariage de convenance qui scellait un accord de paix entre l'Egypte et le Mitanni, personne ne se doutait que le jeune Pharaon allait tomber éperdument amoureux de sa nouvelle concubine !

Il en fit bientôt sa Grande Epouse Royale, ne touchant plus jamais ses épouses secondaires, ce qui ne s'était jamais vu. Ils apparaissaient partout ensemble, et elle prenait part aux décisions politiques du roi, même les plus délicates. Ce fut elle qui amena le Mitannien Aÿ

104

à la cour et le plaça comme conseiller principal de Pharaon. C'est à partir de ce moment que certaines dents commencèrent à grincer. Jamais en effet des étrangers n'avaient eu tant de pouvoir pour gouverner l'Egypte. N'était-on pas en train de livrer le pays pieds et poings liés, sans coup férir ?

Ces craintes semblèrent justifiées lorsque Tiye et Aÿ convainquirent Amenhotep d'entreprendre une réforme en profondeur du culte, et des pouvoirs donnés au clergé d'Amon, dont l'impunité et la toute puissance menaçaient Pharaon lui-même. Celui-ci désirait depuis longtemps que son peuple retrouve le chemin d'une foi sincère, en conscience, et se débarrasse des habitudes liturgiques innombrables qui l'empêchaient de prendre son destin en main. Il rêvait de gouverner un peuple heureux et libre, où les prêtres seraient des enseignants, non des oppresseurs ou des petits seigneurs.

— C'est donc lui qui a déclenché le conflit avec le Temple d'Amon ! Et c'est lui qui a instruit mon père pour qu'il continue dans cette voie !

— En quelque sorte... disons qu'il lui a montré un chemin, qu'Akhénaton a transcendé et purifié par la suite. Il était conscient que l'opposition serait farouche, et peut-être violente, c'est pourquoi il voulait faire les choses en douceur, sur plusieurs décennies. Lorsque son fils aîné, votre père, eut atteint sa quinzième année, il le désigna officiellement comme corégent, et l'envoya sur le site où nous nous trouvons pour construire une ville. Il ne précisa pas aux grands prêtres d'alors que cette cité serait la nouvelle capitale des Deux Terres, où seraient transférés tous les pouvoirs afin que Thèbes l'orgueilleuse périclite lentement.

— La suite, je la connais. Au moment même où il jetait sur le papier les premiers plans de la Cité du Soleil, mon père épousa Néfertiti, la fille aînée d'Aÿ dont la beauté l'avait rendu fou amoureux, renouvelant ainsi une image du couple royal inaugurée par mes grands-parents. Et je ne tardai pas à arriver, pour compléter leur bonheur qui, à l'époque, semblait solide comme le roc, et devoir durer pour l'éternité... »

Un nuage passa dans le regard de la jeune reine l'espace d'un instant. Puis elle se leva énergiquement, comme si elle avait pris soudain une décision importante, et fit rapidement le tour de la plate-forme pour tirer toutes les tentures et cacher ce qui allait venir aux curiosités indésirables.

Enfin, revenant vers Haziel, elle prit la fleur de lotus dans ses cheveux et la tendit à l'ange, qui accepta révérencieusement le présent. Machinalement, il la porta à ses narines pour en sentir les fragrances.

« Vous savez ce que veut dire ce geste, chez nous ? » demanda-t-elle en rosissant un peu, soudain intimidée. L'autre fit non de la tête, en souriant.

« Les femmes sont plus libres en Egypte que dans bien d'autres contrées, à ce qu'on m'a dit, reprit-elle. Les plus chanceuses peuvent choisir leur compagnon, et ne risquent pas la lapidation en cas d'adultère ou d'impureté avant le mariage. Souvent une amoureuse signifie ses sentiments à l'objet de ses désirs en lui offrant une fleur de lotus... ».

Elle s'interrompit, incapable d'aller plus loin. Puis, n'y tenant plus, elle se jeta dans ses bras pour fondre en sanglots. La pression des derniers mois avait été trop forte pour cette petite fille grandie trop vite, et elle voulait voir dans cet homme immense et fort, d'une gentillesse et d'une beauté inégalées dans son entourage, le dernier rempart, l'ultime recours face aux souffrances à venir. « Je vous aime depuis toujours ! » souffla-t-elle.

Haziel ne répondit pas. Il la serra contre lui, ne sachant pas vraiment quelle attitude adopter. C'était bien la première fois qu'une telle situation se présentait, et il se sentait particulièrement gauche et inadapté.

106

« Mais Majesté, tenta-t-il maladroitement, vous êtes mariée. Et je suis sûr que Smenkh vous adore... »

Elle eut un petit rire nerveux, en se blottissant encore plus dans les bras de l'ange, comme pour l'empêcher de partir.

« Oh bien sûr, Smenkh est très gentil. Mais c'est mon père qui l'a choisi, pour assurer la continuité de la dynastie. En fait, je ne l'aime pas. J'aurais préféré attendre de trouver mon compagnon d'éternité avant de me marier. C'est vous que j'aime depuis la première fois où je vous ai vu. Je n'étais qu'une enfant alors, mais je savais très bien ce que je ressentais. Protégez-moi, je vous en prie. Emmenez-moi avec vous ! »

Elle leva la tête vers lui, attendant le verdict de l'homme auquel elle s'offrait corps et âme. Elle avait instinctivement retrouvé ses intonations et ses moues enfantines pour se déclarer, oubliant les rigueurs et les leçons du protocole patiemment apprises. Il la regarda longuement, ne sachant que faire. En théorie, la conduite à tenir en pareil cas était limpide : pas de sentiment, pas d'interférence entre les mondes qui puisse menacer le succès de la mission. Mais il se noyait dans ce regard éperdu, merveilleusement troublant malgré les larmes et la peur qui le teintaient. La matière avait choisi les plus infâmes détours et le plus innocent des appâts pour tenter de le piéger, et il se rendit compte que s'il tenait ce délicieux petit amas d'atomes plus longtemps contre lui, il ne pourrait jamais repartir.

« O, petite princesse, sachez en vérité que vous êtes la plus désirable des femmes, lui dit-il enfin tendrement. Mon rêve le plus cher serait de passer l'éternité à vos côtés, mais j'ai d'autres engagements qui me poussent jour après jour aux quatre coins du monde. Ma vie est faite d'aventures et de dangers, que je me refuse à vous faire encourir. Je ne peux vous emmener avec moi, car vous finiriez par me détester, et je ne le

107

veux à aucun prix. Votre place est ici, au palais et à la tête de votre peuple. Certains êtres ont des responsabilités telles qu'ils doivent oublier les bonheurs simples pour mieux se consacrer à leur combat. Vous, ma douce et jolie reine, êtes de ceux-là. Ce n'est pas facile à comprendre, et encore moins à vivre, mais votre famille entière est marquée par ce destin. »

Elle acquiesça à contrecœur, en se forçant à sourire, puis se suspendit à son cou pour l'obliger à se pencher. Ils s'embrassèrent longuement, sachant que c'était sans doute la dernière fois.

« Je vous jure de faire tout ce qui est en mon pouvoir pour vous protéger des dangers qui vous menacent, et vous éviter toute souffrance tant qu'il me restera des forces pour les combattre. Et si Aton me le permet, je jure de revenir vous chercher » lui chuchota-t-il dans le cou.

Ces simples mots, que des milliers d'amants ont prononcé à travers les âges, engageaient Haziel d'une façon qu'il ne pouvait imaginer.

108

Incarnation 2

« *Newton a résolu le problème du mouvement dans le système planétaire; c'est magnifique pour vous autres, gens d'esprit et de mathématiques; mais que moi j'eusse appris aux hommes comment s'opère le mouvement qui se communique et se détermine dans les petits corps, j'aurais résolu le problème de la vie et de l'univers.* »

Napoléon Bonaparte, *Lettre à Monge, 1799*

12. Paris

« Wash me away,
Clean your body of me. »
Muse, *Citizen erased*

Plusieurs semaines s'étaient écoulées depuis l'évasion miraculeuse de Haziel, et le docteur Lanson en était venue à douter que ces évènements hors du commun eussent jamais eu lieu, tant le silence des autorités publiques et de la presse au sujet de l'attentat était assourdissant. Elle était loin d'y songer ce soir-là, en tout cas, quand elle franchit la porte aux lourds battants qui marquait l'entrée de son immeuble cossu du dix-septième arrondissement. S'arrêtant devant les boîtes aux lettres, elle se mit en devoir de retrouver ses clefs au fond de son sac, ce qui lui prenait toujours un temps considérable, compte tenu du nombre d'objets les plus divers et les plus hétéroclites qui s'y entassaient pêle-mêle. Toute à son affaire, elle ne vit pas une silhouette massive sortir silencieusement de l'ombre derrière le grillage de la cage d'ascenseur.

« Docteur Lanson, je présume ? » dit une voix grave qui la fit sursauter.

Alors que l'homme approchait, son visage passa dans un rayon de lumière, et elle le reconnut :

« Commissaire Lelubre ! Que faites-vous ici ? s'exclama-t-elle.

— Je suis venu vous demander où se cachait votre petit protégé, répondit le policier avec une colère qu'il peinait visiblement à contenir.

— Je vous demande pardon ?

— Ne jouez pas les Sainte Nitouche, ça ne prend pas avec moi. L'affaire Haziel, ça vous dit quelque chose ? Et le terroriste Ouzbek, l'homme sans nombril ? Toujours rien ? »

Malgré la violence avec laquelle l'agressait le fonctionnaire, la psychiatre se remit immédiatement en tête les traits du jeune homme blond qu'elle avait auditionné à Sainte-Cécile.

« Ça me revient, dit-elle. Mais ce n'est pas la peine de me parler sur ce ton ! Que se passe-t-il ?

— Vous vous souvenez sans doute qu'il s'est évadé de l'asile sans laisser aucune trace ? Il ne fait plus de doute qu'il a bénéficié de complicités extrêmement bien placées pour parvenir à un tel exploit au nez et à la barbe d'une section d'assaut en état d'alerte.

— Et donc ?

— Nous avons épluché l'emploi du temps des salariés de l'hôpital, vérifié dix fois leurs alibis, et ils sont tous hors de cause. Aucun d'eux n'a eu matériellement la possibilité d'aider Haziel cette nuit-là.

— Vous n'avez donc plus de piste ?

— Si, vous… » dit Lelubre d'une voix sépulcrale.

La psychiatre lui jeta un regard éberlué :

« Pardon ? répéta-t-elle, outrée.

– Vous êtes la personne avec qui il a, et de loin, passé le plus de temps en tête-à-tête, jusqu'à la veille de sa disparition.

– Vous délirez ! Comment aurais-je pu faire une chose pareille ?

– Je ne le sais pas encore, mais vous pouvez être certaine que je le découvrirai, n'ayez pas de faux espoir.

– Vous êtes complètement malade ! Ou bien vous cherchez un bouc émissaire pour sauver votre tête et dissimuler votre incompétence ! » cria Viviane au comble de l'indignation.

A ces mots, le commissaire devint livide et les articulations de ses poings blanchirent tant il les serrait. Oui, il était sous pression à cause de son manque absolu de résultat depuis trois semaines, et déjà le préfet envisageait d'autres noms pour le remplacer. Les médias avaient reçu l'ordre d'étouffer l'affaire, et l'opinion publique n'en avait pratiquement rien su, en définitive. Mais dans les couloirs de Matignon et de la place Beauvau, on ne décolérait pas, et son nom à lui, Lelubre, commençait à changer de tonalité lorsqu'il était prononcé. Par-dessus tout, et il ne savait pourquoi, il la détestait elle, depuis le premier jour. Sa présence dans l'enquête lui avait d'emblée semblé incongrue, et quand on voyait la façon dont elle s'habillait et minaudait, il n'était pas difficile d'imaginer comment elle avait obtenu, contre toute logique, une mission avec un tel niveau de responsabilité. Sa conviction était faite, et il était certain d'avoir découvert le pot aux roses : la psychiatre était une putain de la République d'un nouveau genre, qui séduisait les politiques pour aider ses amants criminels à s'évader !

N'y tenant plus, il laissa libre cours à la violence qu'il tentait d'endiguer depuis le début de l'entretien. Il saisit la jeune femme au cou et la projeta contre le mur le plus proche, derrière les boîtes aux lettres. Comme

113

elle esquissait un hurlement, il plaqua son autre main sur sa bouche pour la contraindre au silence.

« Tu as trop joué avec le feu, allumeuse. On récolte toujours ce qu'on sème. Tu pensais vraiment que tu t'en sortirais ? » souffla-t-il à Viviane qui roulait des yeux effarés. Elle tenta d'échapper à l'emprise du policier par une brusque secousse, mais celui-ci se colla contre elle, utilisant sa corpulence massive pour la réduire à l'immobilité.

« Te fatigue pas, tu ne m'auras pas aussi facilement, reprit Lelubre. Tu te tortillais comme ça, avec le préfet, pour avoir accès au dossier, hein ? Tu aimes exciter les hommes, ça se voit. Tu n'es qu'une chienne en chaleur ! »

Comme il continuait à parler et à insulter la psychiatre, sa main desserra le cou fragile de sa prisonnière et commença à s'aventurer le long du corps féminin.

« Après tout, pourquoi pas ? dit Lelubre. Il faut de tout pour faire un monde, même des putes ! Sauf quand elles protègent des assassins, comme toi. Qu'est-ce qu'il a de plus, ton Haziel, pour que tu le couvres à ce point ? C'est un dieu au pieu ? Il t'a promis de t'emmener aux Bahamas avec un pactole qu'il a caché quelque part ? »

La grosse main s'attardait sur la rondeur de la hanche, glissait le long du mur pour malaxer les fesses, se faisait plus insidieuse en remontant la jupe pour palper la cuisse.

« Tu es vraiment belle, y a pas à dire, dit le fonctionnaire d'une voix blanche, où le désir se faisait jour. Pourquoi je n'y aurais pas droit, moi aussi, puisque tu te donnes à tout le monde ? »

Et il accompagna sa question d'un coup de rein explicite, qui fit gémir Viviane. La main baladeuse remonta pour se fixer sur un sein qui promettait d'être

114

superbe sous la légère étoffe du corsage. Il était clair à présent que l'homme ne se contrôlait plus. Il y avait un éclat de folie dans son regard.

« On va monter chez toi, on sera plus à l'aise pour causer. » lâcha-t-il enfin malgré les dénégations désespérées de sa victime.

Soudain, la porte de l'immeuble s'ouvrit. Quelqu'un entrait dans le hall. Aussitôt, Lelubre retrouva ses esprits et fit prestement trois pas en arrière, remettant entre lui et sa victime une distance moins compromettante, et plus réglementaire pour un enquêteur en service. En une fraction de seconde, le regard exercé du flic balaya la jeune femme de pied en cap, constatant avec soulagement que leur corps à corps n'avait laissé aucune trace. Si la garce ne tenait pas sa langue et portait plainte, du moins aucune preuve ne viendrait-elle corroborer ses accusations.

« Marc ! Je suis si contente de te voir ! » s'écria Viviane en se précipitant sur le nouveau venu, tout surpris d'un tel accueil.

« Que se passe-t-il, ma chérie ? On s'est quitté il y a deux minutes ! Je t'ai ramené ta sacoche : tu l'avais oubliée dans la voiture.

– Ma sacoche ? Ah… oui, bien sûr, je te remercie » dit Viviane sur un air faussement enjoué qui ne lui ressemblait pas du tout. Elle jeta vivement un coup d'œil au ciel en guise de reconnaissance éternelle pour cet acte manqué providentiel, qui venait vraisemblablement de la sauver des pires tourments.

« Tu as l'air bizarre… tu es sûre que ça va ? » demanda Marc, surpris par l'attitude de sa compagne. Un peu trop grand, un peu trop maigre, le cheveu un peu trop long pour une quarantaine annoncée, il était le type même de l'étudiant attardé qui avait gardé de ses années de fac la certitude qu'il était « branché » et « cool », mais dont les mouvements gauches, la chemisette à

115

carreaux et les lunettes rectangulaires en écaille disaient tout le contraire.

« Qui est ce monsieur ? » ajouta-t-il.

Viviane se racla la gorge.

« Le commissaire Lelubre, admit-elle du bout des lèvres. Avec qui j'ai travaillé sur une affaire criminelle il y a quelques semaines …

– … et il y a eu des rebondissements, je suppose ? dit Marc en tendant la main au policier avec un sourire niais. Vous montez prendre un verre ? »

Les beaux yeux du docteur Lanson étaient capables de lancer des poignards quand ils étaient menacés. Lelubre esquiva la salve avec un sourire de circonstance :

« Ce ne sera pas nécessaire, je vous remercie. Nous nous sommes déjà dit l'essentiel. »

Il tourna le dos au couple et se dirigea vers la sortie.

« On se reverra bientôt… » promit-il finalement avec une voix sinistre, alors que la porte se refermait sur lui.

116

13. Toulon

« I travelled the world and the seven seas,
Everybody's looking for something. »
Eurythmics, *Sweet dreams*

Malek avait quitté l'Egypte depuis plus de vingt siècles. Voyageant sans trêve de contrée en contrée, d'âge en âge, d'identité en identité, il n'avait jamais ressenti la moindre nostalgie pour les collines arides qui l'avaient vu « naître ». Cependant, au printemps 1798, le hasard le conduisit dans le sud de la France, où il entendit par des bruits de taverne que l'armée de la République, qui avait remporté d'éclatantes victoires en Italie emmenée par un jeune général du nom de Bonaparte, allait lancer dans le plus grand secret une immense armada vers le Moyen-Orient. La destination exacte était encore inconnue, mais on parlait d'envahir le delta du Nil ou Jérusalem, de libérer le Saint Sépulcre, et de planter le drapeau tricolore au Liban, en Syrie ou en Palestine. On allait mettre un terme à l'insolente hégémonie britannique dans la région ! Cette nouvelle paraissait des plus saugrenues à tout esprit sensé, et donc à Malek qui était versé dans l'art de la guerre : il n'était

117

point besoin d'être fin stratège pour prévoir que l'armée s'enliserait dans les sables ottomans, à des milliers de kilomètres de la Mère Patrie, avec les pires difficultés pour se replier en cas de débâcle. En outre, cette aventure hasardeuse priverait la France de ses meilleurs généraux et d'une bonne partie de ses troupes à un moment où les voisins européens grinçaient fort des dents à l'idée de voir la Révolution se propager en dehors des frontières.

Pourtant, en entendant les soudards autour de lui évoquer les terres de légendes où se cachaient des trésors insoupçonnés et vanter l'appétit insatiable des Musulmanes, l'éternel voyageur sentit des souvenirs qu'il croyait effacés à jamais lui revenir par bouffées. Le Nil ! Aucun plaisir n'était comparable à celui de plonger dans ses eaux bienfaisantes après plusieurs jours de désert ! Même le sein blanc des filles de Pharaon n'égalait pas en beauté la ligne verte et gorgée de vie que traçait Hâpi, le dieu fleuve, au milieu des royaumes brûlants de la mort. Que restait-il de Thèbes l'orgueilleuse, des palais des rois anciens, de l'or des temples opulents ? Et que restait-il de son propre passage à lui, qui avait été un temps le Dieu des Dieux, dans ces murs plusieurs fois millénaires ? Appâté, Malek décida d'aller vérifier l'information par lui-même. Peut-être y aurait-il moyen de voyager à peu de frais, en s'enrôlant dans l'armée française ?

Le 18 mai, ou plutôt le 29 floréal de l'an VII selon le calendrier révolutionnaire, il arrivait donc à Toulon, point de départ de cette croisade moderne, qu'on prédisait rapide et sans danger, comme d'habitude. Le port s'imposa soudain à sa vue au détour d'un promontoire, loin en contrebas. Le spectacle était stupéfiant. Il était déjà tard et tandis que le soleil transformait la mer en sang, une immense forêt de mâts dressait ses épines vers le ciel. Il y avait là, rassemblés

118

dans la rade et jusqu'à plusieurs milles de la côte, un nombre incalculable de bateaux de toutes formes et de toutes tailles, qui formaient l'une des plus vastes armadas que Malek eût jamais vu, et certainement la plus disparate.

Le départ devait être imminent, car déjà de nombreux navires attendaient loin au large que la flotte se mette en ordre. Les yeux toujours rivés sur l'horizon embrasé, Malek descendit rapidement la pente qui menait au centre ville, jusqu'au port. Ce n'est qu'arrivé au bout du dernier quai qu'il arrêta de marcher. Sourd et aveugle aux dizaines d'hommes, matelots et militaires, qui tourbillonnaient autour de lui dans la frénésie qui précède les grandes aventures humaines, l'apostat ne voyait que la mer. Il la retrouvait régulièrement au long de son parcours interminable, et la magie qu'elle exerçait sur lui ne faiblissait pas. Dans sa longue histoire, elle avait souvent symbolisé le changement radical de vie, de culture, de nom, qui lui servait à brouiller les pistes sur sa véritable nature. C'était tellement facile.

Loin au-delà de l'horizon, il pouvait presque voir le rivage d'en face, là où tout avait commencé. Il pouvait presque toucher de sa main tendue le sable brûlant qu'il avait laissé sans regret dans un passé inconcevable et qui, à ce moment précis, lui manquait à nouveau.

« Holà, citoyen ! Est-ce donc pour te permettre de bâiller aux corneilles que je dilapide l'argent de la nation ? »

Surpris, Malek se retourna pour savoir qui osait l'interpeller de la sorte, lui qui était considéré depuis toujours comme un géant au milieu des humains, et dont la face, burinée par un nombre incalculable de coups de Soleil et de coups du sort, était en plus rongée par une mauvaise barbe de plusieurs semaines qui le rendait peu avenant. La surprise le fit presque tomber à genoux :

« Alexandre ! » murmura-t-il un peu trop fort en restant bouche bée.

Il se retrouvait soudain face à un groupe d'une dizaine d'hommes imposants et patibulaires, la plupart en uniforme, qui le toisaient d'importance. C'était pourtant le plus menu d'entre eux, au premier rang, qui lui avait tiré ce prénom de la bouche. Des cheveux arrivant aux épaules, raides comme des baguettes de tambour, et une redingote étriquée, au col haut, qui semblait encore rétrécir sa carrure, le rendaient peu impressionnant. Mais son regard dur comme le métal, noir comme l'antre du Cerbère, surmonté des accents circonflexes de la volonté, semblait pouvoir changer en pierre quiconque se dressait sur son chemin. Le sosie du jeune Alexandre, venu de Macédoine deux mille ans auparavant !

Le gringalet, qui semblait être le chef du groupe, avait entendu l'interjection de Malek, qui l'avait visiblement comblé d'aise :

« Quel est ton nom, canaille ? demanda-t-il à l'immortel en fronçant le sourcil.

— Jean Thibault, d'Arras, dit Malek en bombant le torse, avec l'aisance de celui qui change de nom trois fois par jour. Pour vous servir, mon général.

— Si tu veux me servir, pourquoi ne fais-tu rien, au milieu de cette multitude qui a tant à faire ? »

Le petit homme aux cheveux longs le scrutait comme un aigle fixe une proie, et parlait avec une telle autorité qu'il était impossible de lui mentir.

« Je regardais ces beaux navires, là-bas, et je me disais que j'avais peut-être envie d'y embarquer pour voir du pays...

120

– Et bien si jamais l'envie t'en prend vraiment, je peux facilement t'arranger l'affaire : nous avons besoin de bras forts comme les tiens. Mais d'abord, voyons : que sais-tu faire ? T'es-tu déjà battu ?

– Souvent.

– C'est bien, tu n'as pas de cervelle. A la guerre ?

– Parfois.

– Alors, c'est mieux : tu es un brave. Et tu survis, ce qui n'est pas plus mal. J'ai besoin de gaillards comme toi que la mitraille n'effraie pas. »

Ce premier contact était tout sauf cordial, et l'on sentait poindre l'affrontement de deux fortes volontés. Pourtant Malek rengaina sa fierté et fit profil bas pendant que le petit homme, qu'il devinait maintenant être Bonaparte, le héros d'Italie, lui tournait autour comme un marchand d'esclave. Il ne broncha même pas quand on lui tâta l'épaule et le biceps, pour estimer sa vigueur comme on l'aurait fait d'une bête. Soudain, avec toute la vivacité de son tempérament sanguin, le Corse attrapa d'une main le géant par la nuque et le fit ployer vers lui, ce qui semblait impossible compte tenu de la différence des corpulences.

« Ceux qui me suivent doivent m'être dévoués corps et âme, dit-il dans un souffle à l'oreille de l'ange déchu. C'est la seule condition du succès. J'ai des visions auxquelles vous autres du commun ne pouvez accéder, et j'ai besoin qu'on les exécute à la lettre. Tu me comprends ?

– Je crois, mon général, répondit l'autre sur le même ton, encore ébahi par la vivacité de l'assaut.

– Es-tu prêt à me suivre jusqu'en Enfer ? dit encore Bonaparte en maintenant sa poigne. Car c'est bien l'Enfer que je te promets si tu viens avec moi !

– L'Enfer, j'en viens, dit Malek. Et je l'ai parcouru tant de fois que même Satan ne veut plus me voir... »

Les regards se jaugèrent encore un instant, flammes contre acier. Puis les yeux du Corse se plissèrent, pour devenir un franc éclat de rire :

« Nous sommes faits du même bois, ce me semble, dit-il enfin. Tu as gagné ta place à bord de l'*Orient*. Tu seras mon homme de main, ou mon valet de pied, c'est selon. Je t'ai promis l'Enfer, mais je te promets aussi la Victoire : c'est une fille de joie dont j'ai les faveurs ces temps-ci. Et si tu résistes au désert, à la dysenterie et aux sabres mamelouks, je ferai de toi un homme riche ! »

Il prit le géant par le bras, et le tira vers le bord du quai.

« J'ai besoin d'un homme de confiance, dit-il tout bas en jetant un regard en coin à ses compagnons restés en arrière, et pour pouvoir te faire confiance, il faut que je te dise des secrets. Viens, faisons quelques pas et parlons un peu. »

Ils s'éloignèrent encore du groupe qui accompagnait le général et contemplèrent l'intense activité qui régnait dans la rade, dernières dispositions fébriles à la veille du départ, qui avait déjà été plusieurs fois retardé. Jusqu'à l'horizon, des centaines de navires et de chaloupes couvraient la mer, tandis que sur les quais, des milliers d'hommes s'agitaient en tous sens. Le Corse redevenait un enfant en contemplant toute cette énergie qu'il sentait frémissante et obéissante sous sa main :

« N'est-ce pas grandiose ? Notre flotte comprend treize vaisseaux de ligne, six frégates et une corvette, ainsi que deux vaisseaux et sept frégates armés en flûte, auxquels il faut ajouter vingt-quatre bâtiments légers armés. Treize mille marins forment les équipages des bateaux de guerre ! Il y a en outre trois-cents neuf bateaux de transport chargés de troupes, manœuvrés par trois mille marins. L'armée embarquée, *ma* grande

122

armée, comprend trente-sept mille hommes ! Imagines-tu ce que cela fait, trente-sept mille hommes sur un champ de bataille ? Et regarde, là-bas : toutes ces malles, ces cartons à dessin, ces instrument barbares ! Ils appartiennent aux cent soixante-sept membres de la Commission des Sciences et des Arts qui nous accompagnent pour décrire, mesurer, échantillonner, en un mot mettre en cartes, en schémas et en chiffres des terres jusqu'ici inconnues. Nous allons créer de nouveaux départements français ! »

Le petit homme regardait le fatras de la Commission avec une satisfaction non dissimulée. De toute la campagne, c'était de ce groupe de savants et d'artistes qu'il était le plus fier, car en plus de transformer un coup de force militaire en mission exploratoire, ces hommes, grâce à lui, feraient progresser l'ensemble des connaissances humaines.

Son expression changea brusquement, et il ne souriait plus du tout quand il regarda à nouveau Jean d'Arras :

« Pourquoi crois-tu que nous nous lancions dans cette campagne stupide ? » demanda Bonaparte sans ambages.

Surpris par le changement d'humeur du militaire, l'autre haussa le sourcil :

« Pour faire la nique aux Anglais, Monsieur, répondit un Malek désarçonné, qui endossait déjà à merveille l'emploi de serviteur benêt.

— C'est évidemment ce que tout le monde croit. Les railleurs disent même que nous attaquons à l'Orient parce que nous ne pouvons pas avoir l'Angleterre ! Mais crois-tu que la République soit riche à ce point pour se permettre une telle folie ?

— Je ne sais pas, Monsieur.

— Bien sûr, tu ne sais pas. Tu es un homme simple, et je t'envie. Non, vois-tu, toute cette histoire n'a été

123

montée que dans un seul but : m'éliminer ! Et on ne regarde pas à la dépense, comme tu peux le constater ! Ces bâtards du Directoire ont peur de moi et de mes succès, de ma popularité dans l'armée. Ils craignent qu'un jour je leur réclame la France, qu'ils sont incapables de garder. C'est pourquoi ils m'envoient à mille lieues de Paris combattre un ennemi qu'ils pensent dix fois plus fort que moi, escomptant que mes os blanchiront bientôt dans les sables du désert, au pied des Pyramides.

— Mais monsieur, n'exaucez-vous pas leur souhait, en y allant tout de même ? demanda le barbu, sceptique.

— Assurément, ils estiment avoir joué finement. Mais je sais des choses qu'ils ignorent, et en m'appelant Alexandre, tout à l'heure, tu as fait montre d'une jugeote qu'on ne soupçonnerait pas au premier regard. Car la vérité, entends-moi bien, c'est que je suis né pour accomplir de grandes choses, et qu'il ne m'arrivera rien tant qu'elles ne seront pas accomplies ! Crois-tu en la métempsychose, la transmigration des âmes ? »

L'autre lui renvoya un regard vide. Malek avait en effet vite compris que si le général avait besoin d'un valet docile et débrouillard, il préférait de beaucoup qu'il fût inculte et malléable.

« Non, évidemment, ces matières te dépassent, reprit le Corse en lui tapotant l'épaule. Alors laisse-moi t'expliquer, car j'ai besoin que tu me comprennes, si tu le peux. Certains pensent, et depuis fort longtemps, que notre âme nous survit après la mort, et que, le cas échéant, elle peut occuper un autre corps plus tard, que ce soit celui d'un homme ou d'un animal, pour finir le travail qu'elle avait commencé. Tu me suis ? »

Le tout nouvel homme de main opina vivement du chef.

« Alors voici mon secret, que tu ne répèteras à personne si tu veux que j'aie confiance en toi. Je suis

124

Alexandre revenu parmi les hommes, tel que tu me vois, ayant pris un corps nouveau pour achever son Grand Œuvre ! »

Le Barbu du Nord fixait Bonaparte avec perplexité.

« De quel Grand Œuvre parlez-vous, Monseigneur ? demanda-t-il avec déférence.

– Unifier toutes les nations de la Terre sous une seule bannière, et un seul gouvernement ! Etendre l'idéal révolutionnaire à la planète entière, les armes à la main s'il le faut, car les peuples ne savent pas toujours ce qui est bon pour eux ! En m'envoyant en Egypte, les imbéciles du Directoire me font marcher dans mes propres traces, et m'offrent une victoire facile, car je ne peux échouer là où j'ai déjà vaincu ! Voici mon secret, Jean Thibault d'Arras. C'est lui qui me confère ma force, car je connais mon destin. Me suivras-tu ? Seras-tu capable de te taire ? »

Malek fixa le petit général, qui n'avait pas trente ans, avec un œil où se mêlaient l'admiration et le doute. Etait-il prudent, au final, de suivre cet homme dans l'âme duquel la clairvoyance se le disputait avec la mythomanie et une ambition proche de la folie ? C'était assurément une personnalité complexe et supérieurement intelligente, mais quelle partie de lui-même l'emporterait dans l'ivresse du combat ou dans l'adversité ? Et ne sombrerait-il pas définitivement dans la démence s'il obtenait ne serait-ce qu'une once du pouvoir qu'il convoitait ?

Pour l'heure, l'envie de revoir les rives du Nil était trop forte, et la décision fut vite prise.

« Je garderai ce secret jusque dans la tombe, conclut sobrement Jean d'Arras.

– C'est bien, tu es mon homme. Sois à bord de l'*Orient* avant cinq heures demain matin, car c'est le grand départ ! »

– Puis-je savoir où nous allons ? Tous ceux auxquels j'ai demandé votre destination n'en savaient rien, mais tout à l'heure vous avez parlé des Pyramides. Verrons-nous l'Egypte ? »

Bonaparte sourit, l'air gêné.

« Tu as dû rêver ! » conclut-il avec un clin d'œil. Puis il se retourna vers un membre du groupe qui le suivait toujours de loin, le seul qui était en civil et qui devait être son secrétaire, en criant :

« Bourrienne, à moi ! Vous ajouterez le nom de cet homme aux registres ! Nous lui trouverons bien un emploi en route ! »

Un autre militaire, lui aussi général, et qui n'avait depuis le début cessé de marquer son impatience vis-à-vis des frasques du Corse, explosa enfin :

« C'est insensé ! Que savons-nous de lui ? Moi je lui trouve une tête d'espion anglais, à votre recrue ! Comment pourrons-nous assurer le secret de cette expédition si vous ramassez tous les vagabonds sur votre chemin ? Je vous rappelle que la flotte de Nelson rôde à quelques encablures d'ici, et nous cherche. Si jamais nous la rencontrons, je n'ai que faire d'un traître dans mon dos !

– La paix, Kléber ! répondit Bonaparte. Je connais vos jérémiades par cœur, et vous demande une fois encore de me faire confiance. Ne vous ai-je pas assez prouvé que je savais jauger les hommes ? Je vous dis que l'on peut se fier à celui-là. »

Une dernière bourrade sur l'épaule, et déjà le petit homme nerveux rejoignait ses lieutenants pour superviser les derniers préparatifs, disparaissant soudain derrière des caisses de vivre et de munitions.

Malek laissa son regard errer loin au-delà de l'entrée du port, où la Méditerranée se perdait dans le ciel. Alors que la barque solaire du dieu Râ allait poursuivre sa course nocturne sous la mer, l'apostat

126

esquissa le sourire de celui qui a la certitude d'être sur le bon chemin. Il savait, par expérience, se fier aux signes du destin, ces petits indices qui trainent et balisent la route, ces portes qui s'ouvrent miraculeusement au bon moment alors qu'on les pensait définitivement closes. Jadis, alors qu'il était encore dans l'autre monde, il en avait semé sans compter pour aider quelque mortel en détresse, qui en bénéficiait s'il avait l'esprit suffisamment en éveil. Se pouvait-il que lui aussi en profite à présent ? L'un de ses anciens compagnons l'aidait-il enfin à sortir du labyrinthe infernal de la matière ? Son enrôlement dans l'aventure bonapartiste avait été par trop aisé pour être naturel. Plus encore, il était devenu presque instantanément un intime du général !

Il était clair que son retour sur la terre des pharaons était favorisé, mais pour quelle raison ? Etait-ce parce que son interminable cauchemar, qui avait commencé là-bas, devait aussi s'y terminer ? Peut-être la boucle était-elle enfin bouclée…

14. La Concorde

« Such a lovely place !»
Eagle, *Hotel California*

Jamais un débarquement n'avait été aussi paisible et sécurisé. Lorsque Haziel ouvrit les yeux, sortant de la période d'inconscience liée à son changement d'état, il se rendit compte qu'il était allongé sur un lit. Un regard circulaire lui indiqua qu'il était arrivé dans une chambre d'hôtel qui, même si elle n'était pas d'un grand luxe contrairement à ce qu'on lui avait laissé entendre, n'en constituerait pas moins un camp de base sûr. Son morceau de planète pour quelques semaines. L'idée même d'avoir un point fixe pendant aussi longtemps était révolutionnaire !

Une fois écoulées les quelques minutes réglementaires pour apprivoiser son corps pesant et se familiariser avec ses sens, toujours agressifs au début, il se leva lentement, et fit quelques pas hésitants autour de la petite pièce. Sur un bureau à côté du lit, un calendrier marquait la date du vingt-six septembre. Plus de trois mois s'étaient donc écoulés depuis l'attentat de l'ambassade ! De l'autre côté de la pièce, un placard contenait les vêtements qu'on lui avait préparés pour sa mission. Comme il n'avait pas chaud, dans le plus simple appareil, il décida d'essayer tout de suite ce qu'on avait mis à sa disposition. Sa garde-robe se constituait principalement de quelques pulls et T-shirts, de jeans et d'une paire de baskets. Voilà donc l'idée qu'on se faisait là-haut du minimum vital pour un trentenaire du vingt-et-unième siècle ! Décidément, Le Patron était un vrai pingre...

La panique s'empara de Haziel pendant un bref instant, lorsqu'il prit enfin conscience qu'il était isolé dans un monde de limitations et de contraintes, presque celui d'un mortel, et ce pour une durée indéterminée. Il lui faudrait s'occuper de cette carcasse qui lui enverrait en permanence des signaux d'alerte de toute nature : manger, se désaltérer, dormir, uriner, déféquer... Quelle horreur ! Penser que ces substances putrides et nauséabondes demanderaient urgemment à sortir de lui-même plusieurs fois par jour ! Et la sueur, encore et toujours ! Il faudrait laver la peau de ces sécrétions incommodes qui s'aigrissent en quelques heures et se font remarquer à plusieurs mètres à la ronde en quelques jours ! Ne pas oublier non plus qu'il lui faudrait un temps infini pour se rendre d'un point à un autre : une minute peut-être pour faire cent mètres en marchant, alors que d'ordinaire un battement de cil suffisait pour parcourir cent mille années-lumière !

Haziel en conclut qu'il devait écourter son séjour au plus vite, et après un habillage rapide, continua son tour du propriétaire pour se familiariser avec son repaire. Divers documents se trouvaient sur le bureau. Un énorme manuscrit relié, tout d'abord, qui d'après la couverture n'était autre qu'une copie de la thèse de Viviane Lanson sur la détresse psychologique dans les

prisons françaises. Sur la première page, une main inconnue avait griffonné l'adresse de l'auteur :
« *V. Lanson - 30, rue Jouffroy – Paris 17ème* »

Très bien, il savait désormais où la trouver.

D'autres publications se trouvaient là, qui devaient être des revues scientifiques. Il les examina un moment, avant de trouver l'élément commun qui les liait. Sur toutes les couvertures, on annonçait un article parlant de Biolab Technologies, un laboratoire de recherche international qui semblait défrayer la chronique. L'ange parcourut quelques pages, qui lui apprirent qu'on mettait en doute le sérieux des travaux qu'on y effectuait, mais que les fonds dont la structure disposait étaient inépuisables, car elle avait été fondée par un magnat du pétrole Norvégien. Là encore, dans une marge, une main inconnue avait écrit une adresse :
« *Biolab Tech.*
2, impasse Linard
Métro Bastille »

La belle affaire ! L'ange était bien avancé... Ces indices étaient laissés par les gars de l'Intervention pour l'aider à orienter sa mission, comme des miettes de pain pour un Petit Poucet d'un nouveau genre, mais pour une fois, il ne savait vraiment pas quoi faire. Comment devait-il aborder la psychiatre ? Et Biolab était sans doute lié à Malek, d'une façon qu'il ignorait encore, mais après ? C'était bien maigre ! Il en était presque au même point que le simple mortel qui ne sait rien de son parcours sur Terre, et qui avance en aveugle, au jour le jour.

Afin de chercher l'inspiration, il ouvrit l'unique fenêtre de la chambre, qui donnait sur la rue de Rome, et prit l'air un moment, accoudé à la balustrade. Le climat était doux et dégagé, et la matinée ensoleillée incitait à

131

l'optimisme. A cause des changements climatiques en cours sur l'ensemble de la planète, un automne chaud et sec succédait de plus en plus souvent à un été pluvieux, et Haziel sentit disparaître l'angoisse qui l'avait assailli à son arrivée. En contrebas, à quelques dizaines de mètres, un train quittait la Gare Saint-Lazare, pour aller égayer les vaches normandes. L'ange sourit à l'évocation du Patron en chef de gare, avec casquette et sifflet, et se dit qu'après tout, il était libre de mener son propre train où il le voulait, et à son rythme. Il décida de laisser le temps au temps, car les choses se décanteraient certainement d'elles-mêmes. Il suffisait de laisser venir à soi les occasions, à condition d'être prêt lorsqu'elles se présenteraient ! Ayant ainsi pris son parti de la situation, il décida de partir en balade dans Paris, et de s'octroyer le bien le plus précieux pour un ange en mission perpétuelle : des moments pour soi. Cette incarnation d'un genre nouveau serait peut-être réellement des vacances, après tout ? Tout au moins au début...

Il partit ainsi à pied, au hasard, se laissant guider par les quelques souvenirs qu'il avait conservé d'autres missions dans la ville. Défilèrent alors, pendant tout l'après-midi, la gare Saint-Lazare, l'église de La Madeleine, Le Louvre et sa pyramide, les quais de Seine et leurs bouquinistes, le jardin des Tuileries qui avait retrouvé fière allure depuis de récents travaux.

Au hasard d'un détour, l'ange déboucha sur la place de la Concorde, et le monument qui trônait là le ramena immédiatement aux impératifs de sa mission. Ce n'était pas seulement le fait qu'un obélisque de Ramsès II se trouvât en plein Paris, à des milliers de kilomètres de sa terre d'origine, qui lui rappelait les causes égyptiennes de ses problèmes, mais bien parce que Malek lui-même avait œuvré en sous-main pour acheminer ici cet énorme monolithe de granit, au début du dix-neuvième siècle.

C'était sa griffe, la signature d'un fou mégalomane, un geste insensé et grandiose qu'il avait réédité à maintes reprises au cours de l'Histoire. Etait-ce pour piller l'Egypte, sa première patrie d'adoption, qu'il avait petit à petit déplacé presque tous les obélisques du pays ? Ou au contraire pour établir un lien entre le début de son épreuve dans la matière, et chaque nouvel endroit où il avait continué son aventure ? Toujours est-il que sur les vingt-et-un obélisques qui se dressaient auparavant sur les rives du Nil, seulement quatre y étaient encore en ce début du troisième millénaire !

La frénésie de l'ange déchu avait été la plus intense durant les deux derniers siècles de l'Empire Romain. Dans ce laps de temps en effet, pas moins de treize aiguilles de pierre avaient été amenées à Rome, alors la cité la plus puissante du monde. Au sixième siècle, après la chute de l'empire en occident, Malek s'était réfugié à Constantinople, ou l'empire d'orient tentait de survivre vaille que vaille. Malek avait alors fait venir un obélisque de Touthmôsis III, pour le remonter à côté de l'hippodrome de la future Byzance.

Plus d'un millénaire passe sans qu'on ait retrouvé trace de l'activité de l'apostat, puis il réapparaît à Paris, à la fin du dix-huitième siècle, dans le sillage du général Bonaparte, bientôt couronné empereur sous son prénom de Napoléon. C'est pendant la campagne d'Egypte que Malek retrouve ses ambitions d'autrefois – la nostalgie d'un passé doré, sans doute. En cette époque troublée, où l'état de guerre est permanent, les traditions sont bousculées, et les carrières se font et se défont plus rapidement qu'un couperet de guillotine ne met à tomber. Malek, qui joue de la psychologie humaine comme un virtuose de son instrument, gravit rapidement tous les échelons du pouvoir impérial, et obtient à nouveau un poste à la mesure de sa soif de puissance, à la toute nouvelle Banque de France. Personne ne connaît exactement l'intensité des liens qui se tissèrent à l'époque entre l'immortel et l'empereur, mais ils étaient intimes, et ce dernier ne manquait jamais d'aller rendre visite à son « ami très cher » lorsqu'il était de passage dans la capitale, entre deux batailles. On peut aisément imaginer Malek usant de toute sa séduction en parlant des langues oubliées ou lointaines, racontant comme s'il les avait vécues les plus grandes batailles de l'Histoire, dissertant aussi bien de stratégie militaire que des mérites des femmes exotiques, enfin et surtout parlant pendant des heures, comme s'il était un intime, du héros admiré entre tous, narrant des anecdotes croustillantes et inconnues sur le Grand, le Sublime Alexandre, dont la destinée légendaire obsédait le petit corse.

Ce n'est qu'après plusieurs changements de régime, dans les années 1830, donc, et sous le couvert d'un échange de présents entre les nations française et égyptienne, qu'il pourra faire installer sur la Place de la Concorde un nouvel obélisque, venant du temple de Louxor, au prix de longues années d'efforts et de patience, sans compter des dépassements de frais colossaux (il avait initialement prévu de faire venir les deux monolithes jumeaux garnissant l'entrée du temple, mais ce fut finalement financièrement impossible !).

Cependant, le dix-neuvième siècle français est agité, et pas très bon pour les affaires. Comme la République et la Monarchie ne cessent de jouer au chat et à la souris, c'est vers l'Angleterre que Malek décide d'émigrer vers 1860, poussé par le vent du progrès. Il est en effet enthousiasmé par les débuts de l'ère industrielle outre-manche, les premières machines à vapeur, qui débouchent très rapidement sur une automatisation du travail, et une baisse spectaculaire des coûts de production. En homme d'affaire avisé, il change son fusil d'épaule, achète des mines de charbon, des filatures et prend des parts dans l'essor du chemin de fer. La

134

qualité de vie des nouveaux salariés, qui quittent leurs champs pour entrer à l'usine, exploités par de nouveaux seigneurs, les « patrons », n'est évidemment pas un problème. *Nil novi sub sole...*

C'est justement le chemin de fer qui l'amène à poser un pied aux jeunes Etats-Unis. Là-bas, en effet, la Guerre de Sécession qui se termine a laissé un pays meurtri et déchiré, mais avec un tissu industriel exceptionnel, dopé par l'effort de guerre. A présent que le Nord et le Sud sont réunifiés, c'est vers l'Ouest et l'Océan Pacifique que tous les regards se tournent, la nouvelle frontière à atteindre, avec un tissu de communication à inventer. Le train sera un composant essentiel de l'union des océans Atlantique et Pacifique, et Malek prend part à l'aventure.

C'est ainsi que les deux derniers obélisques – à ce jour – furent déplacés par l'entremise de l'apostat, presque simultanément entre 1878 et 1880, au prix de nouveaux efforts surhumains (et pour cause !), afin de marquer l'axe économique majeur qui liait désormais la vieille Angleterre aux jeunes Etats-Unis. Le premier débarqua sur les rives de la Tamise, pour être finalement installé non loin du parlement britannique. Le second, signé comme le précédent par Touthmôsis III, qui a décidément payé un lourd tribut à ces délires, fut remonté dans le Central Park de New-York, cité promise à un développement phénoménal d'où les affaires de Malek allaient prendre une tournure planétaire.

Tout en ressassant le parcours de son ancien compagnon d'aventure, Haziel traversait tant bien que mal le flot anarchique de la circulation sur la Place de la Concorde pour se rapprocher du grand monolithe de granit qui pointait vers le ciel son pyramidion d'électrum. Si l'on en croyait les anciens Egyptiens, il constituait en fait un rayon de lumière solidifié, un lien direct entre le Soleil et la Terre, entre les dieux et les hommes. Mais aussi, et peut-être surtout, l'équivalent d'une aiguille d'acupuncture, plantée dans un centre énergétique particulier du corps de la planète. Le réseau d'aiguilles, disséminé tout au long du Nil, permettait ainsi d'alimenter et de diffuser une certaine qualité d'énergie tellurique sur l'ensemble de la terre des pharaons !

Et n'était-ce pas là ce qu'avait voulu faire Malek, justement ? Etablir un réseau planétaire doté d'une « certaine qualité d'énergie », qui faciliterait ses entreprises néfastes tout en affaiblissant ses adversaires ?

Du centre de la place, l'ange regarda autour de lui un concentré de ce qui faisait la plus belle ville du monde de ce temps : le jardin des Tuileries, l'Assemblée Nationale, le dôme doré des Invalides, les grands hôtels, et plus loin, l'Arc de Triomphe au sommet des Champs-Élysées... Décidément, il y avait beaucoup de choses à voir, ici ! Haziel prit alors une résolution qui ne l'aurait même pas effleuré en temps normal : remettre la mission à plus tard, et faire un peu de tourisme dans Paris pendant quelques jours avant de se mettre au travail. Le Patron avait sans doute raison de douter de la suite de sa carrière dans le Groupe d'Intervention Angélique !

15. Chambre noire

« I have to turn my head
before my darkness goes»
The Rolling Stones, *Paint it black*

Malek avait de nombreuses demeures tout autour de la Terre, dans lesquelles il affectionnait de séjourner lorsqu'il devait rester plusieurs semaines au même endroit. Il faisait ainsi une pause de quelques jours dans la ronde incessante des hôtels et des jets privés qui constituait son lot quotidien, et à laquelle s'astreignaient tous les grands capitaines d'industrie pour peu que leurs affaires se développent « à l'international ».

Une de ses résidences préférées était dédiée aux séjours en France, et se situait à Chatou, dans la banlieue huppée de Paris, sur les bords de Seine. C'était un superbe castelet au milieu d'un grand parc, simplement séparé de la rivière par un petit chemin de terre, et entouré d'une enceinte inexpugnable. Lorsqu'il l'avait fait construire, à la fin du dix-neuvième siècle, Chatou n'était qu'un petit village sans prétention dans lequel il pouvait faire venir des invités de marque sans trop attirer l'attention, et ainsi mener ses affaires autour de déjeuners sur l'herbe et d'excursions champêtres.

Puis, le temps passant et la capitale se développant, avalant peu à peu toutes les communes alentour, Chatou prit une place à part et devint un îlot de verdure protégé, qui attira bientôt les intellectuels, artistes et gouvernants de France. Malek se félicitait d'avoir eu le nez creux, et ne regretta jamais d'avoir dès le début délimité son petit coin de paradis, dont chaque mètre carré était si précieux aujourd'hui.

Toutes les maisons qu'il avait acquises depuis, que ce soit à New York ou Los Angeles, Singapour ou Tokyo, Bogotá ou Moscou, avaient un point commun. Peu importait leur taille ou leur style, elles possédaient toujours une pièce secrète, un cabinet intime connu de lui seul, qu'il appelait sa « chambre noire ». Sans aucune ouverture, éclairées simplement à la bougie, ces chambres ne renfermaient la plupart du temps qu'une table et deux chaises, et étaient destinées à de rares et étranges rendez-vous.

En effet, l'imprégnation dans la matière se confirmait au fil des siècles, et les pouvoirs surnaturels dont disposait Malek en héritage de son passé angélique avaient peu à peu disparu. Finis les tours de passe-passe avec les atomes, les dons d'ubiquité, de matérialisation, de délocalisation ! A mesure que son visage se marquait et que ses cheveux blanchissaient, Malek était devenu un homme comme les autres, ou presque. Ne lui restait que cette satanée immortalité, ainsi que de nouveaux alliés qu'il avait contactés pour suppléer ses défaillances, malvenues pour l'achèvement de ses plans.

C'était dans les années vingt qu'il avait rencontré pour la première fois les anges noirs, pour leur proposer de conclure un pacte. C'était une époque sombre, où ils menaient une action de grande envergure sur tous les continents, favorisant partout la montée de mouvements

138

extrémistes qui semblaient devoir recouvrir l'humanité entière d'un manteau de ténèbres. Au début, ils avaient ri de la naïveté de l'apostat, arguant qu'ils n'avaient pas besoin de l'aide d'un apatride minable et sans ressource. Mais en quarante-cinq, ils sentirent le vent tourner, et se rendirent compte que la deuxième guerre mondiale avait encore enrichi Malek, augmenté sa puissance, renforcé ses infrastructures industrielles et pétrolières et agrandi ses cercles d'influences. Ils reprirent alors contact pour établir un plan d'action qui se déploierait simultanément dans le bas astral, leur domaine, et la matière, celui de Malek.

Ce soir-là, donc, une rencontre au sommet était prévue dans la chambre noire de la résidence de Chatou, comme il s'en déroulait de plus en plus régulièrement depuis que Malek avait décidé d'intensifier son action. Le représentant des forces maléfiques apparut dans la pièce à l'heure précise du rendez-vous, ce que Malek apprécia beaucoup. Il ne pouvait pas s'incarner totalement, c'était un privilège réservé aux anges d'intervention. Mais il pouvait rendre sa silhouette suffisamment dense et matérielle, telle une fumée d'un vert sombre, pour que l'on sache à qui l'on s'adressait.

« Seigneur Malek, les Forces des Ténèbres, par mon ambassade, vous saluent, dit l'ombre d'une voix sépulcrale, en s'inclinant sobrement.

– Seigneur Kashdan, c'est toujours un immense plaisir de vous retrouver », répondit l'apostat non moins cérémonieusement. Il proposa l'une des chaises à son étrange invité, avant de s'asseoir lui-même. Cela pouvait paraître amusant de voir cette forme vaporeuse prendre une position assise, mais c'était le genre d'attention dont raffolaient les démons. Ils adoraient qu'on les mêle le plus intimement possible à la vie normale des humains, et qu'on les traite comme eux. Toute leur souffrance, et donc leur haine, ne venait-elle pas du simple fait de ne pas pouvoir s'incarner à leur guise ?

« En guise d'apéritif, commença Kashdan, permettez-moi de clore un chapitre litigieux entre nous en vous donnant des nouvelles des traîtres qui avaient fomenté cette lamentable histoire de dictateur fou au Moyen-Orient, qui s'est terminée de la manière que l'on sait.

— Je me permets de vous rappeler que si cette affaire n'a pas provoqué trop de casse, c'est grâce à mon intervention personnelle à la dernière minute, ce qui était à la fois inadmissible et dangereux, vous en conviendrez !

— Croyez bien que nous sommes conscients des risques que vous avez courus, et surtout du peu de temps de préparation que nous vous avons laissé. Soyez assuré que ce genre d'incident ne se reproduira plus. Les fauteurs de troubles, qui, je le reconnais, venaient de nos rangs, ont été anéantis de telle manière que la gangrène qui nous menaçait a disparu comme par enchantement, et pour longtemps ! »

Une fente sardonique s'ouvrit dans l'excroissance vaporeuse qui servait de tête au seigneur des Ténèbres. Mieux valait ne pas être à la place des traîtres, ni connaître leur sort !

« Vous savez, reprit le seigneur Kashdan, que les éléments qui composent nos troupes se caractérisent par une grande indépendance, une phobie violente de toute forme d'aliénation, ainsi qu'un goût certain pour le jeu et les plaisanteries de mauvais goût. Tout cela nous a déjà porté de lourds préjudices par le passé, et ne fait pas bon ménage avec la rigueur et la discipline nécessaires à l'aboutissement de nos projets.

— N'en parlons plus. Je dois avouer que le fait de disposer une voiture piégée en plein Paris m'a donné une dose d'adrénaline que je n'avais pas connue depuis longtemps ! C'est d'ailleurs pour cette raison que je n'ai pas délégué la besogne : les occasions de s'amuser deviennent rares ces derniers temps...

– En tous les cas, cette affaire illustre une chose : l'union de nos forces est plus que jamais nécessaire pour pouvoir assurer notre victoire totale.

– Vous prêchez un converti de la première heure ! Qu'en est-il donc de l'opération « Rififi à Paname » ? Tout avance-t-il conformément aux plans ?

– Absolument ! Nous avons d'excellentes nouvelles du métro parisien, où un premier contact a pu être établi cette nuit entre vos bestioles récemment relâchées et un clochard qui vivait là, que nous pilotons à volonté. Nous pensions démarrer la phase 2 demain matin, si vous en êtes d'accord ?

– C'est parfait, le plus tôt sera le mieux. Vous savez que, de notre côté, la préparation est dangereuse pour nos laborantins, et que l'opération n'est pas satisfaisante, puisque les animaux ne survivent que deux ou trois jours. Ils ne sont pas un hôte naturel du virus, évidemment. Donc, dès que la phase 2 aura été couronnée de succès, j'arrêterai la phase 1 qui est fort complexe. »

Kashdan acquiesça avec un sourire entendu, puis fit semblant de se recaler dans sa chaise, dans un mouvement qui aurait pu paraître comique si le moment n'avait pas été si grave. Un nuage sombre passa sur ce semblant de visage, en effaçant la joie. Visiblement, quelque chose le tourmentait, et il avait du mal à l'exprimer.

« Je vois bien que vous avez matière à trouble, mon frère, s'enquit Malek, surpris qu'un démon puisse être soucieux. Parlez sans crainte, cela concerne-t-il nos affaires ? »

La tête de Kashdan se rapprocha de celle de l'ange déchu, qui fit le mouvement symétrique par

141

réflexe, et c'est sur le ton de la confidence la plus intime que le spectre aborda le sujet de ses angoisses :

« Nous avons acquis la certitude que les légions angéliques sont en manœuvre. Leur attention s'est malencontreusement portée sur vous lors de votre généreuse intervention, car l'un des leurs vous a repéré.

– Vous voulez parler de Haziel, je suppose ? C'est exact, je suis au courant. Mais rassurez-vous, cet imbécile ne peut rien contre moi.

– J'aimerais pouvoir partager votre optimisme, mais il n'est pas seul. Il semble, d'après nos sources, que l'immonde despote qui commande nos ennemis ait décidé d'en finir avec votre statut un peu particulier. On dit même qu'il voudrait régler toutes les situations en suspens avant de passer à la Nouvelle Ere !

– Oui, j'ai entendu parler de ces légendes. Elles reviennent à chaque fin de cycle. Mais comme vous le savez, j'en ai traversé de nombreux, des cycles, et je suis toujours là ! »

Malek prenait toutes ces menaces à la légère, et s'étonnait que son interlocuteur, d'habitude si pragmatique, fasse tant de cas de ces fadaises. Le seigneur Kashdan reprit cependant, de plus en plus sinistre :

« Nous pensons qu'une opération d'envergure à votre encontre se prépare, qui pourrait concerner la planète entière. Soyez vigilant, car les temps de la confrontation sont proches. De plus, de grands changements sont en cours, dans le camp d'en face, puisque le Conseil des Archanges envisage de travailler main dans la main avec des humains, pour mieux nous contrecarrer !

– En utilisant exactement les mêmes méthodes que nous : vous voyez bien qu'ils auront toujours une révolution de retard !

– Nous avons cependant le nom d'une personne à vous soumettre, qui pourrait être le contact privilégié des anges sur la Terre. Leur point d'ancrage, en quelque sorte, comme vous l'êtes pour nous. Je ne saurais trop vous conseiller de faire surveiller cette personne de très près. »

Cette information originale suscita l'intérêt de Malek, qui observa avec attention une petite boule de fumée blanche se former sur la table. Bientôt, des images apparurent sur la surface mouvante du nuage sphérique, laissant entrevoir un visage de femme brune d'une très grande beauté. Kashdan voulait montrer à son complice toutes les informations dont il disposait, afin que l'ennemie soit clairement identifiée.

« Nous savons que cette mortelle a été en relation avec l'ange Haziel lors de l'affaire de la voiture piégée, et qu'une autre rencontre devrait avoir lieu très prochainement.

– Vraiment ? »

Malek scruta un long moment les scènes qui défilaient sous ses yeux, puis son visage commença à se détendre, pour finir par sourire. Il partit soudain dans un grand éclat de rire tonitruant, comme il n'en avait pas connu depuis longtemps.

« Ha ! Ha ! Alors ça, c'est trop drôle ! Figurez-vous, mon frère, que je connais cette petite femelle ! Ou plutôt que j'ai bien connu une de ses précédentes incarnations, il y a bien longtemps.

– Vous en êtes sûr ? Cela ne confirme-t-il pas nos soupçons concernant une attaque contre vous ?

– Une attaque, je ne sais pas. Mais ce que je peux vous certifier, c'est que cette donzelle vient de tomber nez à nez avec un bien mauvais karma ! »

Et Malek éclata à nouveau d'un rire gras, rejoint cette fois par le seigneur Kashdan.

143

*

Pendant ce temps, plus tôt dans la soirée, Haziel avait pris une décision importante. Après avoir musardé quelques jours à droite et à gauche, admirant ceci, visitant cela, assistant même à un concert dans une petite salle *underground* près de Pigalle, il avait finalement pris son courage à deux mains et se tenait maintenant sur le palier du troisième étage au numéro 30 de la rue Jouffroy, devant le domicile de Viviane Lanson, avec qui, semblait-il, il avait une vieille histoire à régler.

Mais par où commencer ? Que dire, que faire ? Les étiquettes sur la sonnette et la boîte aux lettres indiquaient qu'elle vivait seule, mais après ? L'ange se jeta à l'eau et sonna. Une voix féminine lointaine cria « J'arrive ! » de l'autre bout de l'appartement. Quelques pas précipités, et la porte s'ouvrit en coup de vent, laissant apparaître la psychiatre tout sourire, en peignoir et les cheveux mouillés.

« Tu es en avance, je ne suis pas ... ! », la voix de la jeune femme s'arrêta net en avisant l'homme debout sur le palier. Elle s'attendait visiblement à accueillir quelqu'un d'autre, ce qui décontenança un peu le visiteur.

« Je ne sais pas si vous me reconnaissez, mais nous avons eu ensemble quelques séances, il y a trois mois, au sujet d'un attentat... », commença-t-il, un peu penaud.

Viviane, qui l'avait reconnu, devint livide :

« Comment avez-vous eu mon adresse ? Ce genre d'information est strictement confidentiel ! »

Puis elle se rendit compte qu'elle était à moitié nue, en train de parler avec un supposé terroriste échappé d'un asile psychiatrique, et se mit à paniquer.

Elle referma brusquement la porte sur elle, et tira le verrou.

« Allez-vous-en, ou j'appelle la police ! Oubliez-moi ! » cria-t-elle une fois en sécurité.

Le dialogue était décidément très mal engagé. L'ange, qui ne voulait surtout pas d'une émeute dans l'immeuble, décida d'employer les grands moyens pour prouver la véracité de ce qu'il avait dit naguère à Sainte-Cécile. On pourrait peut-être alors repartir sur des bases plus saines ?

De l'autre côté de la porte, Viviane vit alors apparaître une main transparente, traversant l'épaisseur du bois pour s'ouvrir juste devant elle. Horrifiée, elle se couvrit la bouche pour réprimer un cri.

« N'ayez pas peur, je ne vous ferai aucun mal ! » dit Haziel derrière la porte, conscient du traumatisme qu'il causait. Il solidifia alors sa main, créant des crépitements d'étincelles à la jonction de son bras et du battant, à l'endroit ou les deux matières s'interpénétraient. Puis une forme laiteuse, comme de la vapeur, apparut dans le creux de sa paume, pour se préciser rapidement, et former finalement la matérialisation parfaite d'une fleur blanche. Une fleur de lotus.

« C'est un cadeau, en gage de ma bonne volonté… Acceptez-le, je vous en prie ! supplia Haziel sur le palier. C'est la fleur même que vous m'avez offerte lorsque vous étiez cette princesse égyptienne dont je vous ai parlé. »

A la fois effrayée et hypnotisée par ce tour de magie d'un nouveau genre, la jeune femme tâta la fleur du bout du doigt, puis osa la saisir délicatement et la porter à ses narines pour voir si elle était réelle. Encouragé par ce geste d'apaisement, l'ange traversa tout entier la porte, et fit un pas dans l'appartement. Le

145

spectacle qu'il découvrit alors, totalement imprévu, le laissa désarmé.

Viviane, comme si elle venait d'apprendre une terrible nouvelle, était tombée à genoux sur le sol, et sanglotait à chaudes larmes, le nez plongé dans la fleur de lotus. On aurait dit qu'une barrière psychologique entretenue depuis longtemps avait brusquement cédé, libérant violemment le flot d'une douleur ancienne, patiemment cachée et réprimée, oubliée en apparence.

Ne sachant que faire, Haziel choisit finalement de s'asseoir sur le parquet à ses côtés, et de la prendre dans ses bras pour la serrer contre lui. Complètement prostré, le petit corps se laissa d'abord faire passivement, puis s'abandonna complètement dans l'étreinte amicale, déclenchant un nouveau torrent de larmes.

La crise dura longtemps, plus d'une heure peut-être. L'ange avait porté la jeune femme à bout de nerf sur son lit pour qu'elle puisse se laisser aller sans se blesser. Puis, s'installant dans une chaise à côté, il avait attendu qu'elle tombe dans un sommeil profond. Il l'avait observée avec attention, laissant venir à lui les images qui défilaient autour d'elle, dans son aura. Il cherchait des tranches de vie susceptibles de le renseigner sur le nœud du problème. Ce qu'il y avait vu l'avait pétrifié d'horreur.

L'émergence brutale d'un élément d'une de ses vies antérieures en Egypte, le lotus, avait provoqué l'équivalent d'un court-circuit dans l'esprit de Viviane, qui voyait maintenant remonter à la surface des souvenirs de cette existence passée. Et peut-être eût-il mieux valu qu'ils restassent enfouis à jamais... Car c'étaient des scènes insoutenables auxquelles assistait l'envoyé du Patron : la jeune égyptienne était battue, torturée, violée, un nombre incalculable de fois semblait-il. C'étaient toujours les mêmes images

146

répétées à l'infini, mais jamais exactement dans le même contexte, on sentait le temps qui passait entre chaque vision, les agresseurs changeaient parfois, même si le visage d'un homme dur, aux yeux fous, revenait en permanence. Il semblait bien que ce fût lui l'instigateur de toutes ces souffrances, dont le cycle devait s'étaler sur plusieurs années !

Mais ce qui glaça surtout Haziel, ce qui lui fit enfin comprendre la raison de sa présence dans cette chambre, et de son attachement involontaire à travers les millénaires avec ce petit bout de femme, c'est qu'au milieu de la douleur insoutenable, il y avait toujours une prière désespérée, un espoir insensé, qui se résumait en un nom prononcé comme un mot d'amour : le sien, « Haziel » !

Tout au long de son calvaire, Mérit n'avait cessé d'appeler le dernier (et peut-être le seul) homme qu'elle eût aimé, en le suppliant de tenir sa promesse de venir la chercher ! Promesse jamais tenue, évidemment. Ce cri perdu, teinté d'une rancœur grandissante, s'était peu à peu gravé dans son âme comme dans du marbre, jusqu'à devenir indélébile à travers le déroulement des âges.

Et lui, où était-il pendant ces mois, ces années de cauchemar ? Pourquoi n'avait-il rien senti, rien entendu ? Etait-il sur un autre monde, à essayer encore et toujours de sauver un univers sens dessus dessous ? Mais quelle mission pouvait-elle justifier la torture de cette âme innocente, de cette merveille de la Création ?

Conscient à présent de sa responsabilité envers Viviane, qui, endormie, était redevenue comme une enfant, il se pencha sur elle et lui déposa un baiser sur le front :

« Petite princesse, tu peux dormir tranquille, à présent que je t'ai retrouvée. Je jure solennellement d'effacer tout ce qui s'est passé, pour que ton âme retrouve la paix et la joie. Et cette fois, je ne partirai pas avant d'avoir tenu parole... »

16. Le professeur

«There's blood in the streets,
it's up to my ankles»
The Doors, *Peace Frog*

Le professeur Billand ne détestait pas prendre le métro, même s'il ne le faisait plus très souvent. Ces escapades souterraines lui rappelaient ses années de bohême à la faculté, pas si lointaines finalement. Et, à chaque voyage impromptu, il se remémorait avec un brin de nostalgie ses fredaines de jeunesse sans le sou et ses déboires estudiantins.

Il avait changé, le petit Jean-Paul d'alors. Il avait pris de la bouteille, de l'assurance, et par voie de conséquence du galon. A présent, il dirigeait son propre service à la Pitié-Salpêtrière, commandait une pléiade d'internes, se tapait les infirmières, conduisait une BMW... la belle vie, quoi. On pouvait dire qu'il avait réussi. Sauf que s'il était dans le métro aujourd'hui, c'était parce que la petite routine bien huilée qu'il avait patiemment bâtie année après année commençait sérieusement à battre de l'aile.

149

Les ennuis avaient commencé lorsqu'il était tombé raide dingue de Catherine, l'infirmière mangeuse d'hommes. De fil en aiguille, au fur et à mesure que leur liaison se prolongeait, et ce malgré les infidélités répétées de la tigresse, on en était venu à parler installation, mariage, enfants. Rien que de très normal, finalement. Sauf que le professeur Billand était déjà installé, marié, avec des enfants !

Il avait bien sûr promis à la féline femme en blanc que ce petit problème serait vite réglé, mais elle ne voyait rien venir, et commençait à s'impatienter furieusement, menaçant de s'occuper elle-même de tout dire à la légitime épouse.

Jean-Paul Billand, praticien implacable en milieu professionnel, était faible devant les femmes. Il n'avait pas encore pris sa décision, et ne voyait pas comment se sortir d'un tel guêpier. Au moment de faire le grand saut, il se demandait s'il était vraiment nécessaire de détruire sa famille, de faire souffrir tant de monde pour une simple « histoire de cul », comme d'aucuns auraient pu la qualifier. S'il était sur la ligne une du métro parisien ce matin-là, à une heure de pointe, c'était que sa belle Catherine, par dépit ou voulant lui lancer un ultimatum, avait planté sa BMW dans une pile de pont des quais de Seine, et que si l'une des carrosseries d'exception était miraculeusement sortie indemne de l'accident grâce au « coussin gonflable », la deuxième n'avait plus rien à attendre des hommes, si ce n'est un ferrailleur charitable.

Le professeur en était là de ses monologues intérieurs quand, à la station Louvre-Rivoli, un voyageur se trouva mal et s'écroula au milieu de la foule compacte qui occupait le centre du wagon. Il était huit heures et demie du matin, et la rame était bondée. Les incidents de ce type étaient fréquents dans de telles conditions, et personne ne s'émut particulièrement. Deux bonnes âmes

150

transportèrent l'homme inconscient sur le quai en le soutenant sous les bras, et bientôt une voix retentit demandant s'il n'y avait pas un médecin dans la rame.

Billand attendit un moment, espérant qu'un autre que lui se désignerait, parce qu'il n'avait vraiment pas besoin de ça ce jour-là. Mais non, décidément, il était le seul médecin présent, et il fallait que ça tombe sur lui le seul jour de l'année où il prenait le métro. Il se leva pour ne pas faire honte au grand Hippocrate et rejoignit la porte en se frayant un chemin au milieu des corps compressés, bousculant au passage quelques bons citoyens que le drame qui se déroulait à deux mètres n'avait pas dérangé dans leur lecture.

Ce devait être son karma, comme disait Catherine. Elle y croyait dur comme fer à ses histoires de chakras, de destinées écrites dans les étoiles, et d'autres fariboles qui provoquaient immanquablement des discussions agitées entre eux. Ça l'avait énervé, au début, qu'elle se laisse embringuer là-dedans, qu'elle pratique en douce des médecines parallèles. Ou en parallèle des médecines douces. Puis il s'était rendu compte qu'après tout ce n'était pas bien méchant, et qu'elle rassurait même certains malades sur lesquels elle testait ses techniques bizarres. C'était devenu un jeu entre eux : il avait trouvé le bouton pour la mettre hors d'elle à tous les coups, et il s'amusait à la titiller de temps en temps. Ce qu'elle appelait le karma, il appelait ça le manque de bol, et il était en plein dedans.

En sortant du wagon, le professeur se rendit compte qu'il était à sa station préférée, celle qui était selon lui, et de loin, la plus belle du réseau souterrain parisien. Le musée du Louvre avait en effet prêté des œuvres d'art (des sculptures pour la plupart) tirées de ses réserves pour décorer les quais, les transformant ainsi en annexes des collections principales.

Il redescendit vite sur terre en voyant l'état de l'inconnu allongé sur le sol. Blanc comme un cadavre, trempé de sueur, ce n'était sûrement pas une crise d'agoraphobie ou un manque d'oxygène passager qui l'avait terrassé. Billand pensa aussitôt à une fièvre virale, peut-être la grippe bien qu'elle ne soit pas encore arrivée en France à cette saison. Il prit le pouls de l'homme inconscient, qui était parcouru de spasmes. Même si l'on avait pu faire abstraction de sa maladie, la triste mise de l'inconnu aurait fait pitié. Son visage parcheminé et dégarni, mangé par une mauvaise barbe blanche, présentait tous les signes de l'alcoolisme. De ses chaussures éventrées dépassaient des pieds nus et noirs de crasse, et l'ensemble de ses vêtements, depuis longtemps hors d'usage, exhalait une odeur insoutenable. Passant outre son dégoût, le professeur examina rapidement l'homme pour voir si son malaise n'était pas lié à une blessure, ou à un mauvais coup. La vie des rues est sans pitié, et le pauvre bougre donnait l'impression d'en avoir eu sa part. Il ne trouva qu'un pauvre bandage à la main gauche, fait d'un chiffon mal ficelé qui laissait transparaître une tache de sang. Rien d'extraordinaire en l'occurrence, et rien surtout qui puisse expliquer une telle fièvre.

« Ecartez-vous ! De l'air ! » cria Billand aux gens qui commençaient à quitter le train par grappes et à se rapprocher pour voir ce qui se passait. Il desserra la grosse écharpe de laine qui engonçait le malade, visiblement un SDF qui devait passer ses journées à errer d'une station à l'autre, et testa sa température du revers de la main. Il était brûlant.

« Qu'est-ce qui se passe ? C'est grave ? demanda le conducteur de la rame venu aux nouvelles.

– Ça se pourrait, répondit le médecin. Appelez vite le SAMU, il s'enfonce … et éloignez les curieux, il a besoin de respirer ! »

152

L'inconnu commença à geindre et à s'agiter. Il avait l'air de souffrir le martyre. « Merde, il vomit ! » s'écria quelqu'un au premier rang. Billand eut juste le temps de le mettre sur le flanc pour ne pas qu'il s'étouffe avant qu'une secousse plus violente ne projette un flot rougeâtre sur le sol. Incrédule, le professeur contempla le liquide se répandre rapidement sur le quai, circulant entre les pieds des voyageurs qui n'avaient ni l'espace ni le temps de reculer. Une femme hurla, et l'on commença à s'agiter nerveusement.

« Il ne gerbe pas, ce con: il pisse le sang ! » se dit-il en se relevant pour tenter de se protéger.

Il arrive qu'un médecin se sente totalement démuni face à un malade. Non pas vaincu, car la diversité et la gravité des maux qui ravagent le monde rendent humble l'étudiant en médecine dès son premier cours, mais simplement impuissant, ignorant ou mal équipé pour répondre aux besoins. C'était cette sensation qui étreignait Jean-Paul Billand lorsqu'il regardait le corps blanc et rouge qui convulsait tragiquement sur le quai. Que faire pour aider cet homme dont l'état de délabrement dépassait de loin l'imaginable, et qui semblait empirer à chaque minute ?

Il eut alors une vision hallucinatoire : il se vit allongé par terre à la place du clochard, perdant lui aussi son sang et se tordant de douleur. Cette image horrible était accompagnée d'une révélation, une certitude inexplicable, comme soufflée à son oreille par des lèvres invisibles :

« La mort qui était dans cet homme est en toi, à présent. Et dans beaucoup de ceux qui sont à tes côtés. Elle est rapide et invincible. »

Le professeur se releva lentement, en contemplant ses mains maculées de sang, puis, comme assommé, releva la tête vers les voyageurs qui pataugeaient en essayant de s'éloigner de lui. D'où lui venait cette certitude d'une épidémie fulgurante ? Si son intuition, irrépressible, était prémonitoire, combien d'entre eux allaient mourir dans les semaines à venir ? Il fut pris de vertige devant l'ampleur du drame qui était peut-être en train de se jouer, et ne sut que faire. Devait-il demander à tout le monde de rester pour procéder à des analyses supplémentaires ? Demander à la police de relever l'identité de toutes les personnes présentes pour les localiser en cas de problème ? Faire fermer la station pour éviter une contagion massive, en y enfermant tous les voyageurs en quarantaine ? C'était trop tard de toute façon, car personne ne savait où l'inconnu avait été contaminé, ni avec combien de personnes il avait été en contact depuis. Aussi, lorsque le conducteur de la rame vint lui demander s'il pouvait repartir, Billand acquiesça d'un mouvement de tête, l'air absent.

Quand, quelques instants plus tard, le responsable de la station arriva en guidant les ambulanciers du SAMU, le train était reparti, et le quai s'était vidé. Le corps ensanglanté ne bougeait plus, et si l'homme n'était pas encore mort, le diagnostic final ne faisait plus guère de doute.

Le professeur sentit alors une présence derrière lui. Surpris, il se retourna brusquement, et vit qu'il s'agissait en fait d'une statue grandeur nature, qui le toisait d'un air impénétrable. La déesse égyptienne Sekhmet, au merveilleux corps de femme surmonté d'une tête de lionne, jetait sur la scène un regard impassible et serein, offrant un contraste saisissant à l'agitation des secouristes qui tentaient vainement d'arracher un condamné à la mort. La divine gardienne, féroce dévoreuse d'ennemis, en avait vu d'autres, et en verrait sans doute encore beaucoup, avant que l'usure ou la folie des hommes ne la fasse disparaître à son tour. En attendant, telle une jeune promise attendant un amant improbable, elle tenait dans sa main une fleur de lotus.

154

*

Malek, alias Thibault d'Arras, observait Bonaparte, qui faisait nerveusement les cents pas sur le château arrière de l'*Orient*. Il vit enfin apparaître la ligne ocre et sans relief des rivages de l'Egypte, qui n'étaient encore qu'un désert. D'ici peu, la proue du navire fendrait les eaux jaunes annonçant l'approche du delta du Nil. L'immortel savait le général en chef heureux d'être à la fin de la traversée, mais aussi anxieux de devoir bientôt affronter les mystérieux Mamelouks, dont la réputation de férocité et de courage faisait frémir tous les bords de la Méditerranée.

Le terme « Mamelouk » désignait, en arabe, les esclaves blancs. De 1250 à 1517, ces esclaves, pour la plupart d'origine turque, avaient régné sur l'Égypte. Ils étaient d'excellents cavaliers, et avaient acquis dans l'art de la guerre à cheval une maîtrise que tout le monde musulman leur enviait. Lorsque le sultan ottoman avait installé un pacha pour établir sa main mise sur les bords du Nil, celui-ci avait gardé les Mamelouks comme administrateurs provinciaux, leur conférant le titre de bey. A partir de 1770, les vingt-quatre beys avaient repris presque tout le pouvoir, pratiquement indépendants du sultan, et en conflit constant avec son pacha, qui n'avait plus guère d'autorité. Ils formaient une oligarchie guerrière qui régnait despotiquement sur le pays, et il semblait insensé de vouloir mettre fin par la force à leur pouvoir séculaire. Les choses allaient pourtant aller très vite.

Ignorant tout de l'histoire des hommes qu'ils allaient combattre, les soldats de la jeune République française, emmenés par le petit Corse, débarquèrent à Alexandrie le premier juillet 1798 et, grâce à l'effet de surprise, se rendirent maîtres de la ville dès le lendemain. Le vingt-et-un juillet, ils battirent les deux chefs mamelouks Mourad Bey et Ibrahim Bey, qui gouvernaient alors la province du Caire, à la fameuse bataille des Pyramides. Le vingt-sept, Bonaparte faisait son entrée solennelle au Caire.

Avoir pris Alexandrie et Le Caire, c'était avoir conquis l'Egypte, car il ne restait pas d'autre cité d'importance dans le pays. L'affaire s'était réglée à marche forcée, en moins de quatre semaines, ce qui était inespéré si l'on considère le contexte géographique auxquels les Français n'étaient pas préparés et la vaillance de leurs adversaires qui se défendaient pied à pied. Mais Mourad et Ibrahim, les deux beys les plus puissants, s'étaient échappés vers le sud au lendemain des Pyramides, et la victoire de Bonaparte n'était pas totale. Cette fuite pouvait donner lieu à des révoltes populaires et à une résistance sans fin, alors que le général rêvait déjà de marcher sur la Syrie et Saint Jean d'Acre, d'étendre à d'autres pays la présence française en orient. Il voulait ainsi entrer dans le domaine réservé des Anglais, et savait parfaitement qu'il ne pourrait réussir que s'il les battait de vitesse. On ne pouvait par conséquent pas perdre un temps précieux à nettoyer l'Egypte village par village.

Il fallait au Corse un homme d'exception pour mener à bien cette tâche ingrate et de longue haleine. Un fou, prêt à poursuivre le diable en personne jusqu'aux sources du Nil s'il le fallait, et un génie militaire, capable de déjouer les ruses ottomanes et les pièges du désert avec le peu d'hommes qu'il aurait à sa disposition. Bonaparte possédait cette carte décisive, en la personne du général Desaix.

156

Né en 1768 d'une noble famille auvergnate, Louis Charles-Antoine des Aix de Veygoux, devenu par nécessité et par conviction le citoyen Desaix, était une tête brûlée dotée à la fois d'une grande culture artistique et d'un sens inné de la guerre. Sorti de l'école militaire à quinze ans avec le grade de lieutenant, il avait gravi les échelons à une vitesse fulgurante pour devenir général de division trois ans plus tard. Il avait rencontré Bonaparte pendant la campagne d'Italie, où son courage et son ardeur dans l'action avaient forcé l'admiration. Un indéfectible respect mutuel était né entre les deux hommes, et le Corse pensait immédiatement à l'Auvergnat quand il avait une mission impossible à accomplir.

Toujours dans l'entourage proche du général en chef depuis l'embarquement à Toulon, Malek apprit ainsi parmi les premiers qu'on donnait dans l'urgence trois mille hommes et quelques bateaux à Desaix pour remonter le Nil et étendre la paix républicaine au long de ses rives. Pressé de revoir le grand temple de Thèbes, l'apostat n'avait nulle envie d'attacher plus longtemps son destin à celui de Bonaparte et de le suivre en Syrie. Il fit des pieds et des mains pour être ajouté aux effectifs de la division Desaix, et quand enfin il y parvint, elle s'ébranlait déjà vers le sud, à la découverte d'un pays redevenu inconnu après des siècles d'isolement.

17. Aphrodite

« I'm drawn and overblown with bliss ! »
Eurythmics, *There must be an Angel*

Viviane ne rouvrit les yeux qu'au matin, en se demandant ce qu'elle avait bien pu faire la veille pour être dans un tel état. Elle avait la bouche pâteuse, des courbatures partout, et une migraine digne de ses meilleures gueules de bois. Pire, elle avait dormi tout habillée, et ne se souvenait de rien de ce qui s'était passé. La mémoire lui revint lorsqu'elle avisa le grand guignol blond assis dans la chaise à côté de son lit. Il dormait encore, et avait apparemment passé la nuit comme ça. L'avait-il veillée ? Lui aussi était habillé, et elle n'avait pas l'impression qu'il avait cherché à abuser de la situation. De toute façon, il avait réussi à entrer chez elle par Dieu sait quel tour de passe-passe, et elle était bien obligée de faire avec, tant qu'il était dans ses murs, n'étant pas de taille pour le mettre dehors. Elle avait un téléphone sur sa table de nuit, et elle se dit que si elle se débrouillait bien, elle pourrait peut-être appeler discrètement la police. Mais en voulant décrocher le combiné, elle aperçut une fleur de lotus posée dessus. L'image du bras passant à travers la porte, et l'apparition de la fleur, lui revinrent à l'esprit. Elle n'arrivait pas à savoir si elle avait vraiment été témoin d'un miracle, digne de Jésus multipliant les pains, où si Haziel était un manipulateur diabolique, qui l'avait jouée d'une illusion. Cela avait semblé si réel !

Et tous ces flashes qui défilaient maintenant dans sa tête, et qui, elle en était convaincue maintenant, semblaient liés à cette maudite fleur : étaient-ils des créations de son inconscient qui lui envoyait des messages ? Ils mêlaient dans une bouillie infâme des instants de joie immense, lorsqu'elle enlaçait avec passion un homme qu'elle adorait – Haziel, comme par hasard ! – et d'horreur absolue, avec des tortures et des viols à répétition. Comme le lui avait dit son étrange kidnappeur, cela pouvait en effet se passer dans l'Egypte antique, car elle discernait des coiffures et des vêtements caractéristiques, ainsi qu'une atmosphère ensoleillée et l'omniprésence d'un grand fleuve.

Pendant qu'elle cherchait à comprendre ce qui lui arrivait, Haziel s'était réveillé et la regardait en souriant bêtement, encore tout «ensuqué». Il avait l'air niais d'un merlan lobotomisé, comme la plupart des hommes avant le premier café, mais aussi incroyable que cela puisse paraître, il restait beau à tomber par terre. Cela le rendait plus sympathique, plus attachant peut-être. Mais ne l'avait-il pas hypnotisée ? Que savait-elle de lui, au juste ? Absolument rien ! N'avait-il pas tout fait depuis la veille pour la mettre en son pouvoir ? Ne l'avait-il pas transformée en marionnette pendant qu'elle dormait, prête à obéir à ses moindres désirs ? Elle n'allait quand même pas tomber amoureuse d'un pervers mythomane, elle en voyait défiler toute la journée ! Il brisa le silence le premier :

« Bonjour, docteur ! Ça va mieux, on dirait !

160

– Façon de parler ! J'ai mal partout, et je suis retenue prisonnière par un terroriste qui s'est introduit chez moi par effraction !

– Allons, allons... Ne noircissez pas le tableau : je ne vous ai fait subir aucun sévice ... pour l'instant ! ajouta-t-il avec un regard volontairement pervers sur son anatomie.

– Vous avez pu me faire n'importe quoi, cette nuit, je ne me souviens de rien...

– Ah ! Au fait, un homme a sonné hier soir, pendant que vous dormiez ...

– Merde, Marc, le dîner au restaurant ! Qu'est-ce qu'il a dit ?

– Ben...il avait l'air embêté de ne pas vous voir. Il avait apporté un gros bouquet de fleur pour se faire pardonner son retard...

– Génial, j'adore les fleurs ! Lui au moins a du savoir vivre. Où est-il, ce bouquet ?

– Euh...en fait, il n'a pas voulu vous le laisser. Il a eu l'air contrarié quand je lui ai dit que vous étiez partie étudier les causes de dépressions nerveuses chez les Eskimos au Canada ! Il n'a aucun humour, soit dit en passant...

– Pardon ?

– Je lui ai dit que vous le rappelleriez, mais je ne sais pas s'il s'en souciait. Il était assez en colère, en fait. Il n'a pas eu l'air d'apprécier la plaisanterie, et m'a demandé qui j'étais exactement pour vous. Je lui ai répondu que j'étais votre ange gardien, et il a dit « OK, j'ai compris ! », et il est parti, avec son bouquet sous le bras !

– Mais bon dieu, pourquoi vous lui avez dit ça ? Vous êtes con ou quoi ? Ça vous plaît de foutre la vie des gens en l'air ? Il a du crever de jalousie en vous trouvant chez moi ! »

Elle était ravissante en colère. Haziel la trouvait vraiment aussi belle qu'il y a trois mille ans. Elle n'avait pas le même visage, bien sûr, mais certains regards, certaines expressions, fugaces, réapparaissaient comme par magie, qui faisaient les clefs d'une personnalité.

« C'est quelqu'un d'important, pour vous, on dirait, osa-t-il pour dévier l'orage.

– Bien sûr ! … Enfin, c'est un amant, quoi ! Ce n'est déjà pas si mal, par les temps qui courent…

– Ne me dites pas que vous sortez avec ça !

– « Ça », comme vous dites, est quelqu'un de très bien, d'une intelligence supérieure, et avec qui je m'entends parfaitement. Ce qui, comme je l'ai déjà dit, est plutôt rare.

– « OK, j'ai compris ! », comme dirait l'autre. Ce n'est pas très *rock'n'roll*, quoi !

– C'est ce qui me convient. Et mêlez-vous de ce qui vous regarde !

– Vous avez raison, je ne suis pas venu pour disserter sur vos affaires de cœur. Toutefois, nous avons beaucoup de choses à nous dire, et c'est ce que j'ai tenté de vous expliquer hier soir. Si je suis revenu cette fois, c'est en partie à cause de vous, et je ne voudrais pas m'éterniser !

– Que vous ne vous éternisiez pas me convient très bien : adieu ! Vous savez où est la porte, je suppose ?

– Je dois prendre rendez-vous pour avoir le droit de vous parler ?

– Figurez-vous que oui, c'est ce que la plupart des gens font ! Mais ce n'est pas à vous que j'ai envie de parler, c'est à Marc, pour essayer de réparer vos dégâts ! D'ailleurs, je suis très en retard… il doit m'attendre à l'hôpital.

– Parce que vous travaillez ensemble, en plus ? Mazette, elle est de plus en plus géniale, cette histoire !

– Vous n'êtes pas encore parti ?

162

– Dites-lui que vous n'êtes pas libre ce soir : je vous invite au restaurant, pour me faire pardonner hier. Vous choisissez le lieu, on s'explique, je paie, et je disparais à jamais ! Ça vous va ? »

Viviane réfléchit un instant. Elle regarda l'inconnu d'un air soupçonneux, flairant le piège.

« Je pourrais prévenir la police... Ils s'intéressent encore beaucoup à vous, vous savez ?

– Et pourquoi donc ? J'ai des papiers en règle, maintenant, et il me semble que j'ai été blanchi des soupçons qui pesaient sur moi ! En outre, si vous me remettez en prison, je m'évaderai comme la première fois, et je reviendrai hanter votre sommeil jusqu'à ce que mort s'ensuive ! »

La jeune femme ne put s'empêcher de faire une grimace à cette annonce. Un ange passa, selon l'expression consacrée, installant un silence plein de malaise dans la pièce.

« Allez, quoi ! Vous ne feriez pas ça, quand même, ce n'est pas votre genre ! » conclut Haziel en lui envoyant une petite bourrade dans l'épaule, comme un vieux camarade. La thérapeute jaugea le risque, prenant un moment supplémentaire, puis décida de franchir le pas :

« D'accord, on dîne ensemble ce soir, mais si je vous revois après ça, je vous mets les flics aux trousses !

– Pas de problème... alors, à ce soir, vingt heures, en bas de votre immeuble ? »

Ils se serrèrent la main pour conclure le marché. Il lui sortit son plus beau sourire d'adolescent attardé, et elle se demanda si elle ne faisait pas une énorme bêtise.

*

Le soir venu, Viviane emmena Haziel dans un petit restaurant grec qui se trouvait à peu de distance de chez elle, dans une ruelle perpendiculaire à la rue Jouffroy, « chez Apollon ». Elle se disait qu'ainsi, si les choses tournaient mal, elle pourrait toujours rentrer chez elle en courant. C'était puéril, elle le savait, compte tenu du phénomène qui était assis en face d'elle, mais ça la rassurait un peu. De même, elle avait laissé son téléphone portable dans son sac ouvert à côté d'elle, pour pouvoir appeler la police en urgence si besoin était.

L'endroit, qui ne payait pas de mine, était tenu par un vieux couple d'origine crétoise qui avait immigré en France voilà trente ans. Une dizaine de petites tables recouvertes de nappes à carreaux étaient divisées en deux rangées qui menaient à la cuisine au fond de la salle. Au mur, quelques vieilles photos en noir et blanc représentaient des sites archéologiques crétois. La psychiatre était une habituée, et avait eu le temps de lier connaissance avec les propriétaires, Aphrodite et Arès. Comme la conversation avait du mal à s'engager, l'ange et la mortelle s'étant brusquement rendus compte qu'ils ne se connaissaient pas du tout, et qu'ils avaient *a priori* peu de choses en commun, Viviane entreprit d'expliquer que le nom du restaurant «Apollon » était en fait celui du fils d'Aphrodite et d'Arès. Haziel répondit que cela faisait très mythologique, et que c'était trop parfait pour être vrai, mais qu'en fait de déesse de la beauté et de l'amour, la dite Aphrodite avait plutôt un aspect rébarbatif. Il est vrai que c'était une matrone, une maîtresse femme toute de noir vêtue et au visage sévère, dont les cheveux tirés en arrière à l'excès par un petit chignon renforçait encore la jovialité carcérale. Viviane lui assura pourtant qu'elle était très sympathique, et que si elle menait son petit monde à la baguette, il suffisait de lui parler de la Crète ou de ses enfants pour lui arracher un sourire. De plus, son mari, cantonné en

164

cuisine, était un ange de douceur. L'expression fit dresser le sourcil de Haziel, et ils se regardèrent tous les deux avec un sourire gêné.

On apporta des feuilles de vigne et de l'*houmous*, dans lequel Haziel plongea goulûment.

« Les anges mangent donc ? demanda Viviane insidieusement.

– Pourquoi pas ? Cela vous choque ?

– Non, mais il me semble avoir lu quelque part qu'en tant que créatures éthérées, vous n'aviez pas à vous soumettre à ce genre de contraintes...

– Vous avez de bien mauvaises lectures, on dirait, sourit Haziel. Mais je dois vous avouer que l'expérience est nouvelle pour moi, en effet. En temps normal, je ne reste pas assez longtemps sur Terre pour avoir besoin de manger, mais cette fois-ci, c'est particulier. Je suis venu pour une très longue durée – deux mois, imaginez ! – et les mignonnes petites cellules que je me suis fabriquées pour être à vos côtés ont bien besoin de se nourrir, comme les vôtres !

– Et alors, que ressent-on, quand on est un ange au milieu des humains ? »

Il regarda une seconde en l'air, cherchant une analogie :

« C'est comme d'être un nouveau né dans un wagon fumeur. Vous êtes plus innocent et pur que tous les gens qui vous entourent, et pourtant la matière, comme la fumée, vous enveloppe insidieusement, vous pénètre par tous les pores de votre âme, vous imprègne sans que vous ne puissiez rien faire. Au début, vous en êtes malade à vomir, mais si vous restez trop longtemps, vous ne pouvez plus vous en passer. »

La psychiatre apprécia l'image.

« Innocent et pur, rien que ça ? ironisa-t-elle.

– Absolument ! Vous n'avez pas l'air de le croire ?

— Non, en effet : vous vous êtes évadé d'un asile d'aliénés, et vous êtes poursuivi par toutes les polices de France et de Navarre. Mais peut-être est-ce à votre innocence qu'ils en veulent ? Peut-être sont-ils en mal de pureté ? »

Pour toute réponse, le grand blond haussa les sourcils avec un air pincé, présentant ses paumes à la jeune femme, l'air de se demander ce qu'on pouvait bien lui reprocher.

« Vous prétendez donc être un ange de douceur, un envoyé de l'Amour ? demanda-t-elle à brûle-pourpoint, pour le provoquer. C'est ainsi que l'on se représente les anges, d'habitude ! J'ai pourtant du mal à vous imaginer en Cupidon, ou en Archange Gabriel : vous n'avez l'air ni d'un bambin boudiné, ni d'un parangon de vertu !

— Oui, je sais, c'est mon drame... Il paraît que mes aventures aux quatre coins du monde m'ont rendu un peu rugueux. J'étais plutôt gentil, au départ ! »

Elle goûtait son humour. Il émanait de lui un tel charme, un tel magnétisme tranquille et sans artifice, qu'elle sentit qu'il lui faudrait lutter pour ne pas fondre littéralement et se laisser aller à le draguer sans vergogne.

« Moi, je ne crois pas à l'Amour ! »

Tout en se gourmandant intérieurement, elle avait laissé échapper ce cri du cœur qui risquait d'orienter la conversation exactement là où elle ne voulait pas l'amener.

« Ah bon ? dit Haziel. J'avais cru comprendre que votre Marc était la panacée universelle, le mâle dans toute sa splendeur, le héros mythique dont rêvent toutes les femmes ? »

Elle lui tira la langue, comme une petite fille qui se sent piégée.

166

« N'exagérons rien, répondit-elle. Ce n'est quand même pas l'homme de ma vie. Mais s'il existe, celui-là, soit il vit en Patagonie, soit il connaît à l'avance tous les endroits où je vais pour les éviter soigneusement !

– Vous n'avez pas de chance en amour, on dirait...

– Pas vraiment, non. Les rares étalons que j'ai pu amener dans mon enclos se sont fait la malle dès que l'affaire devenait un peu sérieuse. Ils préféraient leur sacro-sainte liberté ! Et je ne vous parle pas des salauds et des malades ! »

Elle se demanda brusquement pourquoi elle se livrait de la sorte. D'habitude, c'était elle qui posait les questions ! Etait-ce le vin de Crête, un Kourtaki un peu fort, qui lui faisait baisser la garde, ou bien Haziel était-il un savant manipulateur qui pouvait lui faire dire ce qu'il voulait sans avoir l'air de lui tirer les vers du nez ? Toujours est-il qu'elle se sentait bien en sa compagnie, et qu'elle voulait désespérément lui laisser le bénéfice du doute. Elle constatait avec surprise à quel point le changement de cadre modifiait l'équilibre de ses rapports avec son ancien patient, et se persuadait qu'elle aurait été beaucoup plus forte à l'hôpital, moins influençable. Elle décida de changer de sujet :

« Racontez-moi plutôt la fin des aventures de cette princesse égyptienne que je suis sensée avoir été. Qu'est-elle devenue ?

– Hélas, je crains que ça ne se termine mal. D'après ce que je sais, elle est morte très jeune, après plusieurs années de séquestration et de violences en tous genres. Sa grande beauté lui a valu de devenir le jouet sexuel d'un fou. Une autre histoire de salauds et de malades, comme vous dites. »

Le souvenir de l'agression de Lelubre s'imposa subitement à l'esprit de Viviane, qui s'assombrit aussitôt. Elle avait tout fait pour l'oublier, mais elle n'y parvenait pas, comme si le commissaire représentait une

167

menace constante, jamais éloignée, prête à fondre sur elle en permanence.

« On peut avoir le même problème pendant plusieurs vies ? demanda la jeune femme avec un ton plus concerné qu'auparavant, teinté d'inquiétude.

— Pourquoi ? Vous êtes le jouet sexuel de Marc ? demanda Haziel en riant.

— Arrêtez de me parlez de lui ! dit-elle agacée. Répondez-moi !

— Non seulement c'est courant, mais c'est même la règle générale, puisqu'on revient dans la matière pour apprendre des leçons qu'on n'a pas retenues auparavant. Et ça peut prendre de nombreuses incarnations, suivant la difficulté à surmonter !

— Mais pourquoi aucune des grandes religions ne parle-t-elle de la réincarnation, si c'est si important ? Je ne suis pas particulièrement croyante, mais il me semble qu'à part les bouddhistes et quelques illuminés qui s'habillent en violet et élèvent des chèvres, personne n'y croit !

— Vos textes sacrés sont de mauvaises traductions de mauvaises copies de mauvaises transcriptions de traditions orales répétées et déformées pendant des siècles. Et je ne parle pas des censures et des inventions ajoutées par les gouvernements qui se sont succédés. Il ne faut y accorder aucun crédit. Si vous pouviez lire leur version originale, ou entendre de vive voix les grands prophètes de votre Histoire, vous seriez très surpris de ce qu'ils disent !

— Ah bon ? Ils ne diraient pas : « laissez-vous pousser la barbe, prosternez-vous devant ma photo, tabassez votre femme trois fois par semaine » ? »

L'ange rit aux éclats. Elle avait un sens de la répartie cinglant, mais qu'il trouvait adorable.

« Il y en aurait certainement qui diraient cela, admit-il, mais ils ne seraient pas très intéressants. Ils ne

168

seraient pas recommandés par les anges, en tout cas ! Non, les prophètes dont je parle, ceux que nous avons envoyés et guidés, sont venus vous aider à orienter vos actions dans une direction efficace sur le long terme, celui d'une humanité sans haine parce que sans peurs, et donc sans colère et sans souffrance. Leurs paroles ont souvent été déformées par la suite, mais leur message est simple : si vous vous estimez vous-même, et que vous respectez les différences de l'autre, alors vous êtes en harmonie avec le monde qui vous entoure, et vous pouvez lui apporter une contribution positive et constructive. Et vous êtes ainsi en accord avec le but initial que vous vous êtes donné en venant ici bas, qui est de co-créer l'Univers, et non de le détruire comme vous le faites avec votre planète en ce moment. C'est pourquoi on dit que Dieu est amour : parce que l'amour de soi, de toutes les créatures et de toute chose, est la seule voie qui garantisse une expansion durable et harmonieuse de la Conscience ! »

Sur cette tirade définitive, Haziel saisit son verre de Kourtaki, qui visiblement commençait à lui faire de l'effet, et proposa de trinquer à l'amour.

« J'avoue que je n'ai pas très bien suivi ce que vous avez dit, surtout vers la fin, dit Viviane avec un sourire fatigué. Mais un toast à l'amour, ça ne se refuse pas ! »

Ils firent tinter le cristal en se regardant dans les yeux.

Amadouée, échauffée par le repas qui avançait, Viviane cessa bientôt d'être sur la défensive pour passer à l'attaque. Le jeu de la séduction, auquel elle ne s'entendait pas si mal, ferait-il tomber cette citadelle imprenable ? Insensiblement, telle un serpent, elle fixa son adversaire de ses prunelles magnétiques et l'innocent se fit piéger sans même s'en rendre compte.

Ce n'était pas un regard, c'était un filet de pêche duquel aucun cœur mâle ne pouvait sortir, un maelstrom abyssal ouvrant sur un espace d'une noirceur infinie, qui entraînait les marins perdus dans un voyage sans retour. C'était le triangle des Bermudes de la liberté virile.

Le cœur d'Haziel, bien que tout neuf, s'arrêta net, et il sentit un frisson glacé courir au long de son échine. Le serpent se fit louve, et mordilla un peu :

« Je vous en prie, dites-moi que vous n'êtes pas complètement taré ! susurra-t-elle d'une voix suave d'hôtesse de l'air alanguie.

— Je vous demande pardon ?

— J'ai tellement envie de croire à vos salades; je serais terriblement déçue si vous me meniez en bateau, ou pire, si vous étiez suffisamment naïf pour porter crédit à des fables sans fondement. »

A la façon dont elle prononçait « terriblement déçue », on n'avait pas du tout envie qu'elle le soit. Le visage de Mérit se superposa un instant à celui de Viviane, ce qui acheva de troubler l'envoyé du Patron. Toutes deux avaient la même intensité dans les expressions, la même pureté des traits. L'ange était pris dans les rets de la déesse, mais il en était maintenant conscient, ce qui pouvait encore le sauver. Il se dit que lui aussi avait des armes pour riposter, et vrilla à son tour ses yeux dans ceux de la tentatrice. Celle-ci cilla légèrement sous l'impact, comme si un câble invisible s'était tissé entre eux : Haziel ne tombait plus vers elle, il se retenait et tentait de l'attirer à lui.

« Je ne crois pas être taré, comme vous dites, du moins pas plus qu'un autre. Si je pars en vrille, ce ne peut être qu'à cause de vous. Votre beauté me fait perdre pied. » répondit-il avec le plus grand sérieux.

Elle ouvrit la bouche, mais ne sut que répondre. Elle était consciente de s'être fait piéger dans sa propre

170

embuscade, mais c'était délicieux. Cette fois, ils étaient accrochés l'un à l'autre, et chutèrent ensemble.

*

Comme ils avaient décidément trop bu, en particulier l'ange qui n'avait pratiquement jamais touché d'alcool, et surtout pas dans de telles quantités, Viviane lui proposa de dormir dans son salon, car elle ne le voyait pas rentrer tout seul chez lui. Ils parcoururent donc bras dessus-bras dessous, et avec force zigzags, la centaine de mètres les séparant de l'appartement de la psychiatre.

Une fois arrivé, Haziel s'affala dans le canapé, et se serait sans doute endormi rapidement, si la jeune femme n'avait pas eu une autre idée en tête. Le vin crétois avait apparemment l'effet inverse sur elle, qui se trouvait dans un état d'excitation impressionnant, toutes ses inhibitions ayant momentanément disparu. On n'avait pas tous les jours un *top model* dans son sofa, et elle ne laisserait certainement pas passer l'occasion. Le fait que, selon son dossier médical, il fût sans poil et sans nombril, ne faisait qu'attiser sa curiosité.

« Alors comme ça, il paraît que tu n'as pas voulu de moi, il y a trois mille ans ? », demanda-t-elle à l'ange sur un ton de défi.

Interpellé, Haziel ouvrit les yeux, regarda son interlocutrice, et se redressa vivement : la psychiatre était en train de se déshabiller, et avait déjà fait une bonne partie de la besogne ! Debout devant lui en petite culotte, la jupe tombée au sol, elle vint à bout du dernier bouton de son corsage et découvrit ses épaules. A l'image du reste de son corps, des seins voluptueux aux

171

courbes parfaites apparurent, qu'elle exhiba fièrement, sûre de son effet.

« Le spectacle est-il au goût de Monseigneur, cette fois ? » minauda-t-elle avec un brin de lubricité.

Pétrifié sur place, l'ange ne sut que répondre.

« Fais-moi l'amour tout de suite ou je hurle ! » lui murmura-t-elle dans le creux de l'oreille, en s'asseyant sur lui.

Rendu faible par l'alcool, et ne pouvant décemment pas refuser les morceaux de choix qu'on lui laissait entrevoir, Haziel plongea avec délectation dans des recoins de la matière dont il ignorait encore la douceur et les pouvoirs addictifs. Il serait toujours temps plus tard de s'arranger avec Le Patron. Plus tard...

*

Le lieutenant de police Cadoux, caché dans une voiture banalisée un peu plus loin dans la rue Jouffroy, n'en était toujours pas revenu. Une fois de plus, les intuitions du commissaire Lelubre étaient d'une clairvoyance qui touchait au surnaturel. Combien de fois ne l'avait-il pas maudit depuis deux mois, lui qui se retrouvait à surveiller, en alternance avec deux autres inspecteurs, une gentille petite nana, quand il pouvait traquer des monstres innommables laissés libres dans les rues ? Lorsque son supérieur lui avait dit qu'il soupçonnait des liens entre le docteur Lanson et l' « Ouzbek », comme il l'appelait, Cadoux n'avait pas été dupe une seconde. Il savait qu'un sentiment plus sombre, inavouable peut-être, liait son supérieur hiérarchique à la psychiatre. Au début, il avait pensé à une jalousie professionnelle vis-à-vis du préfet, ou à un machisme passé de mode. Mais plus les semaines passaient, plus il lui semblait qu'il s'agissait d'une attirance physique malsaine, qui allumait une lueur perverse dans les yeux du commissaire à la simple évocation de son nom.

Tout cela, pourtant, devait désormais être oublié : une fois encore, Lelubre avait raison. Il avait fallu être patient, et à plusieurs reprises le lieutenant avait demandé qu'on arrête cette mascarade qui ne menait à rien. Mais ce soir, au bout de presque onze semaines, la preuve était faite : Viviane Lanson et le dénommé Haziel se connaissaient «bibliquement», comme on dit. La seule question qui restait en suspens, et non des moindres, était : qu'allait-on faire de cette information, puisqu'en théorie, Haziel avait été disculpé des charges pesant sur lui au sujet de l'attentat ? Qu'à cela ne tienne ! Le pitbull Lelubre ne lâchait jamais une proie qui lui avait frôlé les babines : il trouverait autre chose...

18. Horemheb

«You cannot petition The Lord with prayer ! »
Jim Morrison

Lorsque le général Horemheb pénétra dans l'enceinte du temple de Karnak, il fut chaleureusement accueilli par le Grand Prêtre, qui lui fit l'accolade des hommes puissants détenteurs de lourds secrets. Les deux compères se connaissaient de longue date, depuis l'époque où, chacun de son côté, ils avaient essayé de tisser des réseaux d'influences et de pouvoirs clandestins pour abattre le pharaon hérétique, dont le nom ne devait plus être prononcé. Ils s'étaient donc fatalement rencontrés pour réunir les deux bras de la puissance égyptienne, l'armée et le clergé, en une étreinte implacable autour de la Cité d'Aton qu'ils avaient isolée et étouffée peu à peu.

Leur plan avait fonctionné à merveille, du moins en partie. Mais le temps passait, et l'affaire traînait en longueur. Quinze années s'étaient écoulées depuis la mort d'Akhénaton, et si le Grand Prêtre pouvait s'estimer heureux, la suprématie du dieu Amon ayant été restaurée, le nom d'Aton effacé des stèles et sa capitale rayée de la carte, le général n'en pouvait plus d'attendre son heure. Il avait dépassé la cinquantaine à présent, ce qui n'était pas si mal pour l'époque, surtout pour un homme qui n'avait jamais rechigné à s'exposer sur les champs de bataille, et il voyait ses rêves disparaître dans le brouillard à mesure qu'il avançait en âge. Désormais son ambition était claire, et il la voilait à peine lorsqu'il déambulait à la cour ou dans la salle du trône : il voulait être pharaon !

Pour arriver à ses fins, il avait déjà fait assassiner trois rois : en empoisonnant Akhénaton, alors âgé de trente-quatre ans, en tranchant la gorge de Smenkh, vingt-huit ans, en fracassant le crâne de Toutankhamon, dix-neuf, il avait clairement signé un pacte avec tous les démons des Enfers. Pourtant, à chaque fois, un nouveau prétendant se dressait entre lui et la couronne, avec une légitimité parfois douteuse, ce qui rendait Horemheb fou de rage.

Cette fois, c'était le vieux Aÿ, le père de Néfertiti, couronné voici quatre ans sous prétexte qu'il avait été régent du jeune Toutankhamon pendant les neuf années de son règne fantoche, qui occupait le trône. Le chef suprême des armées avait dû réfréner son impatience pendant tout ce temps, car la stabilité du pays lui importait plus que tout. Affaiblie par les errements politiques et diplomatiques des partisans d'Aton, l'Egypte s'était en effet retrouvée gravement menacée par les Hittites, peuple rude venu des montagnes arides au nord de la Syrie. Après plusieurs campagnes longues et éreintantes dans le désert, des années de guerre, le pillage de la Syrie, malheureuse alliée de l'ennemi, le général avait enfin pu retrouver les bords du Nil en ayant stabilisé durablement l'ensemble de la région, du delta jusqu'à la frontière nord du Liban. Il avait redonné à Thèbes sa position de capitale incontournable du monde, sauvant bien malgré lui le trône d'Aÿ, mais se couvrant aussi de gloire aux yeux du peuple.

176

Or de nouveau la menace grandissait, car le vieux crocodile, sentant ses derniers jours arriver, avait prévu de désigner son fils comme successeur officiel, donnant ainsi naissance à une nouvelle dynastie, et détruisant du même coup tous les espoirs d'Horemheb d'accéder au trône.

C'est parce qu'il fallait agir vite qu'il avait demandé une entrevue d'urgence avec le dieu Amon, dans le sanctuaire du Grand Temple, afin qu'il le conseille sur la meilleure conduite à tenir.

Car le général avait un atout maître dans son jeu, qui le rendait sûr de son bon droit et l'absolvait d'avance de tous les crimes. Un secret qu'il partageait seulement avec certains prêtres de Karnak, qui le gardaient jalousement. Un événement incroyable s'était en effet produit, au moment où Akhénaton prenait le pouvoir : Amon, le Dieu des Dieux, était apparu en chair et en os dans son sanctuaire, afin disait-il de « remettre de l'ordre dans son royaume ». Il avait même précisé qu'il resterait tant que les troubles dureraient et qu'une longue période de paix et de prospérité ne se serait pas installée.

Horemheb avait juré sur son sang qu'il serait l'homme de la situation si jamais le dieu voulait bien l'aider à ceindre le *pschent*, la double couronne rouge et blanche symbolisant la Haute et la Basse Egypte.

Ce soir-là, il faisait donc nerveusement les cent pas en attendant le grand prêtre à l'entrée du saints des saints de Karnak, la pièce centrale, à l'accès exclusivement réservé à de rares initiés, où le dieu apparaissait selon son bon plaisir.

Lorsque enfin, vêtu d'une peau de léopard de cérémonie, reparut le prêtre au crâne rasé, il faisait piètre figure.

177

« Il est là, souffla-t-il d'une voix cassée à l'adresse de Horemheb. Il vous attend. Mais je vous préviens, il n'est pas dans un bon jour... »

L'homme de guerre savait ce que cela signifiait, et il serra les poings en pénétrant dans la petite salle faiblement éclairée par une dizaine de lampes à huile.

« Alors, chiure de crotale, je ne suis donc pas encore débarrassé de tes lamentations ? »

Horemheb s'était allongé sur le sol, face contre terre, montrant ainsi la soumission la plus totale, et attendant que le Dieu daigne lui adresser la parole. Il n'avait pas été déçu.

« Et relève toi, par pitié ! On a monté assez de coups ensemble pour se passer du protocole ! »

Il s'exécuta, essayant de rester digne sous le regard courroucé d'Amon-Râ dans sa toute puissance, s'attendant à recevoir une nouvelle volée d'insultes à chaque instant.

Le dieu avait résolument choisi de montrer son visage terrible, et rien ni personne ne pourrait le calmer. Les deux protagonistes s'observèrent silencieusement un moment, Horemheb ne sachant comment présenter sa requête. Le dieu ne ressemblait pas aux bas-reliefs colorés qui le représentaient sur tous les murs du sanctuaire. Il n'avait pas la chair bleue, pourtant caractéristique de son état d'immortel, il ne portait pas la couronne à double plumes d'autruche, qui faisait de lui l'Unique entre tous, le Roi des Dieux. Il ressemblait plutôt à n'importe quel prêtre, avec son crâne rasé et sa longue tunique de lin blanc.

Quelque chose, cependant, faisait de lui un être surnaturel. La régularité des traits de son visage, tout d'abord, qu'on ne pourrait jamais retrouver chez un mortel ; son regard dur, gris et froid comme le métal, dans lequel jamais ne passaient la moindre défaillance ni

178

le moindre doute ; sa taille immense, enfin, qui dépassait d'une bonne tête le mètre soixante-quinze du général, pourtant considéré comme un géant par ses contemporains.

Amon-Râ était assis en majesté sur son trône recouvert de feuilles d'or, siégeant au milieu d'une multitude de tables d'offrande où s'entassaient pêle-mêle les fruits sucrés, les vins rares, les encens précieux, les fleurs odorantes, les étoffes richement brodées, et tout ce que le peuple avait de plus beau, qu'il donnait avec joie pour s'attirer les faveurs du dieu tutélaire de leur cité, et que pourtant il ne verrait jamais.

En contrebas, Horemheb agenouillé n'osait toujours pas parler, et Amon s'impatientait :

« Et bien, fils du faucon, qu'est-ce qui t'amène, à la fin ?

– Il s'agit d'une promesse que votre seigneurie m'a faite il y a longtemps, et qui, malgré ma patience, risque de ne jamais être tenue…

– Si tu veux parler de la couronne d'Egypte dont je t'avais imprudemment parlé, petit mortel, tes récriminations ne sont que bourdonnements de mouches à mes oreilles. Sache que j'ai changé mes plans, et que tu n'en fais plus partie ! »

Les traits du soldat se crispèrent sous le choc de la disgrâce. Il continua néanmoins sur le même ton de déférence.

« Puis-je savoir ce qui a motivé le revirement de votre seigneurie ?

– Non, tu ne peux pas ! Ce sont là trop hautes affaires pour être confiées à un homme de troupe ! Apprends simplement que j'ai eu de longs entretiens avec Aÿ, et qu'il m'a donné toutes les preuves de sa soumission et de sa fidélité. Il a ceint le *pschent* avec mon assentiment, et sa famille le conservera tant que tel sera mon bon vouloir ! »

Horemheb se retrouvait en enfer plus tôt qu'il ne l'avait prévu. L'ampleur de la trahison lui avait totalement échappée. Ainsi donc, le vieux grigou avait mené ses propres négociations avec le Temple afin d'asseoir son autorité sur le pays ! Il n'était pas difficile de deviner ce qu'il avait dû mettre dans la balance pour remporter une telle victoire :

« Votre bon vouloir serait-il dépendant des mines d'or que l'on trouva naguère en Nubie ? »

Laissant libre cours à sa colère, le général s'était brusquement relevé et ne feignait même plus le respect le plus élémentaire. S'il avait eu un mortel en face de lui, il l'aurait déjà étranglé depuis longtemps. Le Dieu des Dieux le regarda un instant trembler de rage, lui qui gardait en toute circonstance un calme glacial. Puis, esquissant un sourire mauvais, il porta le coup de grâce :

« Maîtrise-toi, petite bouse. Ignores-tu que je peux t'ôter la vie d'un seul regard ? Ne comprends-tu pas que c'est parce que je t'aime comme un fils que tu respires encore, alors qu'Aÿ ne cesse de me demander ta tête d'assassin ? »

Soudain, en un battement de cil, Amon était debout face à Horemheb. Son visage, devenu grimaçant, s'était encore durci et ses yeux affolés par la haine se plantèrent dans ceux du mortel pétrifié. Puis il leva sa main droite ouverte entre leurs deux visages, qui commença à devenir transparente, presque invisible.

« Mais pour mériter cet amour, il faut être obéissant et respectueux comme un enfant envers son père, car ce que je donne d'une main, je peux le reprendre de l'autre... »

Et la paume devenue fantôme pénétra dans la poitrine du soldat comme dans l'eau du Nil, juste au niveau du cœur. De petites étincelles crépitantes marquaient l'intersection des deux corps. Le général, livide, contemplait incrédule le bras disparaître en lui, mais restait stoïque malgré la douleur qui croissait. Il sentit la main redevenir solide petit à petit, enserrant l'organe palpitant dans ses doigts d'acier.

« Vois comme je jauge la loyauté de ceux qui me servent... Je puis lire en eux à livre ouvert ! Je sais, ainsi, que tu me caches quelque chose depuis fort longtemps... Une chose si précieuse qu'elle pourrait valoir un trône ! Il te serait facile de te révéler meilleur fils dans mon cœur que ce cher Aÿ, malgré toutes ses belles offrandes, en me sacrifiant un tel trésor !

— Mais que... quelle chose peut-elle dé... passer en valeur tout... l'or de Nubie ? articula péniblement Horemheb, au bord de l'évanouissement.

— Une femme... » souffla le dieu à l'oreille du mortel.

Sa main ressortit aussi facilement qu'elle était entrée, relâchant son étreinte mortelle avant qu'il ne soit trop tard. Le corps libéré s'affaissa sur le sol telle une poupée de chiffon, toute volonté anéantie. Il ne portait aucune trace de l'intrusion.

« Tu me peines, fils du faucon, reprit Amon en regagnant son trône. Car tu sais pertinemment que depuis que je suis arrivé dans ce sanctuaire pour rebâtir l'Egypte moribonde, je cherche une mortelle digne d'incarner Mout, ma divine épouse dans les cieux. Tu as toi-même suggéré que seule une femme de sang royal pourrait remplir cet office, ce dont je t'ai su gré, même si cela servait à l'époque ta soif de destruction d'Akhénaton. Car c'est à Néfertiti que tu pensais, vil gredin ! La grande épouse royale de l'hérétique convolant avec Amon, son pire ennemi, quelle ironie de l'Histoire ! Je dois reconnaître que la donzelle était jolie, quoiqu'un peu abîmée par ses nombreuses maternités, mais fort rétive, la bougresse... La correction que j'ai dû lui infliger pour la calmer a été sans doute mal dosée, car elle n'a pas survécu à notre première nuit. Plus tard, tu m'as proposé sa fille cadette, Ankhesen, lorsqu'elle fut opportunément veuve du jeune Toutankhamon, t'en souviens-tu ? »

Alors qu'Horemheb se relevait péniblement pour se mettre à genou, il acquiesça d'un signe de tête.

« Elle était jeune, belle, vigoureuse... en un mot parfaite ! se remémorait Amon. Mais il a fallu que tu lui coupes la tête !

— Elle avait trahi l'Egypte en demandant la main d'un prince Hittite, lui donnant les Deux Terres en dot ! Elle a été jugée et condamnée pour crime contre la nation par un tribunal militaire...

— ... que tu présidais ! Tu avais déjà liquidé le prince aux frontières du pays, tu aurais pu me laisser sa promise !

— J'étais allé trop loin, le peuple avait besoin d'une conclusion exemplaire.

— Bien sûr, bien sûr...Mais ce faisant, tu réduisais mes chances de trouver une épouse royale à néant. Et ne me parle pas de la future veuve de Aÿ, elle est un peu trop décatie pour moi ! Il y a certainement une autre solution. Tu n'aurais pas une idée ? » demanda doucereusement Amon comme s'il connaissait déjà la réponse.

Le général, agenouillé, déglutit péniblement, pendant que le regard du dieu le transperçait comme un rayon de feu. Il ne servait plus à rien de cacher un secret éventé. Il avait été bien présomptueux d'espérer le dérober à la connaissance des immortels qui voient et entendent tout.

« J'ai une confession à faire à votre seigneurie, commença-t-il d'une voix blanche.

— A la bonne heure ! Je sens que cela va devenir intéressant. Surtout, ne me cache aucun détail croustillant !

182

– Toutes les filles de l'hérétique n'ont pas été tuées, comme on l'a cru un temps. J'ai découvert que l'aînée, Mérit, avait survécu à l'épuration...

– Tiens ! Ça c'est une nouvelle ! s'exclama le dieu en feignant un peu trop la surprise.

– Il se trouve, par le plus grand des hasards, que je l'héberge chez moi depuis quelque temps, dans une de mes résidences de villégiature...

– ... à l'abri des regards indiscrets, évidemment. Cela t'honore ! Mais quand tu dis quelque temps, je te trouve trop modeste : il m'apparaît, à moi, que ça fait plus de douze ans que tu retiens cette pauvre fille contre sa volonté, en laissant sa beauté se flétrir entre quatre murs ! Comment se fait-il que tu ne m'en aies jamais averti, toi mon fils bien-aimé ?

– Je n'ai pas voulu ennuyer votre Seigneurie avec des peccadilles, ou la bercer de faux espoirs. Il se trouve que la fille est pauvresse, en effet. Il semble que les épreuves soient finalement venues à bout de ses esprits : elle ne tient plus maintenant que des propos incohérents, entrecoupés de crises de larmes hystériques. Je crains même qu'elle ne vive plus très longtemps : mes gens l'ont empêchée à plusieurs reprises de commettre l'irréparable !

– Je me demande de quelles épreuves tu parles... car il me souvient qu'elle avait plutôt bien supporté les deuils de son père et de son époux, à son retour à Thèbes. Ne serait-ce pas plutôt ton assiduité incessante à son endroit qui l'aurait lassée ?

– Je vous confesse que dans sa jeunesse elle m'a un peu échauffé les sangs, mais en tout bien, tout honneur ! Et à présent, je puis vous avouer qu'elle n'a plus rien pour plaire...

– J'aimerais m'en assurer moi-même, si tu veux bien, car on m'a rapporté sur toi des choses qui m'ont fait frémir ! Des choses que même le plus pervers des

183

macaques n'aurait jamais faites, et certainement pas à une princesse de sang royal !

— Mais, votre seigneurie, je ne comprends pas...

— Tais-toi, larve infecte ! On m'a dit que devant les refus répétés de la dame, tu avais tenté de la violer à maintes reprises. Et qu'enfin y parvenant, et obtenant après force horreur l'abandon de la princesse à ta torture, l'acte s'est reproduit régulièrement, sous le silence de tous tes gens que tu maintiens dans la terreur. Il paraît même que quand elle se montre trop rétive, tu lui envoies quelques soudards de ta troupe pour l'assouplir, et que tu prends beaucoup de plaisir au spectacle !

— Ce qu'on vous a dit est totalement faux... d'ailleurs vous-même, avec Néfertiti...

— Mais c'est qu'il répond, l'animal ! Les deux situations sont incomparables : Néfertiti était la femme de mon pire ennemi. Il était normal que je la soumette à ma loi, de gré ou de force. Mais toi tu as souillé ma promise, l'incarnation de la divine Mout sur la Terre, la plus Belle d'entre les Belles ! »

A ces mots, le général tortionnaire se jeta au sol, implorant grâce, des sanglots dans la voix :

« J'avoue, Seigneur, j'ai péché. Je vous ai caché cette femme pour ma satisfaction personnelle. Mais je l'aime tellement, vous comprenez...

— Non, désolé, je ne comprends pas ! Je ne comprends pas qu'on martyrise ce qu'on adore !

— Mais elle me déteste, Seigneur ! Elle me crache à la figure chaque fois qu'elle me voit, en me débitant les pires insanités... elle me rend fou !

— Je crois que je peux la comprendre », répondit Amon, devenu songeur. Il transpirait des aveux d'Horemheb que Mérit, qui devait avoir la trentaine maintenant, avait gardé une bonne vitalité malgré ses mauvais traitements et les années passées, et suffisamment de ses attraits d'antan pour obséder encore

184

le mortel. Sa beauté, dans ce cas précis, était pour elle une malédiction. D'une apparence plus commune elle aurait souffert moins longtemps.

« Ecoute, petite bouse, reprit-il. Je suis aussi un dieu de miséricorde, et j'accepte de te pardonner à une condition : que tu me laisses cette femme. Amène-la moi afin que je puisse juger si elle ferait une bonne épouse pour moi. Et même, si j'ai une bonne surprise et qu'elle est moins abîmée que ce que l'on m'a fait entrevoir, je te ferai Pharaon. »

Le général redressa la tête et se fendit d'un sourire. Il plongea son regard droit dans celui du dieu.

« Mérit fera une épouse parfaite pour votre Seigneurie, je puis l'en assurer ! Mais sa perte sera pour moi inestimable : sa douceur était un précieux réconfort pour mes vieux jours. Faites-moi donc d'abord Pharaon, afin que je vous la laisse l'esprit en joie… »

185

19. La Pitié

«And that blood is in my head
Then thank God that I'm as good as dead»
Lou Reed, *Heroin*

Le cauchemar absolu avait commencé. Toujours hanté par son mauvais pressentiment, le professeur Billand avait demandé au SAMU d'emmener le corps de l'étrange malade du métro à la Pitié-Salpêtrière, afin d'y faire des analyses plus approfondies. Il avait ensuite envoyé quelques prélèvements à un ami travaillant au service des maladies infectieuses et tropicales, qui se trouvait dans le même hôpital, afin de lui demander son avis.

La réponse vint deux heures plus tard, terrible, d'un coup de téléphone paniqué du copain en question : c'était bien un virus qui avait frappé dans le métro le matin même. Très rare et très mortel, le virus, du genre qui n'aurait jamais dû quitter les forêts africaines les plus profondes : Ebola, la peste noire des temps modernes ! Si dévastateur que le SIDA, à côté, c'était de la rigolade ! Jean-Paul Billand resta sans voix au téléphone. C'était pire que tout ce qu'il avait imaginé.

Avoir trouvé cette « bête immonde » dans le métro équivalait à faire un saut de mille ans en arrière, en plein obscurantisme moyenâgeux, aux temps des grandes peurs où la grippe espagnole pouvait rayer une ville de la carte. Voir cette horreur à Paris, c'était une anomalie historique, un non-sens, une hérésie !

On demanda au professeur d'accourir séance tenante pour faire une prise de sang, de ne parler à personne, et si possible de mettre un masque et des gants pour ne pas contaminer tous les endroits par lesquels il passerait. Une fois l'acte pratiqué, avec force précaution, Billand demanda à son collègue, qui était le seul jusqu'à présent à connaître l'étendue de la menace, de lui expliquer tout ce qu'il savait sur le virus Ebola.

Le collègue, qui ne tenait visiblement pas à rester trop longtemps en sa présence, lui annonça qu'il devait mettre en place rapidement une cellule de crise pour faire face à une possible catastrophe humanitaire sans précédent, et qu'il n'avait pas de temps à lui consacrer. Il lui laissa néanmoins une pile de documents donnant les renseignements essentiels sur le peu que l'on savait sur ce fléau, qui ajoutait un nouveau couplet à la longue litanie des plaies humaines.

Comme ses analyses devaient prendre un bon moment, Jean-Paul décida de prendre le taureau par les cornes, et se plongea dans les articles médicaux pour se préparer au pire. Il ne fut pas déçu : le tableau qu'on y dressait de la fièvre hémorragique à virus Ebola était tout simplement infernal.

D'une durée d'incubation de deux jours à trois semaines, elle entraînait la mort de soixante à quatre-vingt-dix pour cent des malades. Elle était encore très mal connue, mais on en avait identifié différentes souches dans les forêts d'Afrique et d'Asie, ayant chacune des manifestations cliniques différentes. En ce qui concernait les symptômes décrits, ils correspondaient tout à fait à ce que Billand avait pu observer dans le métro : une forte fièvre qui arrive brusquement, associée à une extrême faiblesse et des douleurs musculaires. On parlait aussi de migraines et de maux de gorge. Ensuite survenaient vomissements et diarrhées, insuffisances du foie et des reins, qui menaient finalement, et très rapidement, aux hémorragies internes et externes mortelles.

Les modes de transmission du virus étaient aussi, hélas, tout ce qu'il y avait de plus clair : contact direct avec le sang, les sécrétions, les organes ou le sperme de sujets infectés. Billand eut un sourire désabusé en regardant à nouveau ses mains, qu'il avait pourtant lavées à grande eau. Çà et là subsistaient des traces rouges qui n'avaient pu partir, principalement sous les ongles, et où fourmillaient peut-être en ce moment même des monstres invisibles et affamés de vie. Innocent comme un joueur de fifre en première ligne, il était allé au combat sans prendre aucune précaution, et s'était fait avoir comme au tir à pipes. En y réfléchissant, à aucun moment il n'avait eu une chance d'échapper à son destin. Les événements, importants ou anodins, s'étaient enchaînés dans une logique implacable qui l'avait mené sur le quai de la Station Louvre-Rivoli, ce matin-là. Alors, mauvais karma ou manque de bol à répétition ?

Afin de comprendre comment l'épidémie avait pu atteindre Paris, il s'intéressa à l'historique de sa découverte, qui datait d'à peine un quart de siècle. Le virus Ebola avait en effet été identifié pour la première fois en 1976 à l'ouest du Soudan, ainsi que dans une région voisine du nord du Zaïre. Cette année-là, de juin à novembre, le virus avait infecté 284 personnes au Soudan, faisant 117 morts. Pendant ce temps, au Zaïre, il y avait eu 318 cas et 280 décès entre septembre et octobre. Un cas isolé s'était déclaré au Zaïre en 1977 et une seconde flambée avait eu lieu au Soudan en 1979.

En 1989 et 1990, un virus apparenté, baptisé Ebola-Reston, fut isolé chez des singes mis en quarantaine dans des laboratoires en Virginie, au Texas et en Pennsylvanie, aux Etats-Unis. Aux Philippines, des infections à Ebola-Reston s'étaient produites chez des singes mis en quarantaine près de Manille avant d'être exportés. Des « filovirus », apparentés à Ebola, avaient été isolés sur des macaques qui avaient été importés des Philippines aux Etats-Unis en 1989. Plusieurs de ces singes étaient morts et au moins quatre personnes avaient été contaminées, mais aucune d'entre elles n'avait présenté de manifestations cliniques.

Une épidémie de grande ampleur était survenue au Zaïre en 1995 ; il y avait eu 315 cas, dont 244 mortels. Un cas isolé de fièvre hémorragique chez l'homme et plusieurs cas chez des chimpanzés avaient également été décelés en Côte d'Ivoire en 1995. Au Gabon, le virus Ebola avait été identifié pour la première fois en 1994 et des flambées épidémiques s'étaient produites en février et juillet 1996. Depuis lors, la menace réapparaissait de loin en loin, en Ouganda ou dans les pays limitrophes. A chaque fois que l'on pensait être venu à bout de l'épidémie, elle revenait un peu plus loin, ou quelques mois plus tard. Jusqu'alors, on estimait que près de 2000 personnes avaient été contaminées depuis la découverte du virus, faisant plus de 1500 décès.

Ainsi, il était possible que des singes destinés à des laboratoires de recherche, contaminés mais ne présentant aucun symptôme, aient passé tous les contrôles sanitaires en rentrant dans le pays, et n'aient déclaré la maladie qu'une fois arrivés à leur destination finale, comme aux Etats-Unis en 1990 ! Et ce malgré les

190

quarantaines prolongées devenues systématiques depuis vingt ans !

La vie de Jean-Paul Billand s'arrêta quand son ami revint dans la chambre où il avait été placé pour attendre ses résultats. Celui-ci, le visage fermé, s'assit sur le lit à côté du professeur sans dire un mot. Au regard inquiet et interrogateur de Billand, il ne répondit que par un petit signe de tête affirmatif, et posa une main fraternelle sur son épaule. Une main gantée.

« Je l'ai chopé, c'est ça ? demanda Jean-Paul.

– C'est encore un peu trop tôt pour le dire avec certitude, mais il y a des indices inquiétants. Tu vas rester cette nuit ici en observation, et on avisera demain.

– Vous me mettez en quarantaine ?

– Bien sûr, mais c'est une vraie merde, ce truc. On n'est même pas sûr de pouvoir t'isoler correctement... Surtout, si tu sens la moindre fièvre arriver, tu sonnes tout de suite !»

Un nuage noir passa devant les yeux de Billand. Son étrange vision à la station Louvre-Rivoli s'était révélée prémonitoire. Maintenant, il n'avait qu'une chance sur dix de s'en tirer. Il était déjà mort, en fait. Il allait crever comme un chien dans les deux semaines, dans des souffrances atroces. Combien de fois avait-il lui-même annoncé ce genre de nouvelle à des patients, des maladies graves, incurables, ou des décès dans le bloc opératoire à des familles ? Les premières fois, on a du mal à trouver les mots, à supporter la détresse et les larmes que l'on suscite. Mais le temps passe, et on se blinde. On apprend des phrases qui sonnent bien, et on les prononce avec une rigueur professionnelle, sans plus rien ressentir, au fond. Les gens à qui l'on diagnostiquait un cancer ou le SIDA avaient au moins une incertitude sur la date limite, ce qui est le lot de tout le monde. Ils pouvaient voir leur vie prolongée pendant des mois, des

191

années, parfois des dizaines d'années, laissant à la science le temps de faire des progrès. Lui n'avait même pas ce mince espoir. Il était en pleine forme, et pourtant il savait que dans cinq jours peut-être, il serait dans le coma, sans espoir de retour. Il ne sortirait plus jamais de cette chambre, ne reverrait jamais sa femme ni ses enfants !

Une autre pensée le traversa en un éclair : si cette saloperie était arrivée en France, et dans le métro en particulier, il y avait une forte probabilité que ce soit un acte criminel ! L'image de l'homme sans nombril, le seul terroriste présumé qu'il eût vu de près, auquel plus personne ne semblait s'intéresser au demeurant, lui revint en mémoire. Par association d'idées, il se souvint du commissaire Lelubre, de la division anti-terroriste. C'était l'homme de la situation, il fallait l'appeler tout de suite !

*

Viviane regardait le corps d'homme lisse et musclé endormi à ses côtés. Elle n'avait jamais rien ressenti de pareil : comment aurait-elle pu imaginer, seulement trois jours auparavant, qu'elle connaîtrait une telle passion pour un parfait inconnu ? Elle sourit en se disant que c'était plutôt un inconnu parfait ! Depuis trois jours, en effet, ils n'avaient plus mis le nez dehors, vivant au lit seulement d'amour (beaucoup) et d'eau fraîche (un peu). Les caresses succédaient aux corps à corps, chacun prenant tour à tour le dessus sur l'autre. Le réfrigérateur faisait les frais des rares temps morts que les amants s'accordaient, et voyait ses réserves diminuer de manière alarmante. C'est ce petit détail qui faisait penser à la jeune femme que cette pause inespérée dans sa vie allait devoir bientôt prendre fin. Pour la première fois, elle n'avait donné aucune nouvelle à l'hôpital ni à personne de l'extérieur. Téléphone débranché, porte cadenassée, volets fermés, elle avait voulu enfermer son homme dans sa bulle, son nid protecteur, et s'assurer sa totale disponibilité.

Mais le moment allait venir, inéluctable, où il faudrait à nouveau entrer en contact avec le monde des autres, croiser des gens dans la rue, affronter les commerçants, et un jour lointain, peut-être, retourner travailler… Que resterait-il d'eux, alors ? Où s'enfuirait la magie incrédule de leurs premiers instants, de la découverte mutuelle, de l'innocence dans l'abandon, des regards affamés ?

Elle laissa sa main se promener doucement sur les abdominaux bien dessinés, et s'arrêta sur l'absence de nombril. Crainte imprécise, brumeuse évidence qu'il ne fallait pas s'attacher à ce mâle-là. Quoiqu'il fût, être surnaturel ou criminel international, il dissimulait un lourd secret qui ne faisait pas bon ménage avec une femme, des enfants, et une vie de famille normale telle qu'elle l'espérait. Viviane pensa que, comme d'habitude, elle était tombée amoureuse de celui qu'il ne fallait pas. Mais cette fois, c'était différent. Elle ne le laisserait partir à aucun prix.

Depuis toujours, c'était comme si elle avait porté en elle la nostalgie latente d'un âge d'or révolu, qui la laissait éternellement insatisfaite de son existence, parfois jusqu'au bord des larmes. Tout avait changé depuis qu'elle avait rencontré Haziel. Désormais, elle était légère et pleine de vie comme elle ne l'avait jamais été. Tout était beau, tout prenait un sens. Elle sentait qu'elle deviendrait folle s'il s'éloignait. Elle était prête à se battre, à tout abandonner s'il le fallait, parce qu'elle voyait enfin le bonheur à portée de main. Elle avait trouvé son prince charmant, celui dont rêvent toutes les petites filles, et elle ne le lâcherait plus d'une semelle.

C'est à ce moment que l'ange ouvrit les yeux. Ils se sourirent et s'embrassèrent.

« Je t'aime, dit Viviane.

— Je t'aime », dit Haziel. Mais comme s'il avait deviné les préoccupations de sa partenaire, il afficha soudain un visage fermé.

« Qu'allons-nous devenir ? s'enquit-elle, anxieuse.

— Je ne sais pas... Je suis encore à Paris pour quelques temps, jusqu'à la fin de ma mission, mais après...

— Je ne peux pas vivre sans toi » dit-elle calmement, mais très sérieusement. Ses yeux cherchaient des bouées avec insistance dans ceux de l'autre, un point d'ancrage. Ils se regardèrent ainsi un long moment, en silence.

« Je crois que je ne pourrais plus vivre sans toi, moi non plus » finit par avouer l'homme étrange, conscient de la nouveauté de ce sentiment de dépendance, et Viviane ne put s'empêcher de sourire. De sourire aux anges, comme le dit l'expression consacrée. S'il l'aimait vraiment aussi fort qu'elle l'aimait, alors plus rien n'était impossible. Ils pourraient venir à bout de tous les obstacles.

« Quand doit s'achever ta mission ? osa-t-elle demander.

— Je ne sais pas trop... deux ou trois semaines. Jusqu'à deux mois peut-être. D'après ce que j'ai compris, je dois rencontrer un ancien ami qui s'est fourvoyé, et le ramener dans le droit chemin.

— On dirait un tueur de la mafia, quand tu dis ça... Et après ?

— Après... il faudra bien que je rende compte de mes résultats à mon employeur. Mais c'est dans un

194

endroit inaccessible au commun des mortels, et nous avons des règles très strictes. Je serai obligé de partir sans espoir de retour. »

La nouvelle glaça le sang de la jeune femme. Mais elle se redit qu'Haziel était fait pour elle. Elle trouverait un moyen de le garder.

« Alors jusque-là, je ne te quitte plus, et tu m'emmènes partout avec toi, ordonna-t-elle sur un ton décidé. Et tu n'as pas le droit de refuser ! »

Ils s'enlacèrent longuement, comme deux êtres brusquement privés d'avenir.

20. La Défense

« It's no secret that ambition
bites the nails of success»
U2, *The fly*

Il était à peine huit heures du matin et les premiers rayons de soleil enflammaient le quartier d'affaires de La Défense, à Paris. Des milliers de travailleurs en cols blancs, portant tous attachés-cases, fourmillaient sur le parvis en se rendant à leur bureau. Comme chaque matin, le téléphone portable vissé à l'oreille, ils partaient à la conquête du monde. Cent mètres plus haut, un homme à l'allure élégante mais austère regardait d'un œil froid les turpitudes de la foule qui grossissait de minute en minute. Il était encore tôt et le brouhaha du ras du sol n'avait pas atteint les couloirs situés à son altitude. D'ici une heure, le temps que toutes les alvéoles de la ruche soient occupées, l'ensemble des tours du complexe administratif vibrerait à la cadence des faxes surchauffés, des employés stressés et des carnassiers de la vente.

Malek avait appris à aimer cette atmosphère de labeur technologiquement assisté. Il n'avait jamais été aussi puissant en suant si peu ! A présent, il suffisait d'appuyer sur un bouton pour licencier des milliers de personnes ou mettre en déroute l'économie d'une nation, et de passer un coup de téléphone pour gagner des millions de dollars. Le progrès libérait l'Homme !

Par habitude, il leva les yeux en direction de l'Arc de Triomphe, dans l'alignement des Champs-Élysées. Il devina plus qu'il ne vit l'obélisque de la Place de la Concorde à travers la lumière matinale et les brumes de la pollution. Son caprice, sa folie, sa marque indélébile à travers le temps et l'Histoire, qu'il avait fait venir avec les pires difficultés il y avait bientôt deux siècles de l'autre bout de la Méditerranée, telle une borne flamboyante résumant l'ensemble de son parcours dans la matière. Le symbole de sa toute-puissance sur la Terre, et un fantastique doigt d'honneur lancé à la face du Créateur !

Un interphone retentit sur le large bureau qui tournait le dos à la baie vitrée.

« *Monsieur Lipinski est arrivé, Monsieur le président.*

– Très bien, Suzanne, faites-le entrer. »

La secrétaire introduisit un homme d'environ vingt-cinq ans, très grand et très blond, les cheveux rasés, dans l'immense pièce à l'atmosphère feutrée. On sentait l'ambition percer dans le port et la démarche de ce proche collaborateur de l'ange déchu, tout de noir vêtu à l'exception d'une cravate anthracite, ainsi qu'une volonté un peu pathétique de ressembler à son employeur. Car c'était bel et bien une fascination de disciple envers son maître, une admiration béate que Lipinski vouait à Malek, et il l'aurait suivi jusqu'au bout du monde dans les plus mauvais coups. Ce qu'il avait déjà fait, d'ailleurs.

« Ah ! Mon petit Christophe ! Comment allez-vous ? s'exclama Malek avec l'enjouement d'un brasseur d'affaires. Dois-je juger à votre bonne mine que vous avez réussi votre mission ?

– Absolument, monsieur le Président, répondit l'autre en montrant une grande enveloppe qu'il tenait à la main. J'ai ici quelques photos dignes des pires tabloïds qui devraient vous satisfaire !

– A la bonne heure, j'ai hâte de voir ça... »

Mais ils furent interrompus par l'interphone, qui retentit de nouveau.

« Vous avez la Maison Blanche sur la une.

– Merci, Suzanne ! »

Malek appuya sur un bouton, en jetant un regard d'excuse au jeune disciple.

« Good night, Mister President, how are you doing ?

– *Good morning, Mister President ! Fine, fine, thank you...*

– Alors, avez-vous de bonnes nouvelles à m'annoncer concernant nos petites affaires ?

– *Er...well, en fait j'ai une bonne et une mauvaise nouvelle. Par laquelle dois-je commencer ?*

– Vous devriez me connaître suffisamment à présent pour savoir que les tragédies me rendent extatique ! Commencez donc par la mauvaise...

– *Et bien le Congrès a une nouvelle fois rejeté ma proposition de forage pétrolier en Alaska. C'était à un cheveu, cette fois, mais il y a toujours ce putain de lobby écologiste dont je n'arrive pas à me débarrasser ...*

– Hmm... c'est fâcheux, en effet. Ces imbéciles ne comprennent rien aux impératifs économiques. Vous leur avez expliqué que si on ne cherche pas de nouveaux gisements dès maintenant, leurs bagnoles n'auront plus rien dans le réservoir d'ici quarante ans ? Que le monde, sans pétrole, s'effondrerait en quelques mois ?

– Evidemment, je me tue à leur dire ! Mais ils ne jurent que par les énergies nouvelles, la baisse de la consommation qui ne cesse de faire reculer la date fatidique, la sauvegarde des sanctuaires naturels, et d'autres conneries que je vous passe...

– Nous avons absolument besoin de ces gisements pour assurer la pérennité du groupe. Vous en êtes bien conscient ?

– Euh ... oui... Mais je ne peux pas commencer des forages d'une telle envergure sans une vitrine légale. Si je fais ça sans l'autorisation du peuple américain, je ruine ma réélection avec un enterrement de première classe !

– Vous êtes aussi conscient que j'ai tous les outils à ma disposition pour assurer cette pérennité ? continua Malek comme s'il n'avait rien entendu.

– Hmm... oui, oui... mais vous n'en n'aurez pas besoin, je vous l'assure..., répondit l'interlocuteur lointain avec une hésitation dans la voix - la menace pour sa vie était à peine voilée. *J'ai pensé à un moyen, et si vous voulez bien m'aider...*

– Je vous écoute.

– Et bien voilà. Ça me permet en même temps de vous annoncer la deuxième nouvelle, une bonne cette fois. Parallèlement, le Congrès m'a aussi conforté dans mon rôle de leader mondial dans la lutte anti-terroriste, et m'a débloqué des fonds en conséquence. Les crédits de l'armée ont été revus à la hausse, et j'ai fixé clairement les cibles que nous aurions à éliminer dans un proche avenir. Ils me suivent comme un seul homme, tellement ils ont peur que le prochain attentat tombe sur eux !

– Vous voyez bien : une petite frappe chirurgicale bien placée et suffisamment médiatisée, et le tour est joué... héhéhé, LA tour, devrais-je dire, si vous me passez ce trait d'humour !

200

– *Er... Si je peux me permettre, quatre mille morts ne constituent pas vraiment une petite frappe chirurgicale...*

– Bah, à la guerre comme à la guerre. Ce n'est qu'une question de vocabulaire, vous avez saisi l'esprit...

– *Je ne suis pas sûr de...enfin bref, ils ont aussi remis au goût du jour la vieille idée de bouclier anti-nucléaire global, et ils ont débloqué des millions de dollars dans l'affaire !*

– Donc, en gros, vous relancez la course aux armements, alors qu'il n'y a plus personne pour courir avec vous ? Brillant... les pièces se mettent finalement en place. Or donc, en quoi puis-je vous aider ?

– *En un mot comme en cent, je souhaiterais que nous réglions le problème du golfe persique comme nous avons réglé celui des oléoducs afghans.*

– Ah !... Dois-je comprendre *manu militari* ?

– *Je me disais qu'une petite guerre Iran-Irak comme au bon vieux temps, avec un blocus du Golfe, pourrait faire monter le prix du baril, augmenter la menace terroriste, et nous obliger à intervenir pour pacifier la région ?*

– Et la raréfaction de l'or noir pourrait en outre rendre nécessaires certains forages en Alaska, n'est-ce pas ?

– *Vous lisez en moi à livre ouvert. Alors qu'en pensez-vous ?*

– L'idée me plaît assez, je dois dire, et je vais voir ce que je peux faire. Surveillez bien CNN et Fox News, on devrait y parler du Golfe d'ici quelques jours... »

Après quelques politesses d'usage, Malek mit fin à la conversation et se retourna vers Lipinski, qui n'avait pas perdu une miette de ce qui venait de se passer.

« Vous êtes un intime du président des Etats-Unis ? demanda Lipinski, subjugué.

– A vrai dire, et sans vouloir me vanter, il me doit tout, à commencer par son fauteuil. C'est un demeuré, un putain de *redneck* avec un flingue à la place du cerveau, mais je dois reconnaître qu'il sait se débrouiller avec les médias, et qu'il suit à la lettre les petites astuces de gouvernement que je lui ai données.

– Du genre ?

– La paranoïa, mon petit Christophe ! La peur, l'insécurité, les menaces de tous ordres et de toutes origines qui peuvent submerger à chaque instant le petit confort de l'électeur moyen ! Posez-vous en unique défenseur de son style de vie, mettez-vous à son niveau (plutôt bas, évidemment), saupoudrez le tout d'une couverture médiatique sans faille, qui fait monter la sauce autour de quelques faits divers nationaux ou internationaux soigneusement étudiés qui le persuadent que la fin du monde est proche s'il ne vote pas pour vous, et votre réélection est assurée avec une avance plus que confortable !

– Et vous avez souvent à prendre ce genre de décisions ? osa le jeune homme avec déférence.

– Quotidiennement, mon jeune ami. C'est ça, la politique, il faut agir vite, on n'a pas toujours le temps de réfléchir ! Mais voyons plutôt les clichés exceptionnels que vous m'avez apportés… »

Il décacheta l'enveloppe nerveusement, brûlant de contempler son contenu. Une dizaine de photographies en noir et blanc, vraisemblablement prises à l'aide d'un téléobjectif puissant, montraient toujours la même jeune femme brune à la grande beauté, habillée de façons diverses et dans différents endroits. Le photographe, qui avait l'air de connaître son affaire étant donnée la qualité des prises de vue, avait donc traqué sa proie pendant plusieurs jours. Le visage du président s'illumina soudain, et il resta en arrêt devant une des photos :

202

« Bingo ! s'exclama-t-il, rayonnant. J'étais sûr qu'il voudrait la revoir ! Cette fois, Haziel mon pote, tu es cuit ! Que pouvez-vous me dire sur cet homme, Christophe ?

— Pas grand chose, je le crains. Il est avec la psychiatre depuis une petite semaine, et il s'est installé chez elle. Auparavant, je l'avais filé jusqu'à un hôtel miteux, pas loin de la gare Saint-Lazare, où il était depuis peu. Personne n'a pu me dire d'où il était, ni ce qu'il faisait. C'est comme s'il venait de nulle part !

— Une semaine, dites-vous ? C'est incroyable... »

Malek resta songeur un moment. C'était à n'y rien comprendre : jamais une mission n'aurait duré aussi longtemps ! Et jamais on n'avait vu un ange bécoter une mouflette sur les bancs publics avant de la raccompagner chez elle prendre un dernier verre ! Si Haziel avait vraiment une liaison avec cette mortelle, comme tout semblait l'indiquer, ça devait barder en haut lieu ! Le Patron n'allait pas tolérer ça !

Il continua de parcourir lentement les photographies, mais son visage blêmit soudain :

« Celle-ci, où a-t-elle été prise ? demanda-t-il nerveusement.

— Celle-ci ? Dans le quartier de La Bastille. C'est bizarre : ils se baladaient dans le coin, et ils se sont tout à coup beaucoup intéressés à un bâtiment. Il n'avait rien de spécial, mais ils en ont fait le tour plusieurs fois.

— Et savez-vous ce qu'il y a dans ce « bâtiment » ?

— Euh, à vrai dire je ne me suis pas renseigné. Il était plutôt quelconque. Très moche, même.

— Et bien, abruti, sachez que ce « bâtiment » nous appartient, et qu'il héberge, discrètement cela va sans dire, le laboratoire de recherche en génétique et en immunologie le plus en pointe d'Europe !

— Ce qui veut dire que...

203

– Ce qui veut dire que ce connard et sa petite traînée sont en train de nous mijoter un sale tour à leur façon, que j'espère pouvoir déjouer si j'arrive à dénicher quelqu'un de plus compétent que vous dans mon entourage ! »

Tout s'éclairait à présent pour Malek : après lui avoir laissé une paix royale pendant plus de trente siècles, Le Patron avait lâché Haziel à ses trousses. Il avait décidé d'en finir une bonne foi avec la dissidence et voulait frapper les activités lucratives et menaçantes de l'apostat. Qu'à cela ne tienne, celui-ci rendrait coup pour coup ! Il savait que Le Patron n'interviendrait pas lui-même dans la matière, mais qu'il enverrait ses sous-fifres accomplir la sale besogne. Si Haziel était sa meilleure pièce, ce ne serait pas trop difficile. Surtout si la première gazelle venue pouvait le mettre à terre d'un battement de cils ! Il fallait réagir vite :

« Mr Lipinski, je vous laisse une dernière chance, dit Malek d'un ton beaucoup moins chaleureux qu'au début de l'entretien. Mettez ce laboratoire sous surveillance vingt-quatre heures sur vingt-quatre, et maintenez une de nos équipes de sécurité en alerte permanente. Je suis persuadé que nos ennemis vont passer à l'action dans les jours qui viennent, et nous devons être prêts à les recevoir. Ne me décevez pas, cette fois…»

Le jeune disciple esquissa rapidement un salut plus ou moins militaire et se dirigea au pas de course vers la sortie.

L'heure du combat final, attendu depuis si longtemps, était maintenant arrivée.

*

« J'ai tellement peur ! » dit le professeur Billand en s'effondrant en larmes dans les bras de Catherine.

L'infirmière n'aurait jamais dû avoir un contact aussi intime avec un malade d'Ebola, mais comment refuser ce peu de chaleur humaine à un homme qu'elle avait encore dans son lit deux semaines auparavant ? Une intimité toute relative d'ailleurs, puisque la jeune femme était recouverte des pieds à la tête d'une combinaison étanche, d'un bonnet, de gants, de sur-chaussures et d'un masque qui la protégeaient du virus. L'ensemble de cet équipement serait envoyé à l'incinération dès sa sortie de la chambre.

Pendant que son amant sanglotait contre elle, Catherine lui passait machinalement la main dans les cheveux. Depuis trois jours, la fièvre s'était emparée de lui, et ne cessait de monter. Il était trempé, et elle sentait son front bouillir à travers le caoutchouc du gant.

Autour d'eux, sur tous les murs, des bribes du monde familier du malade s'étalaient, un peu plus nombreuses chaque jour. Dessins d'enfants, photos, lettres et mots d'amour étaient devenus le dernier lien de Billand avec sa vie passée, le dernier contact avec ses proches qui n'avaient pas le droit de franchir l'enceinte de quarantaine.

C'était Catherine qui transmettait les messages, parlait à sa femme, souriait aux enfants en répétant mot pour mot ce qu'avait dit Jean-Paul. Elle cachait le désarroi de l'homme, la peur du père, disait qu'il était fort et gardait bon moral, que la maladie n'avançait pas pour l'instant, qu'il y avait une chance non négligeable qu'il s'en sorte. Curieux face-à-face que celui-là, maîtresse et épouse parlant d'un homme agonisant à quelques mètres seulement.

« Je ne veux pas mourir ! s'écria le professeur, en proie à une phase de panique qui le saisissait de plus en plus souvent. Je n'ai pas quarante ans, je suis trop jeune ! Pourquoi moi, qui n'ai encore rien fait de ma vie ?

– Il n'y a pas d'âge pour mourir, répondit Catherine. Pense à tous ces enfants que tu as vu partir... Mais pense aussi à ceux que tu as sauvés ! Songe à tous les gens qui sont venus te voir la peur au ventre, et que tu as soulagés : tu as rendu la joie à tant de familles ! Tu as fait beaucoup de bien autour de toi. Même si ton passage sur Terre s'arrêtait maintenant, ce que je ne crois pas, tu n'aurais pas à en rougir, rassure-toi ! »

Elle essayait de trouver des mots apaisants, mais se trouvait maladroite. Comment justifier l'incompréhensible ?

« Je connais tes convictions, dit Billand dans un souffle brûlant. Mais comment peux-tu croire en quelque chose au milieu de toute cette merde ? »

Billand n'était pas de ceux qui se découvrent un dieu alors qu'ils sentent leur fin approcher. Il avait toujours été férocement athée, et le resterait jusqu'aux portes de la mort. Cependant une angoisse sourde grandissait en lui : et s'il y avait quelque chose derrière ces portes ?

« Toi qui as la foi, que crois-tu qu'il se passe, quand on arrive de l'autre côté du miroir ? demanda-t-il en grimaçant.

– A vrai dire, je n'en sais rien, avoua l'infirmière. Ceux qui en sont revenus racontent qu'ils ont été accueillis par des membres de leur famille qui étaient partis avant eux, des proches, des amis qui les accompagnaient dans ce qui ressemblait à une nouvelle naissance. Certains disent qu'ils étaient dans un état de béatitude absolue, qu'ils ont rencontré un grand être de lumière qui pouvait être Jésus, Mahomet ou Bouddha selon la confession de celui qui était en train de passer.

206

D'autres parlent d'Azraël, l'ange de la mort, un jeune homme à la beauté prodigieuse...

— Foutaises ! Et si on ne croit en rien ?

— Alors peut-être ne ressent-on qu'une grande vague d'amour ! » chuchota délicatement Catherine à l'oreille de Jean-Paul.

Ces mots eurent l'effet d'un baume sur le malade, qui exhala un grand coup en fermant les yeux. Un léger sourire apparut sous la sueur. L'infirmière, pour cette fois encore, avait réussi à le rassurer un peu. Calmé, épuisé, le professeur s'endormit dans les bras de sa jolie maîtresse. Celle-ci replaça délicatement sa tête sur l'oreiller et se prépara à partir.

Mais le visage de la jeune femme pâlit soudain derrière son masque. Un filet de sang s'était mis à couler des narines de Billand.

207

21. Intervention

« By the pressures of the marketplace,
the human race has civilized itself »
Roger Waters, *It's a miracle*

Depuis sept jours, les plus hautes autorités de l'Etat avaient été mises au courant de l'existence d'un virus mortel et sans parade, qui se répandait insidieusement à travers Paris. Par Dieu sait quel miracle, ses dégâts étaient encore très limités, ce qui permettait à des équipes spécialisées d'intervenir discrètement dès qu'un nouveau cas potentiel était détecté, réussissant jusqu'à présent à éviter une panique dévastatrice. On était loin de l'hécatombe annoncée par les spécialistes, et les services d'accueil d'urgence, qui avaient été montés à la va-vite, étaient encore très peu chargés. Dans le cadre du plan BIOTOX, extension depuis 1999 du plan Vigipirate spécialisée dans la prévention et la protection contre le terrorisme biologique et chimique, le gouvernement suivait l'évolution de l'épidémie minute par minute et avait choisi de ne rien dire à la population de la réalité de la situation. Il avait simplement prétexté un accident dans une usine de la proche banlieue et la présence d'un nuage toxique au-dessus de la capitale pour demander aux citoyens de rester chez eux, de boucher les interstices de leurs portes et fenêtres, et de prévenir police secours en cas de détresse respiratoire anormale. Mais il était évident que ce calme relatif n'était que transitoire, et que d'ici quelques heures, une journée tout au plus, l'épidémie se réveillerait brutalement dans toute son horreur. Elle serait alors impossible à dissimuler plus longtemps.

La thèse de l'attentat bactériologique avait immédiatement été retenue par le Ministère de l'Intérieur, qui avait demandé au préfet de Paris de mettre ses meilleurs éléments sur l'enquête. Celui-ci avait été fort surpris lorsque le commissaire Lelubre lui avait annoncé qu'il était déjà sur une piste, ténue certes, mais qui établissait un lien avec l'attentat à la voiture piégée du début de l'été. Le préfet lui avait répondu qu'il ne l'avait jamais déçu, qu'il lui faisait entière confiance, et qu'il avait carte blanche.

« Ce que je vous demande avant tout, avait-il conclu, c'est du grain à moudre pour que le Ministre puisse rassurer la population... »

Et ainsi, depuis bientôt une heure, le commissaire et son lieutenant étaient en planque dans une voiture banalisée, dans une petite rue non loin de la Bastille. C'était une matinée de dimanche grise et humide, comme les débuts d'Octobre en réservent parfois. La tension était palpable dans l'habitacle, en raison à la fois de l'attente prolongée et de la menace invisible qui semblait planer au-dessus de leurs têtes.

« Tu es sûr qu'il va venir ? demanda le commissaire Lelubre

— Pour la dixième fois, oui, j'en suis sûr. Faites-moi un peu confiance, répondit le lieutenant Cadoux. On

210

a eu l'adresse du labo en fouillant sa chambre d'hôtel, hier. Et la psy, qu'on a mise sur écoute, a décommandé un rendez-vous au téléphone, parce qu'elle avait, je cite, « une affaire à régler dimanche à la Bastille » ! Troublant, non ? En plus, c'est le seul jour de la semaine où il n'y a personne dans les locaux, à part quelques chercheurs forcenés qui passent de temps en temps l'après-midi.

— Encore une riche idée, tiens, cette descente en force pour rien, la nuit dernière. Vingt mecs en arme mobilisés pour trouver le nid vide, c'est pas glorieux !

— On ne pouvait pas savoir qu'il ne décollait plus de chez la fille ! Il n'a pas mis longtemps à s'installer chez elle…

— Quelle salope, celle-là ! jura Lelubre entre ses dents. C'est pour se taper tous les déjantés de la planète qu'elle a choisi son job. Doit y avoir que les vrais dingues qui la font grimper au rideau ! Elle est aussi tarée qu'eux…

— Avouez qu'elle est bandante, quand même… C'est parce qu'elle vous plaît bien que vous êtes aussi furax ! jubila le lieutenant.

— Bah, tais-toi au lieu de dire des conneries. Maintenant on sait que c'est elle qui a aidé Haziel à sortir de l'asile, même si on ne sait pas comment.

— Il faut reconnaître qu'on n'a toujours rien contre ce type…

— Putain, t'es avec eux ou quoi ? C'est pas toi qui aurais fait échouer l'opération d'hier, des fois ?

— Eh, oh ! Arrêtez la parano ! Ça vous monte à la tête cette histoire ! s'énerva Cadoux, qui trouvait que le commissaire commençait vraiment à péter les plombs.

— C'est justement parce que je suis parano que je les attrape tous, OK ? C'est pour ça qu'ils me craignent. Je pensais que tu aurais plus appris à mon contact ! »

211

Les deux hommes s'enfermèrent dans un silence pesant pendant un bon moment. Jugeant qu'il était peut-être allé trop loin, Lelubre brisa la glace le premier :

« Tu as eu la caméra ? »

Le lieutenant acquiesça :

« Les mecs de la vidéo sont dans la camionnette verte, là-bas, en face de l'entrée.

— Et les autres, ils savent qu'on n'intervient pas quand il entre dans le labo, mais seulement après qu'il soit ressorti ?

— Ils savent qu'on n'arrête pas les gens sans preuve... »

Dans la bouche de Denis Cadoux, ce message sibyllin était trempé dans l'acide, mais le commissaire ne releva pas, absorbé qu'il était par l'observation des allées et venues dans la rue.

« Je vous fais un topo sur le labo, pour faire passer le temps ? s'enquit le lieutenant pour montrer qu'il avait quand même passé une nuit blanche sur cette histoire.

— Dis toujours...

— BioLab Technologies, fondé il y a six ans par un grand groupe pharmaceutique, lui-même possédé à quatre-vingt dix pour cent par une multinationale tentaculaire, la MT Corporation. MT, ça vient de Malek Torgnusson, le fondateur. Un Norvégien qui a fait fortune dans le pétrole de la Mer du Nord, la construction de plates-formes, les oléoducs. Il est tellement riche que ça lui est monté à la tête et qu'il a voulu faire dans l'humanitaire d'envergure, du genre éradiquer le cancer et le SIDA de la surface de la Terre, vous voyez le style. Du coup, il a investi des milliards dans des labos comme celui-là, pour faire de la recherche fondamentale. Mais le pauvre homme n'a vraiment pas de chance : le seul brevet qu'il ait déposé pour l'instant, c'est une pilule miracle qui fait rajeunir !

212

Il faut dire qu'il a le monopole mondial de la formule, que ça s'arrache comme des petits pains, et que ça lui a déjà rapporté dix fois la mise !

– Encore un piège à gogos…

– Il paraît que ça marche.

– Ne me dis pas que tu en prends, quand même !

– Voyons, commissaire, je suis trop jeune, je n'en ai pas besoin… Par contre, quand j'aurai votre âge, je ne dis pas. Si ça peut m'éviter d'être dans votre état…

– Petit con ! »

Ils échangèrent un regard de connivence. Depuis le temps que ces deux-là travaillaient ensemble, ils avaient appris à s'apprécier, et ils auraient eu du mal à faire équipe avec quelqu'un d'autre à présent. Ce qui étonnait Cadoux à chaque fois, c'était la faculté qu'avait son supérieur à toujours utiliser les mêmes mots, peu nombreux en fait, quelle que soit la situation, engueulade ou rigolade, et la rapidité avec laquelle il passait d'un état à l'autre.

« Dis-moi, demanda Lelubre, un labo comme ça pourrait cultiver du virus Ebola, pas vrai ?

– Je ne crois pas. Il faudrait qu'il soit classé P4, ce qui implique une infrastructure sécurisée à l'extrême, avec atmosphère confinée sous basse pression, des sas de décontamination chimique et thermique, des chercheurs qui travaillent en scaphandre, et j'en passe. Il n'y a que huit laboratoires dans le monde qui ont cette habilitation, dont un seul en France, à Lyon. Toutefois, compte tenu de la personnalité fantasque et dissimulatrice de Torgnusson, on ne peut être sûr de rien… je crois savoir en outre qu'ils ont une ménagerie, avec des souris et des singes, ce qui veut dire qu'ils font des tests sur du vivant. Mais s'ils se mettaient en tête de manipuler un virus comme Ebola ici, ce serait à leurs risques et périls, il paraît que cette saloperie est un des trucs les plus difficiles à garder sous contrôle.

213

– Ouais, ouais, ouais… Cette fois je te tiens, mon pote ! » pensa tout haut le commissaire.

Petit à petit, les pièces du puzzle se mettaient en place.

« C'est pas Norvégien comme nom, Haziel ? demanda-t-il à son coéquipier.

– J'en sais rien, chef, mais le voilà qui arrive. Et il n'est pas seul, en plus ! »

Une Clio gris métallisé avait ralenti devant l'entrée de l'impasse pavée où se situait le laboratoire de recherche. Elle se gara en double file un peu plus loin, près d'une petite rue parallèle. Un grand blond en sorti en se dépliant : Haziel était venu. Il dit quelques mots au conducteur, qui mit ses feux de détresse pour indiquer qu'ils n'en n'auraient pas pour longtemps. Lelubre et Cadoux devinèrent sans peine que c'était le docteur Viviane Lanson qui se tenait derrière le volant.

Apparemment, le suspect n'avait pas l'intention de rentrer par la grande porte chez BioLab Technologies, car il se faufila dans la ruelle adjacente, en jetant rapidement un coup d'œil tout autour pour s'assurer qu'on ne le surveillait pas.

« Non mais tu as vu ça ? rayonnait le commissaire, je te parie dix contre un qu'il va cambrioler le labo ! Ne me dis pas qu'il est réglo, ce mec ! »

Le lieutenant fut bien obligé de le reconnaître, pendant que Lelubre décrochait la radio :

« Autorité à Condor : le suspect est sur les lieux. C'est le grand blond en jeans et basket. On attend sa sortie pour l'interpeller, et on le fouille pour voir ce qui l'intéressait ici. On a de quoi empêcher la Clio de fuir ?

– Affirmatif, Autorité. Il y a un véhicule un peu plus loin qui est prêt à bloquer la rue à votre signal. »

Cette fois, les poissons étaient dans la nasse.

*

Se retrouvant dans le laboratoire après avoir, littéralement, traversé le mur d'enceinte, Haziel mit quelques instants à comprendre où il se trouvait. C'était une vaste pièce bénéficiant d'un faible éclairage en permanence, dont tous les murs étaient recouverts de petites cages parfaitement étanches, faites d'acier inoxydable et de plexiglas. L'ange se trouvait en fait dans l'animalerie du laboratoire, un élément indispensable pour les chercheurs qui piochent dans leur réserve de souris pour fabriquer les croisements nécessaires à leurs travaux, ou simplement prendre des cobayes pour des nouveaux produits à tester. Dans le cas présent, cependant, les cages ne contenaient pas de « gentilles » souris blanches, mais de gros et « vilains » rats noirs, de ceux qu'on trouve en liberté dans les égouts des villes.

La sensibilité de Haziel le rendait réceptif aux messages télépathiques dont se sert la gent animale pour communiquer. Ainsi, et bien malgré lui, il entendait et comprenait ce que disaient les rats, et qui en l'occurrence ressemblait plutôt à une cacophonie compte tenu du nombre important de spécimens enfermés dans la salle. Les rongeurs avaient aussitôt senti que l'intrus ne ressemblait pas aux humains qu'ils voyaient d'habitude, et au milieu des messages de peur et de stress, lui demandaient de les aider à sortir de là. Ils racontaient aussi que régulièrement, des deux-pattes aux pensées nauséabondes venaient choisir parmi eux des frères innocents, vraisemblablement pour les exterminer car on ne les revoyait jamais. Les rats pouvaient sentir la mort hanter ces lieux maudits où la malchance les avait fait tomber.

Haziel tenta de leur faire comprendre qu'il était justement en mission pour combattre cette menace inconnue, et qu'il reviendrait plus tard. Puis il sortit de la pièce, en prêtant attention aux moindres signes d'une présence importune. Comme prévu, il n'y avait personne à cette heure, et l'ange déambula dans les couloirs sombres sans rencontrer âme qui vive. Traversant portes et cloisons au hasard, il cherchait un indice lui permettant de comprendre la nature du danger qui rôdait dans ces salles aseptisées. Après avoir franchi plusieurs portes qui semblaient de très haute sécurité et particulièrement difficiles à ouvrir, avec des systèmes de codes, de badges magnétiques, une vidéosurveillance omniprésente et des sas étanches qu'on aurait plutôt imaginés dans un sous-marin, il fit un rapprochement original. Il venait de passer quatre de ces sas surprotégés disposés en enfilade, et chacun semblait avoir une fonction particulière, qui devait rendre le visiteur de plus en plus dépouillé, de plus en plus pur, ce qui lui avait fait penser à la structure d'un temple égyptien ! La première pièce était un vestiaire des plus classiques, où les scientifiques devaient se déshabiller complètement pour pouvoir passer à la phase obligatoire suivante, constituée d'une douche. C'est au troisième sas que les choses devenaient plus originales, et plus impressionnantes, puisque les élus qui étaient arrivés jusque-là devaient revêtir un scaphandre parfaitement étanche muni d'un casque digne des meilleures séries de science-fiction des années soixante ! A la quatrième étape, on se voyait gratifié d'une nouvelle douche, destinée cette fois à nettoyer le scaphandre, et vraisemblablement à le décontaminer à l'aide de produits chimiques de toutes sortes. Ce parcours initiatique ressemblait beaucoup à celui que devait accomplir le prêtre pour se purifier du monde extérieur afin d'avoir le droit d'accéder au sanctuaire du temple,

216

une fois transcendé par les ablutions et la prière, débarrassé des oripeaux et des scories séculiers. Si l'analogie se révélait exacte, ce qu'allait trouver Haziel derrière le sas suivant serait le sanctuaire du laboratoire, le Saint des Saints dans lequel lui serait enfin révélé le but de sa quête, ou peut-être le début de ses tourments, la sourde menace qui effrayait tant les rats…

*

Dans la rue, de longues minutes s'étaient écoulées dans une attente silencieuse et tendue. Soudain, deux monospaces noirs lancés à pleine vitesse freinèrent bruyamment devant l'impasse, déchargeant en une fraction de seconde sur la chaussée une dizaine d'hommes en treillis sombres et rangers, portant tous soit un revolver, soit un fusil d'assaut. Eberlués, le commissaire et son adjoint virent la petite troupe armée se diriger ensuite au pas de course vers l'entrée principale du laboratoire, et s'y engouffrer sans autre forme de procès. La radio crachota nerveusement :

« *Condor à Autorité : c'est qui ces clowns ? Des gars de chez nous ?*

– Négatif, Condor. Ça ressemble à une milice privée, genre mafia russe. On a du répondant pour les coffrer aussi, ceux-là ? demanda Lelubre, anxieux.

– Ça devrait aller, mais ça change sacrément la donne, quand même ! On y va maintenant ?

– Non, pas encore, on va faire d'une pierre deux coups à leur sortie. A mon avis, ils sont venus pour coincer Haziel. Il a dû déclencher une alarme…

– Ça sent le traquenard », ne put s'empêcher d'observer Cadoux, qui avait généralement du flair dans ce domaine.

217

Sa réflexion fut interrompue par l'arrivée d'un troisième véhicule noir comme la nuit, mais une Jaguar cette fois, qui s'arrêta derrière les monospaces. Le lieutenant blêmit en reconnaissant l'homme qui arborait un long manteau sombre et des lunettes de soleil. Des cheveux poivre et sel, une courte barbe, le teint bronzé : il n'y avait pas de doute possible.

« Nom de…, s'exclama-t-il. Alors ça, c'est incroyable !

– Et bien parle, c'est qui ce mec ? s'exaspéra le commissaire.

– C'est Malek Torgnusson en personne ! J'ai vu sa photo sur Internet ! »

Une tempête de crâne se leva brusquement derrière le front de Lelubre, qui réfléchissait à trois cents à l'heure. Quelle était donc la signification de cette apparition ? Il était impensable que le Grand Manitou se déplace pour une simple histoire de cambriolage, il y avait forcément autre chose. Haziel et Torgnusson se connaissaient-ils ? Etait-ce une rencontre au sommet entre deux représentants de forces concurrentes ? Ou bien d'anciens associés qui se disputaient un magot quelconque ?

*

Le cœur du laboratoire de recherche de Biolab paraissait ridiculement petit par rapport à la somme des moyens mis en œuvre pour le protéger et l'isoler du reste du monde. Ce n'était en fait qu'un cube de trois mètres d'arête, dans lequel deux personnes à peine pouvaient travailler simultanément. Sur un plan de travail en U qui courait le long des parois opposées au sas d'entrée, on pouvait distinguer des éprouvettes, des pipettes, des

218

machines inconnues dotées de diodes clignotantes et d'afficheurs électroniques qui ronronnaient doucement, gardiennes assoupies du sanctuaire. Surtout, enchâssées dans le mur du fond, deux niches côte à côte étaient hermétiquement closes par des portes transparentes et épaisses, qui ressemblaient à des réfrigérateurs industriels.

Il parut évident à Haziel qui s'approchait, que ce que renfermaient ces niches était la cause même de l'existence de tout le bâtiment, et par conséquent de sa présence en ces lieux. Dans celle de gauche, sur une étagère de verre, étaient disposées trois boîtes circulaires de mise en culture, dans lesquelles on distinguait des morceaux de matière marron ou noire, à différents stades de moisissures. La cavité de droite ne renfermait qu'un petit objet, une fiole de verre qui semblait très ancienne, posée sur un présentoir métallique comme dans la vitrine d'un musée.

L'ange commença à lire rapidement les notes de travail qui avaient été laissées sur les tables, espérant comprendre de quoi il retournait. Alors que la plupart des feuillets listaient des formules chimiques, des équations et des comptes-rendus d'expériences en termes rigoureux et lapidaires, un chercheur s'était parfois laissé aller à faire part de ses impressions personnelles en soulignant ou encadrant des interjections exubérantes fort peu communes dans ce genre d'exercice, comme « incroyable ! », « merveille ! » ou « miracle ! ». Partout, il n'était en fait question que du contenu de la fiole, quelques gouttes d'un liquide visqueux jauni par les âges qui semblaient avoir un effet jamais observé auparavant sur les cultures de l'autre niche, un virus des plus dangereux qui paraissait jusqu'alors inattaquable. Celui-ci devenait pourtant purement et simplement inopérant dès qu'il était mis en contact avec le fluide inconnu !

Un autre feuillet détaillait la composition chimique du liquide, qui n'était en fait qu'un peu d'eau salée mélangée à de l'huile essentielle de jasmin. Le chercheur précisait que des essais effectués avec un mélange de la même composition, mais fabriqué au laboratoire, étaient restés infructueux. Il y avait donc quelque chose d'autre dans la fiole, mais quoi ? On avait injecté une quantité infime de la substance miraculeuse dans des rats infectés et ils avaient guéri, alors que normalement leur mortalité était de cent pour cent au bout de trois jours !

Au milieu de la pile de papiers, une note de service barrée en rouge de la mention « confidentiel » glaça le sang d'Haziel : on y faisait allusion au démarrage d'une nouvelle phase de l'expérimentation, sur des humains cette fois, et à grande échelle. On s'inquiétait aussi de l'absence de résultat du laboratoire dans la fabrication en série d'un sérum efficace. Cela voulait donc dire que l'on avait d'ores et déjà infecté sciemment des innocents en grand nombre, et qu'on n'avait pas les moyens de les soigner !

Au bas de la note, un tampon de la MT Corporation et un paraphe de son président, Malek Torgnusson, finirent d'atterrer le détective amateur et mirent un point final à sa lecture. Malek ! Ainsi donc tout cela était bien le fruit de ses manigance démoniaques... Son plan était simple : plonger le monde dans le chaos avec un virus destructeur et incurable, laisser mijoter le temps nécessaire, puis arriver tel le chevalier blanc avec un nouveau médicament miracle et se faire bombarder bienfaiteur de l'humanité tout en engrangeant des milliards !

La conduite à tenir devint limpide pour le guerrier de lumière. Tout d'abord, il fallait soustraire la fiole miraculeuse des griffes mercantiles de l'apostat, afin de lui ôter tout espoir de tirer profit du drame qu'il

220

avait créé. Il ouvrit donc le container de droite et mit la précieuse petite bouteille, à peine grosse comme un doigt d'homme, dans la poche intérieure de son blouson. Il fallait ensuite mettre fin à cette entreprise de terreur, en détruisant les souches du virus dont le laboratoire disposait. Haziel posa alors ses deux mains sur la porte vitrée de l'autre niche, et se concentra intensément. L'extrémité de ses doigts commença à rougir tant était puissante l'énergie qu'il envoyait dans le renfoncement. Rapidement, la température à l'intérieur augmenta de plusieurs dizaines de degrés, si bien que le contenu des boîtes qui s'y trouvaient s'enflamma et se consuma de lui-même, et que les étagères s'amollirent et fondirent.

Sa tâche accomplie, Haziel se dit qu'il ne devait pas rester pierre sur pierre du laboratoire s'il voulait arrêter Malek durablement. Il n'eut alors qu'à poser ses mains, encore écarlates de l'effort qu'elles venaient de fournir, sur ce qui se trouvait à sa portée, pour que tout se mette instantanément à flamber et à partir en fumée. Papiers, machines, tables, chaises, scaphandres, furent bientôt pris dans les flammes autour de l'ange, qui se surprit à jouir de sa puissance, dont il usait rarement sous cette forme, et d'un appétit de destruction qu'il s'ignorait jusque là.

Quelques instants plus tard, rassasié de dévastation, Haziel sortit du quartier à haute sécurité de Biolab et tomba nez à nez avec Malek. Eberlué, l'apostat regardait à travers les hublots les lueurs orangées qui, malgré toutes les protections anti-incendie, consumaient des années de patients efforts. Il était entouré d'une dizaine de sbires patibulaires et armés jusqu'aux dents. Pâle comme un mort, il se tourna vers son ancien compagnon.

« Malheureux, qu'as-tu fait ? dit-il d'une voix atone. C'était le seul moyen d'endiguer l'épidémie !

221

– Je te retourne la question, répondit Haziel avec une assurance glaciale. Je n'ai pas l'impression que tu as la situation bien en main. Ce virus est incontrôlable, même par toi …

– Mais j'avais un moyen ! La fiole était le seul remède ! Tu as tout fait foirer ! »

L'envoyé du Patron sourit. Il faisait preuve d'un calme étonnant compte tenu des circonstances, et Malek comprit ce qui se passait :

« Tu as le sérum !

– Tu ferais mieux de te mettre au vert. Cette histoire ne te concerne plus.

– Et que veux-tu que je fasse ? Ça fait trois mille ans que j'attends un signe, une instruction ! Qu'espérez-vous de moi, à la fin ? Quel est mon crime ? Que veut-Il ? »

Le jeune homme blond écarta les bras en signe d'impuissance :

« Je ne sais pas ce qui s'est passé entre vous, je ne suis pas au courant du différend qui vous oppose. Je suis désolé, mais je n'ai pas le pouvoir de changer ta condition…

– Alors reste ici et aide-moi ! proposa l'ange déchu dans une tentative désespérée. Si je suis devenu un mouton noir, la brebis galeuse, toi tu es resté l'agneau immaculé ! Tu es le yang et moi le yin. Ne comprends tu pas que, réunis, nous sommes la perfection et l'absolu ? Qui pourrait nous résister ? A nous deux, nous pourrions facilement conquérir le monde, et obliger Le Patron à nous le laisser. Nous serions invincibles ! »

Haziel secoua la tête négativement.

« Ce sont des rêves puérils, dit-il simplement. Ça ne m'intéresse pas. Si tu acceptes un conseil, tu ferais mieux d'élever un peu tes ambitions si tu veux un jour quitter la matière ! »

222

Cette dernière phrase, prononcée pourtant sans ironie, eut le don de piquer Malek, qui s'empourpra instantanément :

« J'en n'ai rien à foutre de tes leçons de morale à la con. Si tu es contre moi, tu peux crever ! »

Puis, se tournant vers sa meute, qui n'avait rien perdu de l'échange même si elle n'y comprenait goutte :

« Abattez-le ! Et visez la tête, surtout, il a un objet très précieux sur lui ! »

Haziel eut à peine le temps de disparaître dans la cloison avant que les premiers projectiles ne l'atteignent.

*

Une rafale tirée à l'arme automatique dans les locaux du laboratoire tira brusquement le commissaire Lelubre de ses cogitations. Quelles qu'eurent été les relations de Haziel et de Torgnusson avant cette rencontre, elles avaient définitivement tourné au vinaigre : c'était la guerre, là-dedans ! Il n'y avait pas une seconde à perdre, ils allaient lui buter son suspect :

« Autorité à Condor : on intervient immédiatement ! Vous neutralisez les zouaves en treillis, et vous mettez notre client au frais avant qu'il ne se fasse descendre ! Et que ça saute ! »

Alors que, surgissant de nulle part, une vingtaine de policiers en tenue d'assaut se rassemblaient sur la chaussée avant de partir à l'abordage du laboratoire où les coups de feu se succédaient à une cadence infernale, Haziel apparut sur le trottoir comme par magie, presque au milieu d'eux ! D'abord surpris de se retrouver soudain en si imposante compagnie, l'ange retrouva vite ses esprits et se précipita vers la voiture de Viviane, prête à démarrer en trombe.

« Ne vous laissez pas avoir, cette fois ! hurla Lelubre à sa troupe. Attrapez-le, bon sang ! »

Il courait déjà vers la Clio grise en demandant par radio à Condor de bloquer la rue, qui était heureusement en sens unique.

Mais la milice noire de Torgnusson revenait elle aussi sur le trottoir, poursuivant toujours le cambrioleur qu'elle ne trouvait plus dans les bureaux de BioLab. Les mercenaires n'étant pas tous des enfants de chœur, loin de là, ils paniquèrent en avisant la maréchaussée descendue en force, et déclenchèrent un feu nourri sur les policiers pour dégager le chemin vers les monospaces. La fuite était devenue leur unique préoccupation.

En quelques instants d'une rare intensité, la fusillade transforma la tranquille petite rue parisienne en un quartier dévasté de Beyrouth ou Sarajevo. Chacun s'était abrité où il pouvait, qui derrière une voiture, qui derrière un arbre ou un pylône, répondant tant bien que mal aux coups de ceux d'en face, sans vraiment viser. Les façades tombaient en lambeaux sous les impacts, et il n'y eut bientôt plus une vitre debout à cent mètres à la ronde.

Profitant d'une accalmie accordée par le manque de munition, les monospaces, qui devaient être blindés car ils n'avaient pas une éraflure, s'interposèrent entre les combattants, récupérèrent leurs troupes plus ou moins amochées, et repartirent en marche arrière vers le premier carrefour pour disparaître avant que Lelubre et ses hommes n'aient eu le temps de faire quoi que ce soit. Ils furent aussitôt remplacés par trois énormes camions rouges, qui débarquant toutes sirènes hurlantes, annonçaient l'arrivée des sapeurs-pompiers de Paris. Le commissaire, qui voulait se lancer à la poursuite du groupe armée, accrocha au vol le premier soldat du feu

224

qui passait à sa portée, en lui mettant sa carte sous le nez :

« Commissaire Lelubre, de l'anti-terrorisme : dégagez-moi tout de suite le passage, on a des truands en cavale à moins de cinq cents mètres !

– Désolé, monsieur, mais nous, on a un départ d'incendie, là... », et le pompier pointa son doigt vers le laboratoire, dont quelques vitres explosées laissaient échapper une épaisse fumée noire. « Et étant donnés les produits qui sont stockés là-dedans, on risque une catastrophe chimique majeure ! Désolé, vieux, nous sommes prioritaires ! » termina-t-il avant de mettre un masque à gaz, puis il repartit en courant vers le camion pour libérer la lance.

« Putain ! C'est le *Far West* ici, ou quoi ? C'est qui ces mecs, bordel ? » explosa Lelubre.

Le commissaire laissait librement éclater sa rage, mais Cadoux savait qu'en fait il était content de s'en tirer à si bon compte. On n'était pas passé loin d'un massacre. Le lieutenant fit rapidement le bilan de l'incident auprès des hommes, et il ne trouva que quatre blessés sérieusement touchés, mais dont la vie n'était pas en danger. Compte tenu des dégâts qu'ils avaient provoqués tout autour, c'était un vrai miracle !

Dans le feu de l'action, personne n'avait appelé de renforts et il était un peu tard pour y penser, même si l'on donna à tous les véhicules patrouillant dans le secteur la description des monospaces et de la Jaguar, qui avait elle aussi disparu au tout début de la fusillade. Comme de bien entendu, les plaques d'immatriculation avaient été savamment recouvertes de poussière, les rendant indéchiffrables. La seule bonne nouvelle vint d'une jeune recrue dont c'était la première opération et qu'on avait bombardée responsable de la vidéo, qui annonça qu'elle avait filmé l'ensemble de l'incident. Une accolade virile du commissaire couronna son

225

baptême du feu et l'intégra définitivement à l'équipe. On allait enfin avoir des documents à analyser : Torgnusson, la nouvelle bête noire de Lelubre, ne perdait rien pour attendre !

« Merde ! s'exclama soudain le commissaire. Est-ce que quelqu'un s'est occupé de l'Ouzbek, pendant ce temps-là ? »

Se précipitant tel un diable hors de sa boîte vers l'endroit où il avait laissé la Clio du docteur Lanson juste avant l'accrochage, il comprit que celle-ci avait eu un accident. A une centaine de mètres de là, elle était rentrée dans la file des voitures en stationnement, et trois agents s'agitaient autour des portes ouvertes. L'affaire avait l'air grave.

En approchant de la voiture, il vit le corps de la jeune femme effondré sur le volant. Elle était seule dans l'habitacle. Haziel avait à nouveau disparu sans laisser de trace. Le commissaire se dit qu'il n'avait pas dû se poser beaucoup de questions sur l'état de sa partenaire, et que ce n'étaient pas les sentiments qui l'étouffaient. Décidément, le tableau était complet !

Le policier qui avait rapidement ausculté la conductrice se retourna vers Lelubre :

« Une balle lui a perforé le poumon droit, mais son cœur bat encore. Elle est vivante, il faut vite appeler une ambulance ! »

Resté devant le laboratoire, le lieutenant Cadoux médusé vit au même moment surgir des hordes de rats noirs et luisants par les portes et les fenêtres ravagées du bâtiment. Les rongeurs, fuyant l'incendie par dizaines, s'éparpillèrent dans la nature en quelques secondes, trop heureux de retrouver la liberté.

22. Oasis

«Because maybe
You're gonna be the one that saves me… »
Oasis, *Wonderwall*

Avant même d'ouvrir les yeux, Haziel sentit un vent léger et tiède caresser son visage, lui apportant bientôt une douce odeur de fruit. Il était allongé sur le dos, et pouvait entendre une multitude d'oiseaux chanter dans les environs, ainsi que le bourdonnement des mouches. Il devait être sous un arbre, car au gré des courants d'air et des bruissements de feuilles, un rayon de soleil allait et venait sur son visage. Ces sensations mises ensemble étaient si agréables qu'il décida de prolonger un peu ce moment magique, celui qui précède de peu l'éveil. Après tout, peut-être était-il encore en train de rêver ? Il n'avait plus aucun souvenir des événements récents, et ignorait tout de l'endroit où il se trouvait. Il était comme une conscience vierge et aveugle flottant dans un nuage ouaté d'insouciance.

Au bout d'un temps qui lui sembla infini, lorsque l'idée de s'éveiller ne fut plus une torture, il se redressa sur ses avant-bras et regarda autour de lui. La scène qu'il découvrit lui parut familière, même s'il aurait été incapable de dire où et quand il l'avait déjà vue. Il se trouvait au milieu de ce qui semblait être une oasis dans un pays désertique. Protégé d'un soleil mordant par l'ombre d'un petit groupe de palmiers, il reposait sur un matelas de feuilles de palmes jaunies. Tombées au sol, des dattes trop mûres attiraient des légions de mouches.

A quelques mètres de lui, un paysan arabe donnait des coups de bâtons à son âne, qui entraînait une noria. Ce procédé intemporel, typique des bords du Nil, consistait à puiser de l'eau dans un puits peu profond à l'aide d'une roue à godets. L'eau retombait ensuite dans un grand bassin destiné à l'irrigation des cultures. Le fellah, habillé à la mode traditionnelle égyptienne avec sa longue djellaba grise et son turban blanc, fendit sa moustache d'un franc sourire lorsqu'il s'aperçut que Haziel s'était mis debout. Il lui adressa un signe amical de la main.

En lui rendant son salut, Haziel s'aperçut qu'il était habillé comme un citadin, en jeans, baskets et blouson, ce qui ne collait pas vraiment avec le reste du décor. Soudain, il sut d'où il venait, et l'insouciance s'effaça. Il revit Paris, la Place de la Concorde, et les yeux de Viviane... l'attaque du laboratoire, le virus tueur, les rafales d'armes automatiques, et les yeux de Viviane... Malek et Lelubre à ses trousses, la course effrénée, la fuite en voiture, et les yeux de Viviane... le corps délicat penché sur le volant, sans réaction, avec une tache rouge dans le dos...et avant même d'avoir pu la toucher, lui parler, une violente aspiration en arrière qui faisait tout disparaître dans un tourbillon...

Puis l'inconscience.

« Non ! » hurla-t-il brusquement, comme pour chasser ce qui ne pouvait être qu'un mauvais rêve. Mais il avait beau se frotter les yeux, le puits et l'âne étaient toujours là, ainsi que le fellah qui le regardait d'un air

228

goguenard. Haziel marcha droit sur lui, ayant trouvé un bouc émissaire pour vider sa colère.

« Où sommes-nous ? cria-t-il dans son plus bel arabe, en empoignant des deux mains le pauvre homme par le col.

– Euh, ça ressemble aux bords du Nil, non ? répondit l'autre, affichant son plus large sourire.

– Ne vous foutez pas de moi, en plus ! Depuis combien de temps suis-je ici ?

– J'ai bien peur, mon jeune ami, qu'en cet endroit votre question soit nulle et non avenue… »

Le paysan disparut alors brusquement entre les doigts de l'ange, pour réapparaître instantanément dans son dos, et lui flanquer un grand coup de bâton sur l'épaule.

« Quoiqu'il en soit, reprit-il, ce n'est pas une façon de parler à son employeur, et encore moins à son Créateur ! »

Haziel se retourna, bouche bée :

« Patron ! Evidemment, j'aurais dû m'en douter… Bon, je peux savoir où on est, alors ? Pourquoi m'avez-vous retiré en plein milieu de ma mission ?

– Holà ! Que de questions ! Procédons par ordre : nous sommes ici dans ton espace mental, dans une bulle extraite de tes rêves, à laquelle j'ai donné un peu de consistance. Peut-être un souvenir d'une ancienne mission que tu as particulièrement appréciée, où un désir inassouvi qui traîne dans un coin de ta personnalité ? Tu noteras que j'ai respecté tes moindres exigences afin que tu te sentes à l'aise, même si, à mon avis, les mouches n'étaient pas nécessaires …

– Ce doit être une de mes perversions. J'appelle ça le détail qui tue… J'apprécie votre délicatesse, mais venons-en au fait !

– En parlant de perversion et de détail qui tue, cela m'amène justement aux causes de ton retrait prématuré :

229

tu peux m'expliquer ce que tu étais en train de faire avec ta petite copine pendant que Malek mettait Paris à feu et à sang ? »

Le Patron ne se mettait jamais en colère, ce n'était pas son genre. Parfois, cependant, des nuances d'impatience, qui pouvaient même ressembler à de la nervosité, venaient colorer son discours. Dans le cas présent, il avait l'air particulièrement « impatient ».

« Je sens que je vais encore avoir droit au couplet du mauvais fils, maugréa Haziel.

– Pas du tout, voyons. Tu es mon enfant parfait, ma gloire, mon honneur et ma fierté, celui en qui j'ai mis toutes mes grâces. Je suis simplement déçu de la façon dont tu as mené cette affaire.

– Quel est le problème ? J'ai déjoué le plan de Malek, et j'ai détruit la menace qu'il faisait peser sur le monde !

– Je ne dis pas le contraire, mais en privilégiant tes histoires de cœur, tu as inversé les priorités et tu es arrivé trop tard : une semaine plus tôt, c'était parfait. Je me retrouve avec une catastrophe humanitaire majeure sur les bras, maintenant. »

Haziel donna un coup de pied dans une pierre. Il détestait se faire enguirlander quand il n'avait commis aucune faute.

« En tout cas, il ne pourra plus faire de mal avant longtemps, répliqua-t-il. Qui plus est, j'ai récupéré chez lui un petit objet qui ressemble fort au genre de bibelot que vous semez régulièrement derrière vous...

– C'est vrai ? Fais voir ! » dit le fellah avec un air subitement intéressé.

Haziel sortit la fiole de la poche intérieure de son blouson et la tendit au vieil Egyptien.

« Le lacrimoire ! Ça alors, je croyais bien l'avoir définitivement perdu ! dit celui-ci en souriant de toute sa moustache.

– Reste à savoir comment il a pu tomber entre les pattes de Malek. Je crois qu'il voulait en faire un antidote contre son virus. Il comptait manifestement en tirer un bon profit.

– Quoiqu'il en soit, je confisque ! Je saurai en faire bon usage. Je dois reconnaître que tu ne t'en sors pas trop mal.

– Comment vouliez-vous que je sache ce qu'il fallait faire ? Vous ne m'aviez donné aucune indication !

– Je t'avais dit qu'il faudrait te débrouiller comme n'importe quel mortel, avec ton libre-arbitre comme moteur, et ta jugeote comme gouvernail !

– Mais c'est ce que j'ai fait ! Pourquoi ne me laissez vous pas mener cette affaire comme je l'entends !

– Parce qu'apparemment, j'ai grandement sous-estimé ton manque de discernement... Si je ne t'avais pas retiré, la prochaine balle perdue était pour toi, en pleine tête : tu sais ce que ça veut dire ? »

Haziel, visiblement touché, pâlit soudain et recula d'un pas.

« Le Samsara..., murmura-t-il.

– Bravo ! Monsieur retrouve enfin ses esprits ! Il se trouve que j'ai encore trop besoin de Monsieur pour le laisser s'embarquer dans la ronde sans fin des réincarnations humaines. Que Monsieur m'excuse de lui avoir épargné ça !

– Je ne sais pas quoi dire...

– Et bien tais-toi, tu diras moins de bêtises. Je t'informe que j'ai changé mes plans à ton sujet. Tu es écarté de toutes les affaires terrestres jusqu'à nouvel ordre, tu es trop impliqué. Plus tu vas sur Terre, et plus ton passif s'alourdit. J'ai en réserve un tas de missions aux quatre coins de l'Univers qui seront mieux adaptées à ton état actuel.

– Et Viviane ? Que lui est-il arrivé ? Comment va-t-elle ? »

L'Egyptien prit un air pincé, et fit un petit signe de tête négatif :

« Je suis désolé... Elle est restée quelques jours dans le coma, mais sa blessure au poumon était trop grave, trop proche de la colonne vertébrale. Les chirurgiens n'ont rien pu faire.»

En entendant cela, Haziel serra les poings, et ses yeux s'embuèrent :

« C'est ma faute ! C'est moi qui l'ai tuée ! Elle serait encore en vie si je n'avais pas sonné à sa porte... Ou plutôt non ! C'est *votre* faute : c'est vous qui avez voulu à tout prix que je la voie !

— Je pensais qu'en vous parlant un peu, vous arrangeriez cette petite histoire entre vous sans coup férir. Mais apparemment je me trompais. J'avais sous estimé tes capacités de séducteur, et tu n'as fait qu'empirer les choses en la mêlant à l'affaire Malek ! »

Le décor changea brusquement autour d'eux, se mettant au diapason de l'état d'esprit de l'ange, qui se teintait d'un profond sentiment d'injustice, tournant rapidement à la colère. Les palmiers et le soleil disparurent dans un brouillard terne et poisseux, parcouru de plus en plus souvent par des éclairs rougeâtres de très mauvais augure.

« Vous jouez avec vos créatures comme avec des pions ! explosa soudain Haziel. Vous les envoyez au casse-pipe sans leur donner aucune chance, et vous les observez se démener ! En fait, vous êtes le pire des salauds !

— Ne dis pas n'importe quoi : cette histoire n'aurait jamais dû aller si loin. Non mais tu vois le tableau ? Un ange et une mortelle se mettant en ménage ? A quand la ribambelle de mômes et le pavillon de banlieue ? Le petit garage sur le côté, le petit chien, le petit barbecue le dimanche avec les voisins ? Tu te voyais vraiment finir comme ça ? Soyons sérieux !

232

– Je n'en sais rien, mais vous n'aviez pas à intervenir là-dedans. Viviane m'attendait depuis trois mille ans, et je ne pouvais pas la laisser tomber comme ça. Je voulais juste laisser notre histoire aller d'elle-même jusqu'à son terme, pour voir où cela nous mènerait. Je l'aime, et vous n'y pouvez rien.

– Evidemment que tu l'aimes : tu aimes tout le monde, c'est ta nature, ton essence ! Et je ne veux pas que tu abandonnes des milliards d'âmes qui ont besoin de toi au profit d'une seule. Cela ne servirait personne, et surtout pas Viviane…

– Et si vous arrêtiez de penser à vos intérêts, pour une fois ? Si on parlait des miens ? Et si j'ai besoin de Viviane pour continuer, que ferez-vous ?

– Arrête de t'entêter, tu n'es plus toi-même. Non mais tu t'es entendu ? Tu ne te rends donc pas compte que tu es arrivé au dernier stade de la chute ? Si je t'avais laissé une journée de plus dans la matière, je n'aurais pas pu te récupérer !

– Elle me manque, j'ai besoin d'elle ! Evidemment, c'est le genre de considérations qui vous dépassent complètement ! Après tout, j'en n'ai rien à foutre de devenir un humain, si c'est avec elle ! Personne ne pourra m'empêcher de la retrouver où qu'elle soit, et certainement pas vous ! »

L'ange commença à perdre graduellement de sa consistance, et à devenir de plus en plus transparent.

« Haziel, reviens ! Ne fais pas un geste inconsidéré que tu pourrais regretter éternellement…

– J'en ai assez entendu, je démissionne. Vous ne me reverrez plus ! Malek avait raison, finalement ! » dit Haziel en disparaissant totalement.

Le brouillard et les éclairs s'évaporèrent en même temps que lui, ne laissant qu'un espace vierge, d'un blanc laiteux, ou seule résonnait encore la voix du Patron :

« Tu ne te souviens donc vraiment plus de rien… »

23. Desaix

« Throw me to the sky
Because I know I'm coming back »
Red Hot Chili Peppers, *Easily*

Sous le soleil d'Egypte, malades, mal nourris, les soldats français s'enfonçaient toujours plus loin vers le sud, à la poursuite d'un ennemi insaisissable. La République venait à peine d'en faire des hommes libres et égaux, et déjà elle les envoyait dans la fournaise du désert africain, sans eau et avec un équipement inadapté, sous les escarmouches incessantes des indigènes, qui avaient l'audace de considérer leurs libérateurs comme une armée d'occupation. Finalement, la Révolution n'avait pas changé grand-chose, et même si c'était au nom d'un idéal plus élevé, on s'étripait toujours autant.

Bien que Malek eût pu passer son temps avec les gradés grâce à son statut de protégé de Bonaparte, son inclination naturelle le poussait à côtoyer la troupe, dont il préférait la simplicité, et dont la camaraderie, une fois acquise, n'était pas feinte. Comme lui, les soldats avaient été poussés dans le monde pour y commettre des folies contre leur volonté. L'apostat les enviait car ils allaient vers une fin presque certaine, et même s'ils se persuadaient du contraire, bien peu reverraient la France et leur famille. Tout le monde le connaissait donc sous son pseudonyme de Thibault d'Arras, et après quelques semaines de périple et de combat, sa réputation ne tarda pas à grandir.

Pour commencer, il n'avait pu cacher longtemps qu'il connaissait parfaitement la langue arabe, puisqu'il comprenait ce que disaient les habitants des villages traversés, et qu'il se faisait très bien comprendre d'eux. Ensuite, il était particulièrement débrouillard, et s'était forgé de solides amitiés en procurant aux hommes les denrées les plus diverses, de quoi écrire aux amoureux, des bandages aux blessés, de l'eau ou des fruits en plein désert. Tout cela, il l'obtenait à force de palabres sans fin avec les colporteurs et les paysans, auxquelles les deux parties semblaient prendre grand plaisir, si bien que le renom de l'homme du Nord s'étendit aussi auprès des Egyptiens. Le général Desaix en fit bientôt son traducteur et éclaireur attitré, et on vit le géant arborer le turban et se laisser pousser la moustache pour mieux se fondre dans la population.

Le 22 décembre 1798, après avoir dépassé les ruines de l'antique cité romaine d'Antinoë sur la rive est du Nil, la division Desaix arriva aux abords d'une grande plaine désertique ceinturée de reliefs rocheux et arides. Devenus rapidement inséparables, le général et Thibault chevauchaient de conserve, un peu à l'écart de la colonne de fantassins qui s'étirait interminablement sur la berge du grand fleuve.

Le jeune Auvergnat stoppa soudain sa monture, et se dressant sur ses étriers regarda longuement autour de lui en fronçant les sourcils

236

« Craindrais-tu une embuscade, demanda l'homme d'Arras sans ambages, puisque les deux compères en étaient au tutoiement.

— C'est très curieux, répondit l'autre. J'ai le sentiment, presque une certitude, que je connais cet endroit... Comme si j'y étais déjà venu !

— Peut-être as-tu eu récemment un rêve prémonitoire, avec un décor qui ressemblerait à celui-là ? Les sciences modernes découvrent un peu plus chaque jour que notre psyché a des pouvoirs insoupçonnés ! »

On le voit, le rôle de serviteur benêt qu'avait joué Malek à Bonaparte n'était plus de mise désormais.

« Non, c'est autre chose. Par exemple, je sais qu'il y avait une ville ici ! Regarde, à l'endroit même où nous nous trouvons se dressait un immense palais de pierre blanche ! C'était un endroit féerique avec des pièces d'eau, des animaux, des colonnades par centaines, de grandes salles lumineuses... Et ici, au long du fleuve : trois grandes avenues partaient du palais et s'étageaient, parallèles à la berge, séparant le quartier des nobles, au bord de l'eau, celui des bourgeois, intermédiaire, et celui des ouvriers, repoussé au pied de la montagne... Ou encore là-bas, regarde, au sommet : je peux te dire qu'à l'aube, le soleil se lève exactement entre ces deux pics jumeaux ! Comment puis-je savoir cela ? Et pourquoi suis-je persuadé qu'au-delà de ces pics s'ouvre une vallée dans laquelle les habitants de la ville se faisaient creuser des tombeaux ? »

L'apostat considéra son compagnon avec plus d'attention, en dissimulant sa surprise. Tout ce qu'il avait dit était vrai, alors qu'il n'avait aucun moyen de le savoir ! Ils chevauchaient en effet à l'endroit même où s'était dressée, il y a bien longtemps, les rues dessinées par Akhénaton. Se pouvait-il que le destin de cet homme eût été, dans un autre temps, lié à celui de la cité

237

éphémère ? Se pouvait-il qu'il eût été un fidèle du pharaon maudit ? Ou Akhénaton lui-même ! Malek connaissait parfaitement toute l'histoire, puisqu'il y avait pris une grande part. Après un court moment de réflexion, il choisit de la raconter comme s'il l'avait apprise la veille de quelque villageois, pour redonner des couleurs à ses souvenirs quelque peu ternis :

« C'est troublant, en effet, dit-il enfin, car il se pourrait que tu aies raison : les gens de la région prétendent qu'il y a bien longtemps, à l'époque des grands rois, un jeune pharaon fit bâtir ici une cité blanche, pour contrecarrer la puissance grandissante de Thèbes qui lui échappait. Il avait inventé une nouvelle religion, et avait fait du Soleil son dieu. Mais apparemment, son aventure ne dura pas, et il devint fou à force d'adorer les rayons meurtriers de son idole. Ce fut un temps de grand malheur, qui causa famines et massacres, et le royaume faillit disparaître.

— Pourquoi ne reste-t-il pas pierre sur pierre de cette cité ?

— Parce que les rois qui ont suivi ont voulu effacer toute trace de la folie de l'hérétique. Ils ont rasé sa capitale jusqu'au sol.

— Les barbares ! Pourquoi avoir fait cela ! s'indigna l'Auvergnat qui descendit de cheval et commença à arpenter la plaine crayeuse.

— Pour que jamais ne reviennent les âges sombres où, au nom d'un faux dieu, le fils trahissait son père et le frère dénonçait son frère, et où le grand fleuve devenait rouge du sang de son propre peuple. Il fallait détruire jusqu'au souvenir de ce temps de démence.

— Vraiment ? » demanda le jeune officier en jetant un regard panoramique aux collines alentour. Mais derrière ses yeux, c'étaient Paris et les mauvais jours de la Terreur qui défilaient, encore si proches. Ses origines nobles avaient bien failli lui coûter la vie, alors. Il se

238

baissa pour prendre une poignée de la fine poussière blanche qui recouvrait tout dans cette région. Après l'avoir contemplée et malaxée un bon moment, il se releva en se frottant les mains.

« Alors tout est bien. Il fallait le faire… » admit-il comme à regret en remontant sur sa monture. Tandis que, pâle comme un linceul, le cavalier s'éloignait pour rejoindre la colonne, il semblait abattu comme jamais, et on eût dit qu'il avait subitement vieilli de dix ans.

Perplexe, Thibault gratta son éternelle barbe de trois jours. Non, décidément, il n'arrivait pas à reconnaître dans ce jeune guerrier intrépide et assoiffé de combat le pharaon maudit et tant détesté d'autrefois, qui s'évanouissait à la vue de la moindre goutte de sang. Bien sûr, il avait le port altier des princes, et la finesse de ses traits était hors du commun. Il y avait son obsession de justice, et la faculté étrange qu'il avait de se faire aimer de tout le monde, même des ennemis vaincus ! Son immense culture aussi était caractéristique, ainsi que son regret de ne pouvoir relever chaque monument aperçu pour lui rendre sa splendeur passée. Mais il avait pu graver ce caractère dans son âme de cent manières différentes, cela ne voulait rien dire.

Malek se mit alors en tête de percer l'identité cachée du jeune officier, une personnalité disparue depuis longtemps dans des méandres oubliés de l'Histoire, mais qu'il avait peut-être bien connue à l'époque. On le vit donc s'attacher de plus en plus aux pas de Desaix, et encourager la passion du jeune homme pour les ruines antiques en les explorant avec lui le soir, lorsqu'elles n'étaient pas trop éloignées des bivouacs. L'ange maudit se mettait alors à raconter les légendes oubliées du temps jadis, dont lui seul connaissait la véracité pour les avoir vécues de près, et faisait revivre de grandes scènes mythologiques avec force imitations

239

et gasconnades qui ravissaient son auditoire. Desaix, qui avait tout juste trente ans comme beaucoup de généraux républicains, n'en redevenait pas moins un petit garçon dans ces rares moments hors du temps et des responsabilités, et se laissait emporter avec un sourire béat au gré des destins grandioses des rois conquérants, de la beauté magnétique des filles de Pharaon, du combat éternel entre Osiris et Seth, de la quête d'Isis pour reconstituer le corps de son époux éparpillé aux quatre coins du pays, et de l'infinité des autres contes du panthéon égyptien. Que l'homme d'Arras connaisse autant de choses ne l'étonnait pas le moins du monde, tant sa soif d'en entendre plus était inextinguible, et pas une fois il ne lui demanda d'où lui venait cette science sans borne.

Ces escapades de plus en plus fréquentes, qui les poussaient tous deux seuls en territoire hostile, n'étaient pas sans danger et faillirent bientôt coûter la vie du général. L'armée était stationnée non loin de Sahmoud, au lendemain d'une bataille terrible, et les deux compères s'étaient éloignés plus que de coutume à la recherche de vestiges signalés dans des textes antiques. Ils se rendirent compte trop tard qu'ils ne pourraient regagner le bivouac avant la tombée de la nuit. Ils avaient pris le chemin du retour depuis un moment, et déjà l'astre du jour tombait en rougissant vers la terre, se teintant pour une fois d'inquiétude.

C'est alors qu'ils furent surpris par un petit groupe de cavaliers Mamelouks, errant dans le désert après leur défaite de la veille. Les Musulmans n'auraient pu rêver revanche plus aisée, et ouvrirent le feu dès qu'ils reconnurent des Français. L'affaire ne dura que quelques instants d'une grande violence, et laissa trois ennemis morts aux pieds de Thibault d'Arras, dont la rage et l'abnégation dans le combat avaient mis les autres en fuite, persuadés d'avoir rencontré un *djinn*, un démon de la nuit. Le géant blond était en train de crier aux cavaliers qui s'éloignaient d'aller rendre hommage à leurs mères, en termes choisis, lorsqu'il se vit seul debout sur le terrain.

Un râle à quelques pas le ramena à la réalité, et il découvrit Desaix à demi conscient, gisant sur le sable dans une mare écarlate. En défaisant l'uniforme pour que le jeune homme respire mieux, il vit que la chemise était trouée et rouge sous la veste : une balle avait perforé son abdomen au côté gauche, à hauteur de l'estomac. Par bonheur, le projectile était ressorti, mais le général se vidait de son sang. Après avoir compressé la blessure tant bien que mal, Malek jeta un regard inquiet aux alentours. La situation semblait désespérée, car l'armée campait à cinq kilomètres, et le premier village était à peine moins loin. A supposer qu'il eût pu le porter jusque là à dos d'homme, Desaix serait mort saigné à blanc bien avant d'arriver.

C'est alors que par un hasard extraordinaire, un jeune garçon sortit de derrière un bosquet d'épineux, à moins de cent pas. Effrayé par la fusillade, il s'était caché là avec son âne, alors qu'il allait chercher de l'eau au fleuve.

L'immortel eût été croyant qu'il aurait remercié Le Patron de sa miséricorde, mais il n'en était pas encore là et préféra ne pas perdre de temps. Il promit à l'enfant cinquante médins (une fortune) s'il l'aidait à sauver son ami. Les yeux rendus brillants par cette promesse de gain, celui-ci ne mit pas longtemps à trouver une solution. Il dit qu'il connaissait à moins d'un kilomètre un monastère copte isolé et presque abandonné, dans lequel vivait un saint homme, un homme de Dieu capable de faire des miracles. Ils chargèrent donc le mourant sur l'âne du gosse, et, après un cheminement chaotique à travers les rochers, frappèrent à la lourde porte du monastère une demi-heure plus tard.

Au bout de plusieurs minutes qui semblèrent des heures, un vieillard à la barbe blanche et au crâne dégarni leur ouvrit enfin. Sa mise était pitoyable et sa longue tunique, qui avait dû être blanche autrefois mais qui n'avait vraisemblablement pas vu une bassine d'eau depuis des années, avait pris les teintes du sable alentour. Cependant, avant même qu'une parole ne fût prononcée, le Copte avisa l'état du blessé qu'on lui amenait, et fit prestement entrer les étrangers dans son antre.

Après avoir remercié l'enfant en lui payant son dû, Malek pénétra donc dans le monastère par un sombre et étroit couloir, guidé par une faible lumière orangée vacillant au loin. Il déboucha sur une salle plus vaste, et vit que le corps principal du bâtiment reposait sur les restes d'un ancien temple dédié à Isis. On pouvait encore en admirer les bas-reliefs rehaussés de couleurs vives sur les parois de granit et les colonnades. Seules quelques croix peintes en rouge par-dessus les hiéroglyphes, et quelques têtes de dieux martelées, attestaient du changement de propriétaires.

Desaix ouvrit les yeux quand on le posa au sol, et vit qu'on s'affairait autour de lui, alors qu'il sentait sa vie s'enfuir. Le Copte avait ouvert un coffret doré encastré dans la paroi, et en sortait un minuscule objet de verre, qui luisait à la lueur des lampes à huiles ; une petite bouteille, à peine grosse comme un doigt d'homme, qu'il présenta avec révérence au géant d'Arras. Le vieillard s'exprimait dans un étrange sabir où se mêlaient Latin, Grec et Arabe, que Jean Thibault n'avait apparemment aucun mal à comprendre. Une expression connue vint pourtant éclairer le général au bord de l'évanouissement :

« Lacrima Christi ! »

242

C'est ce que dit le moine en désignant le contenu de la fiole, après s'être signé. Une larme du Christ ! Une relique qui évidemment était fausse, Desaix n'en doutait pas, mais que les Coptes du village devaient conserver depuis plusieurs générations, des siècles peut-être. En bon républicain, l'auvergnat ne portait pas la religion dans son cœur, et ne croyait pas aux vertus de ces fragments de cadavres, bouts d'os ou de tissus présumés sanctifiés, auxquels la foi populaire faisait accomplir des miracles. Désespéré, il rejeta sa tête en arrière et s'abandonna à l'agonie qui lui rongeait le corps. Cette fois, rien ne pourrait le sauver.

Voyant que son ami perdait à nouveau connaissance, Thibault se mit en devoir de lui traduire ce que disait le vieux, pour le tenir éveillé :

« Il dit que ces larmes ont été recueillies sur Jésus immédiatement après sa descente de croix, et qu'elles ont été apportées en Egypte peu de temps après. Au premier siècle sans doute, et peut-être même dans la besace de Saint Marc, l'évangéliste venu prêcher la nouvelle doctrine à Alexandrie. Les paroles du Christ ont immédiatement eu un grand succès auprès du petit peuple égyptien, qui se reconnaissait plus dans cette religion immatérielle venue d'un pays voisin, que dans les sacrifices à l'empereur de Rome imposés par l'occupant. Considéré comme dangereux pour l'ordre public, Marc mourut évidemment martyrisé. Mais de ce fait, il devint le père spirituel de la jeune communauté chrétienne égyptienne, qui se renforça et se multiplia rapidement. Ce moine dit qu'il faut sans doute y voir là l'œuvre de cette fameuse relique, qui aurait affaibli les oppositions et les résistances autour d'elle à l'insu de tous. Le Christianisme s'est donc développé comme une traînée de poudre sur les bords du Nil, et en quelques siècles les églises et les monastères de ce type se sont multipliés du delta à la Nubie, usurpant le plus souvent des monuments antiques consacrés à des dieux millénaires devenus païens. »

Mais Desaix était reparti dans l'inconscience, et Thibault, voyant qu'il avait maintenant la pâleur de la mort, pressa le moine d'agir au plus vite. Celui-ci déboucha donc le lacrimoire et l'inclina au dessus de la plaie ouverte.

« Il n'a jamais contenu que quelques gouttes, depuis plus de dix-sept siècles ! dit le Copte. Et pourtant personne n'a jamais pu le vider. Vous avez beaucoup de chance, les larmes du Christ n'agissent que sur le sang : elles ne guérissent que les maladies du sang, les plaies ouvertes, les hémorragies... »

Dès qu'un peu de l'huile mystérieuse eût touché sa peau, le général sursauta.

« Ça brûle ! Ça brûle ! » souffla-t-il d'une voix enfiévrée.

Alors que l'étrange liquide commençait à agir sur la blessure, qui diminuait comme rongée par une écume jaunâtre, Desaix sembla subitement pris de folie, et convulsa violemment dans les bras du géant barbu. Celui-ci tentait vainement de le calmer, mais l'officier se mit à hurler des incantations incompréhensibles, en roulant en tout sens des regards affolés et emplis de haine.

Puis, fixant Thibault comme un dément, le général se mit à proférer des insultes dans une langue dont il ignorait tout, une langue qui avait complètement disparu de la surface de la Terre, mais que l'apostat avait parlé il y a bien longtemps :

« Moi Mérit-Aten, la bien-aimée d'Aton, reine d'Egypte et grande prêtresse, je t'exècre et te nie ! »

Frappé de stupeur, Malek comprit enfin qui avait été Desaix dans une incarnation précédente. Il tenait dans ses bras la fille aînée d'Akhénaton, près de trente siècles après l'avoir assassinée de ses propres mains !

244

Maintenant l'ange déchu savait pourquoi il était revenu en Egypte : Le Patron avait voulu le faire marcher dans la trace de ses crimes.

« Ça va ? Tu t'amuses bien ? » cria-t-il avec rage en tendant un poing impuissant vers le plafond, devant les yeux médusés du moine qui ne comprenait rien.

La haine de l'apostat pour Le Patron, ainsi que le souvenir douloureux de son emprisonnement dans la matière, venaient d'être brusquement ravivés alors que sa vie s'était apaisée depuis un bon moment. Mais que cherchait-Il là-haut, à la fin ? Où voulait-Il en venir ? Quel prix fallait-il donc payer pour obtenir la rédemption ?

Bien plus tard dans la nuit, lorsque l'effet de la relique se fut dissipé, il ne restait sur la peau du blessé qu'une légère cicatrice rosée, qui disparaîtrait vite. Apaisé, Desaix s'était endormi dans les bras de l'apostat. Considérant qu'il était tiré d'affaire, et constatant que l'autre Français était revenu à de meilleurs sentiments, le Copte s'était éclipsé pour les laisser se reposer.

Malek, en effet, s'était calmé, et s'amusait même maintenant de l'ironie de la situation :

« Finalement, te voici endormie contre moi, chienne hérétique, pensait-il en souriant, utilisant le vocabulaire qui était le sien au temps d'Akhénaton. Malheureusement, la belle princesse s'est changée en guerrier, ce qui n'est pas dans mes inclinations ! Peut-être te retrouverai-je dans quelques siècles dans de meilleures dispositions... »

Il aimait bien Desaix, et se surprenait à ne pas vouloir briser leur amitié sous le prétexte fallacieux d'une haine ancienne et presque oubliée. Tellement de temps avait passé, qu'il en venait lui-même à douter de la réalité de ces vieilles histoires. Cependant, la sensation de l'omniprésence du Patron autour de lui l'obsédait toujours. Evidemment, Monsieur Univers savait tout de ses actions, de ses pensées, et cela L'amusait sans doute beaucoup. Mais rien dans la matière n'est éternel, et il faudrait bien qu'ils se retrouvent face à face, un jour où l'autre. Il faudrait bien qu'Il paye !

Machinalement, l'apostat promena son regard sur les bas-reliefs et les peintures qui l'entouraient, essayant d'imaginer le temple d'Isis dans sa splendeur originelle. Soudain, il resta en arrêt : au-dessus de lui, protégé par une maigre serrure, le tabernacle aux portes d'or était enfiché dans le mur. Ce qui reposait dans cette petite boîte n'était rien moins qu'un cadeau du Patron aux hommes ! Une preuve tangible de son existence et de Son alliance avec eux ! Ces petits objets pourvoyeurs de miracles étaient extrêmement rares, et Le Patron y accordait une importance toute particulière. Il n'en diffusait qu'avec la plus soigneuse parcimonie, craignant de nuire à l'évolution de ses créatures. L'œil de Malek se teinta de gourmandise. A la réflexion, son retour en Egypte s'éclairait d'un jour nouveau, et il y avait peut-être là un bon coup à jouer...

*

Un coq, quelque part, chanta. Alors l'Aurore aux doigts de rose, chère à Homère, daigna enfin étendre ses bras délicats sur les collines entourant le monastère, et le vieillard réveilla les deux Français qui dormaient comme des souches. La blessure du général avait complètement disparu, et le sommeil réparateur avait relégué les évènements de la nuit au rang de mauvais rêves, que les deux compères avaient même du mal à se remémorer.

246

Desaix et Thibault sortirent du vieux bâtiment et firent quelques mètres sur la route qui menait au village le plus proche, le second soutenant le premier dans sa démarche encore hésitante.

« Mon frère, tu m'as sauvé la vie, aujourd'hui, dit en grimaçant le général à l'homme d'Arras. Je t'en serai éternellement redevable. Cependant, je te demande de ne souffler mot de cette affaire à quiconque.

– Que crains-tu donc ?

– La République n'aime pas ce genre de miracles un peu trop chrétiens... Alors que nous essayons de libérer les peuples de l'emprise obscurantiste des religions, cet incident nous ferait mauvaise réclame ! »

Malek sourit et acquiesça. Tout cela abondait dans son sens. Mais son visage se rembrunit, car au moment de partir, le vieux Copte lui avait délivré un message. Une sombre prédiction, soufflée à son oreille en Arabe, parce que destinée à lui seul :

« Ton ami aurait dû mourir, cette nuit, disait le moine. Dans un an, il sera loin et aura oublié ce miracle. Mais je te le dis, on ne peut échapper à son destin. Où qu'il soit, la balle qui l'a raté hier le retrouvera et accomplira sa mission... »

Incarnation 3

« Mes prophètes sont comme des comprimés effervescents de vitamine C : lorsque je les plonge dans le monde, ils paraissent si fragiles qu'ils se disloquent et se dissolvent en quelques instants. Mais un moment plus tard, lorsqu'ils ont complètement disparu, le monde lui-même s'aperçoit qu'il est plus pétillant, avec un bon goût d'orange...

Par malheur, les bulles s'estompent et le goût passe. Il faut remettre un comprimé de temps à autre. »

Le Patron

24. Monterey

« You make my heart sing
You make everything groovy »
Jimi Hendrix, *Wild thing*

The summer of love ! De toutes les époques et de tous les endroits dont le fouillis inextricable formait l'histoire humaine, c'étaient ces quelques précieuses semaines que Haziel préférait à toute autre. En effet, du mois de juin au mois de septembre 1967, un souffle révolutionnaire avait embrasé les côtes californiennes, de Tijuana à San Francisco, semblant faire vibrer une partie importante de la population à un rythme plus proche de celui des anges. Les *hippies* portaient à la fois les cheveux longs et des vêtements bizarres, voulaient la paix dans le monde au moment où la guerre du Vietnam entrait dans une phase plus terrible, et se fichaient éperdument de ce que l'on pensait d'eux. Surtout, ils écoutaient une musique étrange et décoiffante qui ne ressemblait à rien de connu, même si elle était la suite logique du *blues* des années trente et du *rock'n'roll* des années cinquante, où les hurlements de Janis Joplin et de

Jim Morrison renvoyaient les douces sucreries des Beach Boys aux oubliettes.

Le coup d'envoi de cet « été de l'amour » avait sans conteste été le Monterey Pop Festival qui, du vendredi 16 au dimanche 18 juin, avait été à la fois le premier grand rassemblement de hippies, et le premier festival rock, annonciateur de ce que seraient un peu plus tard Woodstock et l'île de Wight. Pas moins de deux cent mille personnes avaient défilé devant la scène, applaudissant tour à tour les Mamas and Papas, Jefferson Airplanes, Ravi Shankar, les Byrds ou les Who. Mais un autre événement historique s'était déroulé pendant ce festival, qui avait marqué Haziel pour l'éternité, et qui le poussait à revenir dès qu'il avait un moment de libre, ou un accès de déprime comme c'était le cas cette fois-ci. Un jeune guitariste noir avait été chaudement recommandé à l'organisateur par Paul McCartney, qui l'avait vu jouer à Londres, et ne s'en était pas remis. Après quelques mois d'exil en Angleterre, James « Jimi » Hendrix revenait ainsi par la grande porte, mais complètement inconnu, dans son pays, et s'apprêtait à jouer le soir même. Après avoir bataillé ferme avec Pete Townshend, le guitariste des Who, pour savoir lequel de leurs deux groupes conclurait le festival, il avait dû s'incliner face à la star qui avait menacé de partir sans jouer. Jimi monta donc sur scène plus tôt qu'il ne l'aurait voulu, mais savait déjà ce qu'il allait faire pour rendre sa performance inoubliable, et remettre à leur place les Who, pourtant considérés comme le groupe le plus violent du moment, puisque leurs concerts se terminaient invariablement par la destruction totale de leur matériel.

Ce n'est que lorsqu'il commença à chanter que Haziel se rapprocha de la scène, pour assister pour la énième fois à son concert préféré, selon lui le meilleur des mondes ! Jusqu'ici, il avait plané de façon erratique

252

au-dessus de la foule bigarrée, s'imprégnant une fois de plus de cette atmosphère si particulière aux révolutions populaires, qui mélangeait grands idéaux et saucisses grillées, camionnettes peintes de *peace symbols* et drapeaux américains.

L'ange était arrivé là presque inconsciemment. Après sa démission des troupes du Patron, il ne savait plus où aller, et, sans mission pour la première fois, avait considéré Monterey comme un refuge évident, le seul recoin du temps qui serait à même de le réconforter et de l'aider à y voir plus clair sur la conduite à adopter désormais. N'était-il pas, comme tous ces jeunes gens en contrebas, à l'orée d'une liberté nouvelle et quelque peu vertigineuse ? Et leurs révoltes respectives avaient-elles un avenir quelconque, face au gouvernement américain ou au Créateur ? Jusqu'où pourraient-ils aller avant qu'on ne les fasse rentrer dans le rang de gré ou de force?

Pantalon rouge et veste bleu ciel, boa de plumes violettes sur chemise à jabot orange, un bandeau dans des cheveux hirsutes, un visage squelettique qui mâchait un chewing-gum, voilà comment se présentait Jimi devant le public du festival, ce soir-là. Avec ses deux acolytes Noel Redding à la basse et Mitch Mitchell à la batterie, il avait décidé de clouer les spectateurs sur place par un déluge ininterrompu de figures et de sons venus d'un autre espace-temps. Et en effet, dès la première chanson, entamée à une allure d'enfer, les jeunes gens qui se massaient devant la scène avaient regardé cette explosion brutale d'énergie multicolore comme un phénomène extra-terrestre. Ils restaient bouche bée, ne comprenant pas ce qui était en train de leur arriver.

« Hey, Joe, where are you goin' that gun in your hand ? »

253

Tandis que Jimi multipliait les prouesses techniques qui allaient devenir par la suite des figures imposées à tout guitariste rock digne de ce nom, Haziel revoyait la scène qu'il connaissait par cœur avec un œil neuf. Hendrix, qui était gaucher, jouait avec une guitare de droitier retournée, ce qui n'était déjà pas banal. Mais surtout il se mettait soudain à en jouer avec les dents, ou bien il posait l'instrument sur sa nuque sans jamais s'interrompre, ou encore faisait un solo d'une seule main tout en enjambant le manche, et l'ange décodait enfin cette gestuelle savamment étudiée avec un esprit humain. Ses récentes expériences charnelles avec Viviane lui montraient à quel point le jeu de scène de son idole s'apparentait à une copulation avec sa guitare, en violence et en public ! Ainsi, il donnait régulièrement de grands coups de reins dans la caisse, ou positionnait le manche dans le prolongement de son propre sexe en l'astiquant frénétiquement, tel un phallus d'étalon survitaminé.

Parfois, alors que sa main droite partait toute seule dans un solo de virtuose délirant, sa main gauche pointait une fille dans le public, complètement tétanisée, et Jimi lui lançait quelques petits coups de langues suggestifs, l'air de dire : « Tu as vu ce que je fais à ma gratte, ma puce ? Tu as vraiment de la chance, parce que je vais te faire la même chose juste après le concert, et tu vas adorer ça ! Ecoute comment je vais te faire miauler ! ». Et la guitare, comme si elle obéissait à son maître sur ordre télépathique, se mettait à jouer les chattes en chaleur. Les pauvres gamines étaient encore bien naïves à la fin des années soixante, et contemplaient le déchaînement d'énergie sexuelle pure du gamin de Seattle sans oser bouger le petit doigt, ne sachant trop si elles devaient se laisser aller à danser, au risque d'être emportées par la magie noire de ce sorcier des temps modernes.

254

Elles n'étaient pas les seules. Dans d'autres dimensions adjacentes à la matière, Haziel avait pu observer un phénomène inédit s'amplifier chaque fois qu'il repassait par Monterey. De plus en plus d'anges noirs venaient, comme lui, assister au concert, qu'ils écoutaient fascinés. Au début, ils étaient venus dans l'espoir de posséder des âmes faibles, et prendre du bon temps. Les lieux publics où la rythmique est forte et répétitive, comme les concerts de musique électronique et les boîtes de nuit, sont des terrains de chasse privilégiés pour les démons en mal de sensations et de mauvais tours. Ils tirent bénéfice de l'affaiblissement des défenses énergétiques humaines sous les agressions répétées des décibels et des infrasons hypnotiques, et s'engouffrent dans les brèches ainsi formées. Ils ont beau jeu ensuite de manipuler leurs victimes qui, ne comprenant pas l'origine de leur mal de vivre chronique, sombrent dans une dépression qui peut aller jusqu'à l'autodestruction dans les cas les plus graves.

Rien de tel à Monterey, cependant, puisque les spectres étaient trop subjugués par le phénomène Hendrix pour vaquer à leurs occupations habituelles. Haziel en surprit même quelques-uns en train d'essayer de copier les gestes et les postures du guitariste, tentant de saisir l'essence de sa magie. Pour la première fois, un simple mortel leur donnait une leçon d'extravagance, mais aussi de joie de vivre explosive, ce à quoi ils n'avaient jamais été préparés.

Ce constat était lourd de signification. Il dessinait l'ébauche d'une nouvelle humanité, de ce que pourraient devenir les hommes dans un avenir proche : des êtres enfin maîtres de leur destin, contrôlant les tenants et les aboutissants de leur évolution, et non plus des marionnettes impuissantes entre les mains de forces invisibles, qu'elles soient bienveillantes ou non. Certes, il y avait loin de la coupe aux lèvres, et Hendrix n'était pas le modèle de vertu et de sagesse qui formerait l'humain de la prochaine ère. Mais il avait un pouvoir spirituel certain, qui s'exerçait sur toutes les consciences, qu'elles soient incarnées ou non : son inventivité sans entrave et sa créativité débordante ouvraient des portes restées closes jusqu'ici, élargissant le champ des possibles. En fallait-il plus pour le considérer comme un prophète, à sa manière ? Haziel avait franchi le pas depuis longtemps, et considérait le jeune homme comme une sorte d'*alter ego*, auquel il manquait sans doute quelques notions sur les mécanismes universels, mais qui avait une action incontestable sur ses contemporains.

« Wild thing, I think I love you ! »
Le dernier morceau du concert était presque terminé. Lorsqu'enfin l'enfant vaudou, après avoir aspergé sa guitare d'essence, y mit le feu en jetant une allumette, la transe atteint son paroxysme. Et, tandis que les amplis continuaient de restituer les hurlements affreux de l'instrument agonisant, et que Jimi, tel un marionnettiste, commandait aux flammes de s'élever toujours plus haut, Haziel sut que tout lui était permis, qu'il n'avait aucune limite. Après tout, Le Patron avait donné à l'ensemble de ses créatures, anges y compris, la liberté absolue de créer leur propre univers, celui qui correspondait à leurs rêves les plus fous ! Le Grand Univers dans son intégralité n'était en fait que la somme des univers individuels qui se développaient plus ou moins volontairement selon les désirs et les craintes des milliards de milliards de créatures qu'il contenait.
Si, dans l'univers idéal de Haziel, Viviane ne mourait pas mais vivait heureuse à ses côtés, il ne tenait qu'à lui de faire en sorte que cette réalité parallèle se matérialise à la place de celle qui paraissait jouée d'avance. C'était décidé : contre vents et marées, et bien

256

qu'elle semblât gravée dans le marbre du temps, il allait changer cette partie-là de l'histoire.

25. Thèbes

« Tomorrow, we'll enter the city of my birth.
I wanna be ready. »
Jim Morrison, *The Soft Parade*

Le 6 pluviôse de l'an VII (25 janvier 1799), la division Desaix arriva sur le site antique de Thèbes, dans une grosse bourgade d'environ deux mille âmes qui s'appelait désormais Louxor. Le seul vestige qui restait visible de ces époques reculées était le temple d'Amon, qui se dressait au bord du fleuve. Mais on ne distinguait plus que la partie supérieure de ses puissantes colonnes, et la tête colossale de rois oubliés, car le niveau du sol, poussé par les vents de sable, s'était partout élevé de plus de deux mètres cinquante. Passant entre deux obélisques, les Français pénétrèrent dans l'enceinte comme dans une cathédrale, silencieusement, instinctivement pénétrés de la majesté des lieux, ou craignant peut-être de réveiller quelque momie vengeresse. Ils furent vite rassurés, car le sanctuaire ressemblait plus maintenant à une cour d'immeuble bruyante et remplie d'immondices. Avec le temps, il s'était fait rattraper, grignoter, puis recouvrir par les quartiers populaires de la ville.

Un régiment s'engagea dans l'allée des sphinx à tête de bélier, longue de trois kilomètres, qui reliait autrefois le temple de Louxor à celui de Karnak, les deux plus grands temples de l'Egypte antique. Elle était désormais presque entièrement détruite ou enfouie. De part et d'autre de l'allée, des ruines à peine dissimulées sous d'innombrables monticules de sable étaient tout ce qui restait des quartiers d'affaires ou de plaisirs, autrefois grouillant de monde, de l'antique capitale de l'Egypte. Comment imaginer, derrière le masque de ce gros village assoupi et écrasé de soleil, l'opulente Thèbes, capitale conquérante de plus d'un million d'âmes ?

Un sentiment de malaise grandissant étreignait Malek. Parvenu au terme tant attendu de son aventure depuis son embarquement à Toulon, il ne pouvait admettre une telle déception. Il ne restait tout simplement rien de ce qu'il avait mis tant de temps à bâtir ! Où était le royaume des Séthi et des Ramsès ? Où étaient la puissance et la gloire des dieux à la chair d'or ? Qu'étaient devenues les rivières de lapis, d'ébène et d'albâtre qui ornaient les façades des palais ? Et les courtisanes aux yeux de gazelle se prélassant mollement dans les eaux tièdes des piscines privées ? Où étaient la couleur et la joie ? Où était la vie ?

En pénétrant sur la vaste esplanade où se terminait la route des sphinx, Malek s'arrêta, comme frappé par la foudre : le grand temple était tout simplement méconnaissable. Les immenses pylônes à l'entrée, bâtis à l'époque des Ptolémée, n'étaient pas là lorsque Malek était parti ! Les couleurs, les peintures, avaient presque entièrement disparu, ainsi que les grands mâts qui faisaient flotter fièrement les oriflammes des dieux au dessus de la façade, intimant le respect des

260

fidèles. A l'intérieur, qui eût dû lui paraître plus familier, tout n'était que ruine et désolation. Le sable était aussi monté de plusieurs mètres dans la grande salle hypostyle aux cent trente-quatre colonnes titanesques. Les plafonds s'étaient écroulés, et les oiseaux nichaient dans les fissures des chapiteaux. Plus loin, alors qu'on aurait dû s'enfoncer à tâtons dans la nuit mystérieuse et insondable de la divinité, à travers un passage accessible seulement à quelques prêtres du degré supérieur, tout n'était qu'amas informe de blocs de granit de toutes tailles jonchant le sol en plein soleil. Le Saint des Saints lui-même avait disparu, pour devenir une carrière à ciel ouvert dans laquelle des générations de fellahs s'étaient copieusement servis ! Et partout, la pierre creusée et noircie à hauteur d'homme indiquait que le Nil envahissait régulièrement les salles, rongeant peu à peu la structure que les hommes avaient longtemps crue indestructible et immortelle. Le Dieu fleuve Hâpy, à qui tout appartenait ici, finissait toujours par reprendre quand cela lui chantait ce qu'il avait prêté pour un moment.

Malek se sentait comme un adulte qui revient sur les lieux où il a passé son enfance, et qui ne reconnaissant plus rien, est amputé d'une partie de sa vie, allant jusqu'à douter de sa réalité même. Pâle comme un cadavre, il s'écroula sur un roc fendu, qui avait peut-être orné jadis, rehaussé de lapis, le frontispice d'une chapelle. Pour la première fois, il ressentait douloureusement dans sa chair la vanité de toute chose. Comment une émotion aussi humaine lui était-elle possible, alors que la vie n'avait à ses yeux aucune valeur, et qu'il passait son temps à la dénigrer, cherchant la mort par tous les moyens ?

C'était *son* œuvre qui gisait à terre, son berceau, son histoire. Mille ans de patient labeur réduits à néant, et c'est seulement maintenant qu'il en prenait conscience, alors qu'il avait tout quitté le cœur léger en suivant Alexandre. Il avait été comme un adolescent qui quitte la maison de ses parents le sourire aux lèvres, et qui se rend compte parvenu à l'âge mûr qu'il mettait fin alors à une période heureuse et rare.

Pris par surprise par cet accès de dépression qui lui laissait un goût de cendre dans la bouche, il contemplait médusé les ossements blanchis de ce qui avait été la plus puissante nation de l'Univers. Bien sûr, il avait vu des ruines tout au long de ce voyage, mais il ne pensait qu'à Thèbes. Une telle déliquescence ne pouvait toucher la capitale immémoriale des rois bâtisseurs. Elle attendait son retour depuis des siècles, fière et intacte comme au temps de sa jeunesse, Pénélope de pierre espérant son Ulysse. Pourtant, ici aussi, tant de richesses, tant de gloire, tant d'hommes, avaient été engloutis, balayés, démembrés par les vents de sable… Pourquoi ? Ce qu'ils pensaient construire pour l'éternité était finalement passé comme un rêve.

L'or, bien sûr, avait disparu le premier. Arraché par des mains avides d'esclaves, il avait dû être fondu et refondu mille fois, voyageant aux quatre coins du monde. Mais les temples de granit aussi, que l'on croyait inaltérables, avaient volé en éclats et retournaient à la poussière. Les pyramides elles-mêmes redevenaient des dunes, et l'érosion finirait bien par les effacer. Quel était le sens de tout ceci ? Fallait-il donc que tout, toujours, disparaisse ?

Au final, les trente siècles de règnes pharaoniques n'avaient duré qu'un battement de cil dans l'histoire des hommes. Un peu plus appuyé que les autres, certes, mais après ? L'insatiable ambition humaine, qui veut coûte que coûte braver les âges et les éléments, loin d'être un don divin facteur d'évolution et de progrès, ne serait-elle pas plutôt le comble du ridicule, et la risée des autres races ? Les lions, les

262

gazelles, les hippopotames étaient toujours là, eux. Ils n'avaient rien fait de bien extraordinaire pendant tout ce temps. Ils n'avaient rien appris, rien bâti. Mais en contrepartie, ni la nature ni les millénaires ne pouvaient rien leur enlever. N'était-ce pas une lueur d'ironie qui faisait briller leurs yeux, pendant qu'ils regardaient les civilisations défiler ?

*

L'armée stationna quelques jours en Thébaïde. Mais après s'être assuré que la région était calme, on ne tarda pas à se remettre en branle en direction du sud, toujours plus loin vers le centre du continent. Peu à peu, l'ambiance dans la troupe changeait. On était parti impatient du Caire, à la découverte d'un pays légendaire, persuadé qu'on ne tarderait pas à rattraper et à mettre définitivement hors d'état de nuire l'ennemi qu'on avait déjà battu aux Pyramides. Mais la poursuite traînait en longueur, et il semblait qu'on allait devoir courir après ces diables Turcs jusqu'en Enfer. Les températures devenaient insoutenables à mesure qu'on remontait le fleuve, l'eau saumâtre tordait les boyaux et le soleil brûlait les yeux, provoquant de graves ophtalmies. Les escarmouches se multipliaient et chaque village se transformait en poche de résistance qu'il fallait parfois des jours pour enlever. Dans ce contexte morose, la réputation de Thibault d'Arras changea elle aussi du tout au tout.

Jusqu'ici, il avait réussi à se faire bien voir de tout le monde, et il était même devenu un héros au fil des batailles. Toujours volontaire, toujours en première ligne, toujours un bon mot en bouche pour détendre l'atmosphère et faire rire les compagnons angoissés, il était devenu pour tous le soldat idéal. Qui plus est, comme il se sortait immanquablement sans une égratignure des engagements les plus indécis, et que sa simple présence assurait la victoire des escouades dans lesquelles il était incorporé, on l'avait surnommé « l'ange gardien ». Les hommes se passaient le mot, d'abord pour plaisanter, puis avec un respect grandissant :

« Si tu veux vivre, ne lâche pas Thibault d'une semelle. Et si à un moment tu es épuisé, cache-toi derrière lui, c'est un mur ! »

On se battait presque pour être dans son groupe. Mais après Thèbes, le géant d'Arras devint taciturne et agressif. Sombre comme la nuit, le visage fermé comme une tombe, il ne tarda pas à faire fuir les derniers qui tentaient encore de le dérider. Il devint solitaire, et s'éloigna de la colonne, de plus en plus loin, de plus en plus longtemps. L'humain est versatile, et il ne faut pas longtemps avant qu'il brûle ce qu'il a adoré. On considéra bientôt le héros d'hier comme un étranger, et on le regarda de travers. On commença à trouver surnaturelle sa chance extraordinaire, et on le dit sorcier. On se persuada que le mauvais œil était sur lui, et à travers lui sur toute l'armée. Les plus virulents prétendaient qu'on ne reverrait jamais la France, et que c'était de sa faute, de toute évidence, si l'expédition n'en finissait pas.

Eclaireur il avait été, éclaireur il redevint. Il partit de nouveau en avant des troupes, absent pendant des jours entiers. Les soupçons s'aggravèrent lorsqu'on le vit revenir, plusieurs fois, couvert de sang et les yeux injectés de folie. Puis on découvrit des scènes atroces : des fermes isolées brûlées, des familles entières massacrées sauvagement, des femmes violées et égorgées. Les pires allégations étaient largement dépassées. Se pouvait-il que Thibault d'Arras eût

264

commis ces crimes auxquels Satan lui-même répugnerait ? Existait-il un être aussi monstrueux au sein de la petite communauté française ?

Bien sûr, les soldats de la République n'étaient pas des agneaux, et la vie quotidienne en temps de guerre n'était pas exempte de barbarie. Les meurtres arbitraires et les viols, les actes racistes en tout genre, étaient monnaie courante, surtout après la prise difficile d'un village, et étaient considérés comme le prix à payer par les vaincus. Desaix, malgré sa répugnance devant ces comportements ignobles, laissait faire, et l'on n'eût pas compris qu'il empêchât quoi que ce fût. Selon l'avis commun, c'était une sorte de complément de salaire, une rétribution en nature qui compensait l'horreur des combats.

Cependant les scènes que l'on découvrait de loin en loin après le passage supposé de Thibault étaient d'un tout autre ordre, empreintes d'une férocité gratuite, de tortures inimaginables, de mises en scènes macabres dignes d'un esprit malade au dernier degré.

Cette descente aux Enfers, étrange parallèle avec la descente au Sud, cessa brusquement le 3 mars, ou 13 ventôse, lorsque l'armée atteignit les cataractes, au village d'Assouan. Il avait été convenu dès le départ qu'on ne franchirait pas cette barrière naturelle, frontière qui marquait depuis toujours l'entrée de la Nubie, de l'Afrique Noire. La future province française d'Egypte s'arrêterait là.

La traque des ennemis en fuite s'interrompait donc sans qu'on n'ait pu attraper le gibier. Bénéficiant d'une connaissance parfaite du désert, il avait dû se réfugier loin du fleuve, dans des oasis inconnues. Chaque jour qui passa dès lors fut comme la lente remontée d'un plongeur à la surface, l'éveil d'un convalescent après une fièvre délirante. Désormais, on marchait vers le nord, et une bonne partie des hommes retournait au Caire, même si on laissait un détachement dans chaque bourgade importante.

Les nuages noirs qui avaient obscurci l'esprit de Malek pendant un long moment semblaient eux aussi s'être dissipés, et on le vit de nouveau rire et plaisanter avec Desaix.

Pendant ce temps, en France, tout allait au plus mal. L'ordre public n'était plus assuré, et brigandage et pillage allaient bon train. Les finances de l'état étaient en faillite, et, dans un ultime sursaut, le Directoire avait lancé une politique autoritaire d'annexion de territoires frontaliers, avec pour seul résultat une colère grandissante des grands voisins européens. En peu de mois, la guerre s'était rallumée, ouvrant un front de la Hollande jusqu'au sud de l'Italie. C'est dans ce contexte de gravité extrême que Bonaparte décida de quitter l'Egypte en urgence

A la fin août 99, il laissait son poste de général en chef des armées d'Orient à Kléber, et s'embarquait précipitamment vers la Provence pour saisir au vol un pouvoir qui s'offrait à lui. L'armée, qu'il laissait en mauvaise posture en territoire hostile, fut sonnée pendant un moment. Malek lui-même, qui se pensait très proche du grand homme, ne fut pas mis au courant de ce mouvement brutal, et eut du mal à digérer cette trahison.

On apprit avec retard le coup d'Etat du 19 brumaire (10 Novembre), qui abolissait le Directoire pour donner le pouvoir à trois consuls, dont le premier d'entre eux, le véritable maître, était Bonaparte. La nouvelle fut accueillie avec espoir au Caire, car on se doutait bien que le Corse n'avait pas oublié ses compagnons, et que le pouvoir concentré à présent dans ses mains lui permettrait de mettre un terme rapide à cette campagne ruineuse.

266

Mais les mois qui suivirent furent bien moroses, et mirent à mal les ambitions des plus optimistes. Les opérations de pacification traînaient en longueur. Emoussé par des attentats incessants, le moral des troupes était au plus bas. Au début du mois de Ventôse, an VIII (fin février 1800), Desaix apprit à Thibault que Paris avait donné l'ordre officieux d'évacuer l'Egypte, s'appliquant en priorité aux gradés les plus compétents et aux savants les plus importants. La sécurité nationale n'était plus assurée, et d'autres fronts s'ouvraient en Europe. L'armée Russe était même arrivée en Suisse et dans le Piémont ! On avait besoin d'un nombre croissant de soldats et de chefs militaires aux frontières, et l'Auvergnat avait décidé de partir pour la France le plus rapidement possible. L'homme du Nord convint que selon lui, la cause égyptienne était perdue depuis le départ de Bonaparte, et déclara qu'il acceptait volontiers de l'accompagner. Il valait mieux se retirer en bon ordre tant que cela était encore possible. En son for intérieur, Malek exultait. Cela faisait longtemps qu'il n'avait plus rien à faire sur les bords du Nil, et il attendait cette nouvelle avec impatience. Cependant, il demanda au jeune général de différer son départ de deux ou trois jours, car il avait une dernière affaire à régler.

*

Ce soir-là, le moine copte reconnut le Français qui toquait à sa porte, et lui ouvrit en souriant. Il eût su à qui il avait vraiment affaire que son visage se serait figé en une expression d'effroi, et qu'il se serait enfui en hurlant, car Jean Thibault était en fait le monstre le plus sanguinaire qui eût jamais sillonné la surface de la Terre. Il se délectait de torture, de viol et de meurtre, et avait

267

acquis en ces matières, compte tenu de son statut particulier, un savoir-faire hors du commun.

D'un conflit à l'autre, changeant de camp au gré du vent et des victoires, il avait conquis et mis à sac plus de cités et de femmes qu'aucun autre. La mort était devenue son métier, le sexe son salaire, et le genre humain n'était plus pour lui qu'une horde grouillante et inepte, tout juste bonne à se donner à lui en holocauste.

Ainsi, lorsque Malek ressortit du monastère désert quelques minutes à peine après y avoir pénétré, il laissait derrière lui le cadavre d'un vieil homme baignant dans une mare de sang, non loin du tabernacle profané. L'acte commis dans le plus grand silence et sans échauffourée, ne serait pas découvert avant une douzaine d'heures, ce qui lui laissait le temps de prendre le large. Le criminel disparut dans l'ombre, serrant la précieuse relique contre son sein, dans une poche de sa redingote. Il ne savait pas encore comment, mais le lacrimoire pouvait être source de profit. D'un énorme profit.

Tout d'abord, il fallait quitter au plus vite ce pays qui n'avait plus rien à lui apporter, et regagner la France, retrouver le Premier Consul, qui ne s'en sortait pas trop mal de son côté, afin qu'il lui mette le pied à l'étrier. Ensuite, il n'y aurait qu'à laisser faire le temps, et les deux catins Puissance et Richesse viendraient à nouveau lui manger dans la main.

268

26. Mikaël

« My hands felt just like two balloons»
Pink Floyd, *Comfortably numb*

L'avantage, lorsque l'on se déplace à la vitesse de la pensée, qui est vraiment beaucoup plus grande que la vitesse de la lumière, c'est que l'on n'a aucune limite, qu'elle soit spatiale ou temporelle. Il ne faut qu'un instant pour aller à la porte à côté ou dans la galaxie la plus lointaine, atteindre la journée d'hier ou un bel après-midi d'il y a dix mille ans. Haziel n'avait ainsi eu qu'à désirer voir Viviane au lendemain de la fusillade, allongée dans son lit d'hôpital, pour se retrouver immédiatement en train de flotter au-dessus d'elle. La pauvre faisait peine à voir, perdue au milieu d'un nombre impressionnant de machines et de tuyaux destinés à la maintenir en vie. Un respirateur lui masquait le visage, pulsant de l'air dans la bouche à intervalles réguliers pour seconder ses poumons en piteux état. Elle avait été opérée la veille en urgence, et si les chirurgiens avaient réussi à extraire la balle pourtant bien mal placée, entre la colonne vertébrale, le cœur et les poumons, ils n'en demeuraient pas moins très pessimistes, prévoyant le décès dans les quarante-huit heures à venir.

Haziel savait, par Le Patron, que c'était effectivement ce qui allait se passer, mais il ne l'entendait pas de cette oreille. S'il était venu voir sa mortelle préférée, c'était pour changer le cours des choses, tenter de la sauver et réparer les dégâts qu'il avait causés par son intervention. En somme, faire un miracle, ni plus, ni moins ! De la dimension où il se trouvait, il pouvait voir la déchirure de l'aura de Viviane, provoquée par la blessure. Déjà de petites volutes marron et grises se développaient sur les lèvres de la plaie, annonçant une nécrose rapide des organes. Il fallait réagir vite, et ce ne serait pas facile.

« Ce n'est pas brillant, n'est-ce pas ? » demanda une voix derrière lui. Surpris, Haziel se retourna pour découvrir qu'un autre ange était arrivé dans la chambre, et observait lui aussi la scène. Mikaël était un de ses compagnons les plus proches, et ils avaient souvent eu l'occasion de partir en mission ensemble. Haziel fut d'abord heureux de le trouver là, mais se ravisa en pensant qu'il s'était peut-être déplacé sur ordre du Patron.

« Si tu es venu pour m'empêcher de sauver cette femme, tu peux repartir tout de suite, dit-il sur la défensive. Rien ni personne ne m'arrêtera plus.

– Holà ! Je vois que ce qu'on dit de toi en haut lieu est justifié : tu es un peu à cran ces temps-ci ! Mais ne t'en fais pas, je suis juste venu t'informer que le Conseil des Archanges, en accord avec Le Patron, t'autorise à soigner ta chérie avec tous les moyens dont nous disposons. Je suis même là pour t'aider, figure-toi!

– Voilà un revirement des plus inattendus… A quoi dois-je ce traitement de faveur ?

– Hum… comment te dire, dit Mikaël en feignant l'hésitation. Ce n'est certainement pas pour tes beaux

270

yeux, en tout cas, mais c'est quand même grâce à toi, d'une certaine manière. Je te conseille de regarder d'un peu plus près ce qui se passe dans le ventre de ta dernière conquête... »

Haziel s'exécuta, et se mit à flotter à quelques centimètres du giron de Viviane, qui naguère lui avait ouvert de nouveaux horizons. Ce qu'il découvrit le figea sur place. Un savant ballet de petits points de lumière virevoltait au-dessus du pubis avant de pénétrer dans le corps inconscient de la jeune femme. C'étaient des particules d'énergie, qui semblaient venir à la fois du sol, de l'air environnant, et de Viviane elle-même, pour toutes se concentrer sous son nombril. Elles étaient tout simplement en train de construire un gabarit énergétique dans l'utérus, qui servirait de moule et de guide au développement d'un fœtus. Viviane était enceinte !

S'il avait pu s'asseoir, Haziel se serait écroulé sur la première chaise à sa portée. Il se tourna vers Mikaël :

« Dois-je comprendre que je suis le père ? s'enquit-il, incrédule, auprès de celui-ci.

– Absolument ! Félicitations, veinard ! Tu devrais savoir que Le Patron retombe toujours sur ses pattes : il a jugé qu'un enfant issu de cette fécondation hors norme aurait un rôle immense à jouer dans les destinées de l'humanité. Un phare pour guider les masses hors des ténèbres, un prince de la paix et de l'amour, celui dont toutes les prophéties annoncent la venue depuis le début des temps. Un nouveau Messie, quoi ! »

Haziel regarda son ami de travers, essayant de détecter la plaisanterie derrière son apparente assurance. La nouvelle semblait si énorme qu'elle en était risible.

« Tu es en train de me dire que j'ai été choisi pour être le père du prochain Messie ?

– Incroyable, non ? Il fallait vraiment que Le Patron n'ait personne d'autre sous la main !

– Mais pourquoi moi, justement ? Je croyais que c'était Gabriel qui s'y collait, d'habitude ?

– Pour cette fois, tu t'es un peu débrouillé tout seul, j'ai l'impression... D'ailleurs, j'ai autre chose à t'apprendre, et j'espère que ça va te plaire.

– Aïe ! Que va-t-il encore me tomber dessus ? »

Mikaël se précipita sur Haziel en riant aux éclats pour le prendre dans ses bras (à vrai dire, « effusions multicolores à caractère pétaradant » serait un terme plus adéquat) :

« Mon papa ! C'est moi qui vais être ton fils ! dit-il finalement, toujours hilare. Alors, tu es fier, hein ?

– Mon... fils ? »

Toute cette histoire semblait de plus en plus rocambolesque. Un ange s'incarnant par des voies naturelles au milieu des hommes ? Cela n'avait pas de sens !

« Comme je te l'ai dit, reprit Mikaël, beaucoup de choses ont changé, récemment. Le Patron s'est rendu compte qu'il risquait de perdre tous ses anges un par un s'il continuait comme ça, et il a décidé de frapper fort !

– Mais tu n'as pas peur de t'incarner de cette façon, comme un animal ? Toute cette souffrance, ces limitations, toutes ces années à attendre dans l'enfance...

– Tu penses bien que j'ai négocié, pour accepter la mission. J'ai obtenu d'être un prophète un peu particulier, plus adapté aux circonstances. Je vais être une star du rock !

– N'importe quoi ! Et Le Patron a accepté ça ?

– Pourquoi pas ? Il a un peu tiqué, au début, évidemment, mais je lui ai fait valoir que le message resterait le même. C'est simplement la façon de le diffuser qui sera un peu plus... sonore ! »

Il fallut quelques instants à Haziel pour digérer cette somme de nouvelles tellement incroyables qu'elles

272

ne signifiaient rien de moins qu'une révolution universelle, l'avènement d'une nouvelle ère ! A vrai dire, tout cela ne lui disait rien de bon. Mais, avisant de nouveau le corps de Viviane qui s'enfonçait rapidement vers la mort, il jugea qu'il avait d'autres priorités dans l'immédiat.

« On parlera de tout ça plus tard, Junior, dit-il à Mikaël. Si tu m'aidais plutôt à sauver ta mère ? »

L'autre acquiesça, et sans perdre plus de temps, ils se placèrent de part et d'autre du lit, laissant leurs mains pénétrer à l'intérieur de la cage thoracique de la jeune femme, à l'endroit où la balle avait fait le plus de ravage. Pendant plusieurs minutes, ils s'affairèrent silencieusement à reconstituer le tissu éthérique qui protégeait les organes de chair, comme les chirurgiens recousent les plaies ouvertes. Quand la gangue serait à nouveau hermétique, elle empêcherait l'énergie vitale de Viviane de fuir, lui permettant de guérir ses organes plus efficacement, et de diminuer la fatigue inutile. De fait, la guérison éthérique était un précédent obligatoire à la guérison physique.

Puis, lorsque la réparation leur parut à tous deux satisfaisante, ils furent frappés par une curieuse évidence :

« Au fait, Viviane n'est pas là ! », s'étonna soudain Haziel, comme si le fait d'avoir les mains dans le corps de sa compagne ne lui suffisait pas.

« Non, tu as raison, je ne l'ai pas vue depuis que je suis arrivé, acquiesça son complice. Cela arrive souvent après un traumatisme de cette ampleur. Elle doit vadrouiller dans le coin, complètement déboussolée.

– Je peux te laisser finir ? Je vais essayer de la trouver, pour la rassurer. »

Mikaël opina, et Haziel se mit à parcourir les pièces voisines. Il finit par la trouver, recroquevillée et hagarde dans un coin d'une salle d'opération, petite âme perdue au milieu des bouleversements qu'elle était en train de subir.

« Viviane, mon bébé, je suis là ! » lui souffla l'ange quand il fut à ses côtés. Lorsqu'elle l'aperçut, son visage s'illumina et elle se jeta dans ses bras.

« Enfin te voilà ! J'ai eu tellement peur, je ne comprends rien à ce qui se passe ! Sors-moi d'ici, je t'en prie !

— Calme-toi, je ne te quitte plus maintenant. Il ne peut rien nous arriver.

— J'ai vu mon corps de l'extérieur, comme si c'était quelqu'un d'autre. Je flottais au plafond pendant que les chirurgiens m'ouvraient. J'entendais tout : ils ont dit que je n'avais aucune chance de m'en tirer ! Mais qu'est-ce qui m'arrive…

— Ne t'en fais pas, ça va aller. Ton corps physique a eu une blessure très grave, c'est pourquoi tu t'en es détachée. Tu es dans le coma.

— Je vais mourir, alors ?

— Non, je ne crois pas. Tu es une petite veinarde : on t'aime beaucoup là-haut, et on a décidé de te donner une seconde chance !

— C'est grâce à toi, ça ! dit Viviane avec un grand sourire qui chassa l'inquiétude de son visage.

— Et bien… je suppose que oui, en quelque sorte. », admit l'ange un peu gêné. Il choisit de ne pas la mettre au courant de son état, ne sachant comment elle réagirait. Elle avait eu sa dose d'émotions ces dernières heures, et méritait un peu de répit.

Mikaël arriva sur ces entrefaites avec une mine réjouie.

« Comme c'est touchant ! » dit-il avec attendrissement en voyant l'ange et l'âme de la mortelle enlacés. D'un regard sans équivoque, Haziel lui fit comprendre que ce n'était pas le moment de s'étendre

274

sur les développements récents de leur relation, dans laquelle il se trouvait lui aussi impliqué d'ailleurs.

« Bien, j'ai de bonnes nouvelles, reprit Mikaël pour changer de sujet. La réparation du corps de Viviane se déroule très bien. Il devrait se réveiller d'ici deux ou trois jours. J'ai appelé quelques copains en renfort, et nous allons procéder à des soins intensifs à tour de rôle jusqu'à ce que cette demoiselle sorte du coma.

– Tout ça pour moi ? Mais qu'ai-je fait pour mériter de tels égards ? » demanda Viviane, agréablement surprise. Nouveau regard appuyé de Haziel.

« Heu… c'est que la femme d'un pote, c'est sacré ! » avança Mikaël, pas très convaincant. Il fit un petit signe à Haziel pour lui indiquer qu'il avait quelque chose de personnel à lui apprendre. Les deux compères se mirent légèrement à l'écart.

« J'ai aussi un ordre de mission du Conseil pour toi, souffla-t-il à l'oreille de son ami. Et je te conseille vivement de l'accepter, si tu veux redorer ton blason qui s'est passablement terni …

– A priori, ça ne m'intéresse pas, mais dis toujours, dit l'autre en faisant la moue.

– En fait, je serais étonné que tu refuses : il s'agit de Viviane. La mère du futur Messie doit être pure comme la plus blanche des colombes pour être digne d'une telle progéniture. Or, il y a une grosse tache dans son passé ; il se trouve qu'elle est tombée sur Malek durant son incarnation de princesse égyptienne. Une sale histoire de cérémonie occulte qui s'est terminée par un sacrifice humain dans des souffrances atroces. Cette fin abominable, qui concluait une longue série de sévices, a profondément marqué Viviane dans ses vies suivantes, à un point tel qu'elle en a conçu une aversion tenace envers toute forme d'attachement familial ou sentimental. Elle ne fait confiance à personne, et surtout pas aux hommes. Cette psychose, qui lui fait avorter inconsciemment toutes ses aventures dès qu'elles deviennent un peu sérieuses, doit être guérie, sinon elle risque de s'imprimer dans le parcours de l'enfant à naître, lui ôtant une bonne part de confiance en lui et de compassion pour les autres, alors que ce sont des composantes essentielles pour accomplir sa mission !

— Mais tu parles de toi, là ! Tu ne crois pas que tu pourrais passer outre ce petit inconvénient ?

— Etant donné que j'aurai tout oublié, ou presque, je préfère ne pas prendre ce risque. Le fœtus est malléable, c'est une éponge qui absorbe tout. Il n'a pas de protection contre une phobie si bien ancrée.

— Admettons... La mission consisterait en quoi, alors ?

— Toutes les colères, les peurs, les haines de Mérit se sont cristallisées dans son âme au moment de sa mort. Ses sentiments étaient exacerbés au point qu'ils sont devenus une composante presque indélébile de sa personnalité. Il conviendrait donc de changer les conditions dans lesquelles s'est déroulé son décès à cette époque. Il faudrait la prendre en main, l'apaiser, lui expliquer où tu étais pendant tout le temps durant lequel elle t'a attendu. En bref, redonne-lui un état d'esprit positif afin qu'elle puisse pardonner à ceux qui l'ont fait souffrir. L'ensemble de ses incarnations postérieures s'en verra grandement amélioré et facilité, jusqu'à Viviane ! Tu peux même changer la fin de sa vie, tu as carte blanche ! »

Haziel fit la grimace. Tout cela lui semblait bien compliqué.

« Tu as des idées ? demanda-t-il avec perplexité.

— Je ne sais pas, moi... Emmène-la dans une maison de campagne tranquille, où elle pourra couler des années heureuses loin du tumulte de Thèbes, de sa politique et de ses prêtres. Elle aura ainsi le temps de

276

panser ses blessures, et de porter un regard plus indulgent sur son expérience. »

Haziel prit le temps de la réflexion, car modifier le cours d'une vie était toujours chose délicate, qui demandait une précision et un doigté dont il ne se sentait plus capable.

« C'est bon, j'y vais, concéda-t-il enfin.

— Je t'accompagne ! », dit une voix derrière eux.

Imperceptiblement, Viviane s'était rapprochée des deux anges pendant leur conversation, et n'avait rien perdu de la fin des débats.

« Après tout, c'est de moi qu'il s'agit, ajouta-t-elle. Et puis j'ai juré de ne plus te quitter d'une semelle !

— Ce ne sera sans doute pas très beau à voir, tenta Haziel, se demandant à quel moment elle avait pris la conversation en cours. Tu peux être choquée…

— Ce sera sûrement dangereux, renchérit Mikaël.

— Je m'en fiche ! En plus, je suis persuadée que ça me fera du bien de redécouvrir mon passé. Je pourrais peut-être réconforter et soutenir mon autre moi-même ? Après tout, vous semblez oublier que j'ai quelques notions de psychologie ! »

Les deux anges se regardèrent, surpris :

« Là, elle n'a pas tort, dit Mikaël. La rencontre entre Mérit et Viviane pourrait être bénéfique pour toutes les deux. »

Haziel se gratta la tempe un instant, puis finit par accepter.

« On te laisse gérer les soins ici ? demanda-t-il à son ami.

— Ne vous en faites pas, j'ai la situation en main, répondit celui-ci. Et si Le Patron ou les Archanges me posent des questions à votre sujet, je vous couvre ! Bonne chance, les amoureux ! »

Ils se saluèrent une dernière fois, puis Haziel tenant fermement Viviane par la main, les voyageurs disparurent dans une gerbe de particules lumineuses.

27. Catherine

« Everything in you is so easy to love
They're watching you from above»
Muse, *Bliss*

Le virus s'était soudain réveillé avec la vivacité d'un cobra à l'affût, et devant l'amoncellement des décès spectaculaires relatés par les médias, le gouvernement n'avait pu cacher plus longtemps la gravité de la situation au grand public. En quarante-huit heures, le nombre de morts attribués à l'épidémie avait dépassé les deux cent cinquante, et on n'hésitait plus à parler à présent de catastrophe nationale. Déjà, le virus s'était répandu au-delà de la capitale, et on avait décelé les premiers cas atteints par la souche Ebola-Paris dans les grandes villes de province. Très vite, des rumeurs avaient filtré, selon lesquelles les plus hautes autorités de l'Etat étaient au courant des faits depuis plusieurs semaines, et qu'elles avaient volontairement étouffé l'affaire pour gagner du temps, au détriment du principe de précaution le plus élémentaire. Toujours affamée, la presse avait sauté sur cette promesse de scandale annoncé, et envoyait ses meilleurs reporters dans les endroits les plus sanglants au péril de leur vie, mais aussi dans les couloirs des ministères et de l'Assemblée Nationale, où les débats faisaient rage pour déterminer les mesures les plus urgentes à prendre.

Le lieu le plus en vogue du moment, selon le baromètre journalistique, était certainement l'hôpital de La Pitié-Salpêtrière. Parce qu'il possédait un département spécialisé dans les fièvres tropicales, mais aussi parce qu'on y avait détecté le début de l'épidémie Ebola-Paris, l'établissement occupait une position d'avant-garde dans la lutte contre la menace qui frappait le pays. Il était considéré comme l'épicentre du séisme viral.

C'est pourquoi, lorsque le lieutenant Denis Cadoux arriva aux alentours de l'hôpital pour continuer son enquête sur les origines criminelles supposées de l'épidémie, il y trouva panique, désordre et chambardement. En deux mots, et pour paraphraser son supérieur hiérarchique, c'était un «beau bordel». En effet, le ballet des ambulances ne cessait de s'intensifier, charriant des monceaux de plus en plus importants de malades à des phases avancées, et les allers et retours des corbillards montaient aussi en puissance pour essayer d'éliminer les cadavres en les emmenant à un ensemble de crématoriums improvisés à peu de distance de là. Mais la valse des véhicules sanitaires qui s'organisait d'elle-même se voyait bouleversée par le débarquement intempestif des cars régies de la télévision, des voitures de la radio, et l'infiltration anarchique des paparazzis indépendants.

Quelques factionnaires étaient bien là pour faire régner un semblant d'ordre, mais la maréchaussée avait d'autres chats à fouetter pour rassurer la population, et le gros des troupes était affecté ailleurs. L'inspecteur profita de ce foutoir pour pénétrer sans encombre dans l'hôpital, où l'agitation et la nervosité semblaient aussi à leur comble, sans nuire toutefois à l'efficacité globale du système. Dès son arrivée, on lui remit une blouse imperméable, des gants et un bonnet en plastique, des sur-chaussures et un masque de protection respiratoire, qui seraient impérativement brûlés à sa sortie. Le commissaire Lelubre lui avait demandé d'interroger le professeur Jean-Paul Billand, qui constituait un témoin capital puisqu'il avait été le premier médecin en contact avec un malade d'Ebola à Paris. Avec le recul, cette mystérieuse victime devait vraisemblablement être le point de départ de l'épidémie.

Hélas, quand Cadoux entra dans la chambre du professeur, il sut qu'il arrivait trop tard, et qu'il ne pourrait rien apprendre de plus. Malade depuis plus d'une semaine, Billand était tombé dans un coma dont rien désormais ne pourrait le faire sortir. Son lit était entouré d'un rideau de plastique transparent, et lorsque le policier s'approcha, il vit qu'une jeune femme accoutrée comme lui était assise au chevet du mourant, épongeant avec un soin tout particulier, empreint d'affection, le sang qui coulait de sa bouche et de son nez.

Au bout d'un moment, l'officier de police se décida à briser ce moment d'intimité douloureuse :

« Excusez-moi, Madame… vous êtes Madame Billand, n'est-ce pas ? »

La femme, qui ne se savait pas observée, sursauta, et retira vivement sa main du front du patient, comme si elle craignait d'être prise en faute.

« Euh… Non, non, je suis infirmière, dit-elle aussitôt.

– Je ne veux pas vous déranger, je suis l'inspecteur Denis Cadoux, de la division antiterroriste. J'étais venu parler avec le professeur Billand, mais je crains que… »

Il tendit sa main gantée à l'infirmière qui sortait de derrière le rideau. Elle ne lui rendit pas la pareille. La contagion, bien sûr, se réprimanda le policier.

« Je m'appelle Catherine, dit-elle simplement à travers son masque. Le docteur Billand me considérait un peu comme son assistante personnelle. »

Ils étaient vêtus tous deux de façon fort disgracieuse, mais la façon qu'elle avait de se mouvoir, ainsi que sa voix très douce, donna brusquement envie à l'inspecteur d'en voir plus, lui qui n'était pourtant pas homme à démarrer au quart de tour. Pour l'instant, il ne connaissait d'elle que ses yeux, mais ils étaient d'un vert profond, et il avait adoré sa manière de dire «assistante personnelle». Elle lui demanda de sortir de la chambre parce qu'elle devait continuer sa tournée, et ils se retrouvèrent dans le couloir.

« Je peux vous demander à quoi sert ce rideau ? demanda le policier pour mettre l'infirmière à l'aise, car il sentait qu'elle essayait de justifier sa présence. Ce n'est pas une bulle stérile, et il ne protège pas l'intimité des malades...

— En effet, mais il protège le personnel soignant. Figurez-vous que Monsieur Ebola, virus de son état, a mis au point un procédé très efficace pour se répandre à grande vitesse : quand il pressent que son hôte va mourir et qu'il ne lui sera bientôt plus d'aucune utilité, il provoque des spasmes et des mouvements tellement violents que des giclées de sang sont envoyées à plusieurs mètres à la ronde ! Il multiplie ainsi ses chances de trouver un nouvel hôte pour continuer sa prolifération !

— C'est diabolique, murmura Cadoux songeur.

— De notre point de vue, c'est évidemment une machine à tuer machiavélique, répondit Catherine. Mais de celui du virus, c'est sa seule chance de survie, puisqu'à l'air libre, il disparaît en quelques minutes.

— « Croissez et multipliez ». Ce mot d'ordre de La Bible serait-il valable pour toutes les espèces ?

282

– Ciel, un flic philosophe, ironisa l'infirmière. Vous cultivez une fibre spirituelle, à l'antiterrorisme ?

– Pourquoi pas ? Vous n'êtes pas sans savoir que terrorisme et religion font malheureusement très bon ménage...

– Vous pensez que la catastrophe humanitaire qui nous préoccupe aujourd'hui est d'origine criminelle ?

– Nous en sommes de plus en plus persuadés. Des noms commencent même à circuler, mais nous n'avons pour l'instant aucune preuve décisive, et Billand était notre dernière chance, même hypothétique.

– Mais en quoi aurait-il pu vous aider ?

– D'après ce que je sais, c'est lui qui a été en contact avec le premier malade recensé. Il aurait pu m'éclairer sur les conditions dans lesquelles cela s'est passé, se souvenir d'un détail crucial susceptible de relancer l'enquête, qui patine un peu je dois dire... »

Catherine réfléchit quelques instants, et un nuage fugace passa dans son regard.

« Je sais que Jean-Paul a été contaminé dans le métro, commença-t-elle. Par un SDF qui est pour ainsi dire mort dans ses bras...

– C'est ce que je savais aussi, mais nous n'avons aucune idée de la façon dont ce clochard a pu contracter le virus !

– Son corps a été tout de suite amené ici par le SAMU, et c'est grâce à cela que l'on a su très rapidement à quoi on avait affaire. Par contre, il a été brûlé, et il y a longtemps qu'il n'en reste rien ! »

Cadoux fit une moue dépitée, et jetait à l'infirmière un regard résigné, quand celle-ci eut un trait de génie :

« Attendez ! Jean-Paul m'a dit il y a quelques jours qu'il avait demandé à un confrère des maladies tropicales d'examiner le cadavre : s'il a fait une autopsie dans les règles, il a dû rédiger un rapport ! Ça vous irait ?

– Ce serait inespéré ! » admit le lieutenant, prêt à faire feu de tout bois.

Catherine décréta qu'avec le nombre d'heures qu'elle venait d'aligner, elle avait bien droit à une pause, et ils allèrent ensemble au département des maladies tropicales et infectieuses. Grâce à l'énergie et à la détermination de la jeune femme, qui semblait prendre l'affaire très à cœur, les portes s'ouvrirent facilement, et si l'homme qui avait pratiqué l'autopsie resta introuvable, sans doute appelé sur d'autres fronts, la découverte du rapport ne traîna pas.

« Bingo ! s'écria l'infirmière en sortant d'un bureau, brandissant fièrement un dossier. J'ai ce qu'il vous faut ! »

Cadoux lui lança un sourire éperdu où se mêlaient admiration et gratitude, et s'assit aussitôt sur un banc, dans le couloir, pour se jeter dans la lecture des quelques feuillets décrivant l'état du clochard à son arrivée à la Pitié. Ce qu'il y découvrit avait de quoi faire dresser les cheveux sur la tête. Ebola ne sortait pas d'un pensionnat de jeunes filles, et il ne faisait pas dans la demi-mesure :

- coagulation intra-vasculaire disséminée. Le sang a coagulé à l'intérieur des vaisseaux, entraînant des hémorragies importantes

- épiderme couvert de taches rouges et de cloques

- saignements de la bouche, des gencives et des glandes salivaires

- testicules gonflés et nécrosés

- foie jauni et fissuré

- rate hypertrophiée

284

- *reins engorgés*
- *hémorragie des globes oculaires*
- *cavité thoracique remplie de sang*
- *parois intestinales en cours de détachement et d'expulsion par le rectum.*

Au bout de quelques minutes d'un parcours attentif, le lieutenant désespérait de trouver quoi que ce fût qui puisse l'aider, lorsque soudain une ligne qui eût pu sembler anodine attira son regard. Il la relut plusieurs fois, n'osant y croire. Peut-être n'était-ce rien, peut-être était-ce l'élément décisif qui lui manquait :
« Morsure de rongeur (rat ?) à la main gauche »

*

Il lui avait proposé de prendre un café, et il s'en était aussitôt voulu, se trouvant complètement ridicule et d'un rare cynisme. Mais elle avait accepté. Ils se ressemblaient tous les deux. Alors que les Parisiens se noyaient avec effroi dans l'une des pires périodes de leur histoire, qui prenait des allures de rivières de sang en crue, Denis et Catherine traversaient les mêmes heures sans préoccupation autre que la gestion de l'urgence. Ils avaient le cœur solide, et leurs métiers les avaient depuis longtemps confrontés à l'innommable et à l'insupportable. Ils côtoyaient la mort tous les jours, et cette nouvelle forme de la Faucheuse, quoique spectaculaire, n'était qu'une touche de rouge supplémentaire dans un tableau déjà bien chargé.

Ils se retrouvèrent dans une cafétéria de l'hôpital transformée en soupe populaire de ville assiégée, où les personnels soignants et les ambulanciers, sortant de leur douche de décontamination, s'accordaient deux minutes de pause avant de replonger dans l'enfer. Quelques gros bras tentaient des plaisanteries, mais l'ambiance générale était plutôt à l'épuisement, au découragement et au silence. On parlait à voix basse pour se donner des nouvelles, on racontait la dernière horreur qui touchait un proche, on étreignait un camarade que l'on croyait emporté. D'autres, plus jeunes peut-être, restaient prostrés, ne pouvant effacer de leurs yeux les images d'agonies et de souffrance qui s'y accumulaient. L'inspecteur et l'infirmière se frayèrent un chemin dans la foule et trouvèrent une petite table et deux chaises libres dans un coin au fond de la salle.

Maintenant qu'ils étaient là, face à face, deux inconnus jetés ensemble dans la folie du monde, ils ne savaient plus quoi se dire. Elle remuait son café en baissant les yeux, savourant visiblement chaque instant de répit, peut-être les premiers depuis le début de la crise. Et lui ne pouvait détacher son regard d'elle, de sa crinière de lionne rousse, de sa peau blanche comme sa blouse, de ses yeux verts aux longs cils recourbés. Elle était tout simplement adorable, dans le sens sacré du terme. Cadoux avait beaucoup apprécié sa façon d'être avec les malades, ayant un mot doux ou un petit geste pour chacun, multipliant les contacts sans soucis de la contamination. Il l'avait interrogée sur cet apparent manque de précaution, et elle lui avait répondu que lorsqu'on allait vers les autres avec sincérité et amour, on ne risquait rien. Jamais, par exemple, les sœurs de Mère Térésa ne risqueraient d'attraper la lèpre, alors qu'elles la combattent sans moyen jour après jour !

En fait, Catherine n'était pas simplement belle ou courageuse : c'était une Sainte ! Cette soudaine révélation fit l'effet d'une bombe dans la tête du lieutenant. Il eut soudain envie de l'arracher à cet endroit, de lui offrir un peu de paix et de joie, une maison à la campagne, avec des chiens, des arbres, des

286

chevaux... La vision de cette femme d'exception prise dans un tel chaos était pour lui une insulte à l'ordre naturel de l'Univers. Une question lui brûla les lèvres :

« Je ne voudrais pas m'immiscer dans votre vie privée, mais je crois savoir que vous aviez une liaison avec le professeur Billand ? »

Elle lui jeta un coup d'œil soupçonneux. Il fallait bien que ça arrive : le flic fouineur venait de prendre le dessus sur l'homme.

« C'est Lelubre qui vous a dit ça ? Il est décidément très perspicace.

— Vous n'avez pourtant pas l'air très affectée par son état...

— Je n'ai pas vraiment le temps de faire dans le sentimental en ce moment, voyez-vous. Mais notre histoire se terminait de toute façon. J'avais enfin compris qu'il ne quitterait jamais sa femme pour moi. C'est dommage, il était un peu mieux que les autres...

— Les autres ?

— Les hommes qui sont passés dans ma vie. La plupart étaient de gros tocards. »

A cette réflexion, Cadoux piqua du nez dans son café. Serait-il classé un jour parmi les tocards ? Il n'avait jamais espéré être le premier, mais il voulait avoir une idée du nombre de fantômes contre lesquels il devrait se battre :

« Vous avez une grande expérience, dans ce domaine ?

— J'en ai connu quelques-uns... »

Il n'y avait pas d'orgueil particulier dans sa voix, juste une petite intonation qui dénonçait l'euphémisme. Elle savait qu'elle plaisait aux hommes, ce n'était pas la peine d'en rajouter. Le fait de changer de conversation, même pour parler de ses liaisons malheureuses, amenait une diversion bienvenue dans le contexte délétère. Ses

287

peines de cœur n'étaient-elles pas malgré tout parsemées de bons souvenirs et d'éclats de rire ?

Surpris de sa propre audace, l'inspecteur prit la main de l'infirmière dans la sienne. Elle le regarda un peu gênée, ne sachant comment réagir, mais ne se déroba pas.

« Je sais que le monde est en train de s'écrouler, dit-il doucement, et que ce n'est sans doute pas le moment de penser à ça, mais m'autorisez-vous à tenter ma chance ? »

Elle l'observa plus attentivement, s'attardant sur les traits de l'homme assis en face d'elle, qu'elle n'avait pas vraiment remarqué jusqu'ici. Il avait l'air franc et solide. Elle avait bien besoin d'un homme solide. Le genre de garçon honnête, toujours droit dans ses bottes, mais sans doute capable d'humour quand les circonstances le lui permettaient. Elle l'encouragea d'un sourire, et il réitéra sa demande, sous un autre angle :

« Pensez-vous que deux êtres puissent s'aimer en pleine Apocalypse ?

— Je crois que les plus grandes passions naissent durant les périodes les plus sombres. Peut-être même grâce à elles...

— Vous finissez à quelle heure, ce soir ? »

Catherine eut un bref éclat de rire, un peu nerveux, non pas à cause de la brutalité de la question mais parce qu'elle n'avait simplement plus aucun sens ces derniers jours. Mais cela faisait du bien de rire. Elle plongea son regard dans celui de Cadoux, comme une corde lancée au-dessus du vide :

« Je peux vous appeler n'importe quand ? Même la nuit ? »

C'était exactement ce qu'il rêvait d'entendre.

288

28. Le ruban

« A time to build up, a time to break down
A time to dance, a time to mourn »
The Byrds, *Turn ! Turn ! Turn !*

Une impression d'accélération fantastique, d'élévation inimaginable; la sensation de se fondre dans la lumière avec un bonheur indescriptible; des pluies de milliers de soleils qui passent en rafales; des explosions de couleurs audibles, de sons visibles et d'odeurs tactiles.

Dans son innocence de mortelle, Viviane n'aurait jamais pu se préparer à l'univers dans lequel elle avait accepté de plonger à la suite d'Haziel.

« Suis-moi, je veux te montrer quelque chose, avait simplement dit l'ange.

– Mais nous n'avons pas le temps ! Je croyais que notre mission était très urgente ! »

Il avait éclaté de rire.

« Nous avons tout le temps nécessaire, crois-moi ! »

Et il l'avait prise par la main pour l'entraîner dans cette course folle à travers les éons. Puis cette douche de sensations prit fin aussi subitement qu'elle avait commencé, et la petite âme en transit se retrouva flottant dans le silence, perdue dans un décor immense et incompréhensible.

Elle entendit la voix d'Haziel, mais elle ne le voyait plus. Il lui chuchotait fièrement à l'oreille :

« Voici mon monde ! »

Cela ressemblait à un large fleuve de lumières multicolores et changeantes, ou plutôt à un canal d'énergie pure qui coulait lentement de sa gauche vers sa droite. On ne pouvait en apercevoir ni le commencement ni la fin. A la réflexion, la vaste structure, qui semblait vivante, ressemblait plus à un vaisseau sanguin observé au microscope électronique, ou à un réseau de neurones. Une multitude de minuscules filaments laiteux, venus on ne sait d'où, se connectaient et se déconnectaient en permanence au canal principal, produisant une impression d'intense activité. Les dénombrer aurait été impossible, et il y en avait certainement des milliards de milliards.

« Mais qu'est-ce que cette ... chose ? demanda Viviane.

— Une petite partie de mon royaume, expliqua Haziel. Voici à quoi ressemble le temps quand on n'est pas dedans !

— Tu veux dire que cette espèce de ruban organique, c'est un morceau de temps ? On pourrait ainsi véritablement « voir » le temps ?

— Dans une certaine dimension de l'Univers, absolument ! Nous venons de nous élever de quelques encablures au dessus de ton époque, et ce faisant notre perspective s'est quelque peu élargie. Tu as maintenant une période de près de dix mille années qui s'étale sous tes pieds !

Le temps est comme un immense ruban, dont une extrémité se perd dans le passé, et l'autre dans le futur.

290

Lorsque tu es dans la matière, tu es aussi dans le temps : tu vis dans le ruban, et n'imagine même pas ce qui a pu se passer quelques dizaines d'années avant toi, ou ce qui se passera la minute d'après. Et pourtant, je te le dis, l'ensemble du ruban est bien là, dans son intégralité !

Vois-tu comme une incarnation est brève, un siècle à peine, comparée à l'éternité et à l'intégrité de ce que tu es en réalité ? Car ce que tu es en réalité est éternel, omniscient et omnipotent. Tu es une étincelle du Créateur, et à Son image. Tu es Dieu. Vous êtes tous Dieu, mais vous l'avez simplement oublié. Et vous êtes pris dans ces entrelacs d'aventures pour retrouver la mémoire !

Ce qui, en vous, s'incarne, plonge dans le ruban, n'est qu'une image partielle de votre personnalité, une projection créée pour l'occasion et amputée de la plupart de son savoir et de ses pouvoirs afin d'expérimenter leur manque, et les redécouvrir. Pour les apprécier à leur juste valeur. Et donc *vous* apprécier à votre juste valeur !

D'ailleurs suis-moi, tu n'as pas encore tout vu ! »

La petite âme n'eut pas le temps de digérer le flot d'informations qu'Haziel lui donnait en vrac. Une autre accélération brutale, une autre cataracte de sensations indicibles, et la perspective changea de nouveau. Elle se retrouva cette fois au côté de Haziel, qui la serra contre lui :

« Tu découvres à présent le ruban du temps dans sa globalité. Nous nous sommes énormément éloignés de notre point de départ. »

La rivière de lumière avait disparu, ou plutôt elle semblait maintenant un petit fil doré perdu dans le lointain. A cette distance, on se rendait compte qu'elle n'était en fait que l'infime segment d'une structure beaucoup plus vaste, qui n'était plus linéaire, mais formait une spirale verticale s'élevant vers l'infini. Ces vastes spires, au diamètre inimaginable, tournaient autour d'un axe lumineux, sorte de corde tendue tressée d'une infinité de brins.

« Le temps est une spirale, dit Haziel en reprenant ses explications. Tout en bas, si loin qu'on ne peut le voir, naît le passé, en même temps que le *big bang*. Là-haut vers un autre infini invisible, le futur, existant déjà dans ses possibilités, se précipite vers la fin de l'univers. Entre les deux, le temps fait le lien.

Il est un escalier à l'image de l'élévation permanente de votre conscience. Un colimaçon tournant autour de votre être spirituel, votre surmoi parfait, ce que vous êtes vraiment.

De cet esprit, de cet axe central, partent simultanément de multiples rayons vers la spirale : les corps éthériques, ou âmes (toi, par exemple !), qui s'ébattent dans l'astral avant de plonger dans la matière, de s'incarner en différents points du fleuve temporel. Un filament blanc, issu de l'axe, se connecte à la spirale, et une vie apparaît dans la matière. Un autre filament se détache, et l'âme rejoint l'esprit dont elle est issue. On peut donc définir le monde astral comme étant l'espace séparant l'esprit et le temps, ou l'esprit et la matière, ce qui revient au même. Ce monde astral peut lui-même être subdivisé en zones concentriques : plus on s'éloigne du centre (l'axe de la spirale), plus on s'approche des fréquences vibratoires de la matière, et plus l'emprise du temps se fait sentir.

On pourrait ainsi comparer ce système gigantesque à une dynamo ! Car tel est le principe de fonctionnement d'un système électrique simple : en déplaçant un aimant au centre d'une bobine de fil de cuivre, on génère un déplacement ordonné d'électrons, de l'électricité. De même, en mettant de la conscience en mouvement au milieu d'une spirale de temps, on génère de la vie ! »

Les yeux écarquillés et la bouche bée, Viviane écoutait l'ange avec attention, essayant de suivre ce cours accéléré sur la structure de l'univers. Elle sourit à la comparaison de la dynamo :

« Tu vas être étonné, mais je crois que je comprends, dit-elle. Toutefois, je serai incapable de te répéter quoi que ce soit dans trois secondes ! En tout cas, permets-moi de te dire que je n'aime pas du tout ton « monde », comme tu dis : je ne voudrais pas y vivre !

– Je peux te comprendre, répondit l'ange. Mais c'est le même monde que le tien ! Simplement nous l'observons différemment, avec une perspective plus vaste… Par exemple, on peut déduire bien d'autres choses de ce modèle temporel. En premier lieu, nous avons là une explication des maladies qu'on appelle « karmiques », c'est-à-dire ces allergies, ces crises d'asthmes, ces phobies, ces déprimes, qui se déclenchent soudain sans que l'on sache pourquoi, mais à un moment qui correspond en fait à un traumatisme d'une vie « antérieure » qui est survenu au même âge. Ce traumatisme n'est pas très ancien ! Il vient en fait d'arriver à la partie du malade qui s'est incarnée sur une autre spire du temps, il est en train de se dérouler, et c'est son contrecoup sismique par l'intermédiaire de l'axe central qui est ressenti !

Et il me faut absolument préciser quelque chose ici : tu as constaté que le ruban n'est pas statique, il coule, tout se déplace. En fait, l'ensemble du système est orienté vers le haut, vers le futur. Je veux dire qu'un accident karmique comme celui-là n'affectera que des incarnations postérieures, situées plus haut sur la spirale. Comme si un courant d'air incessant rejetait vers le haut les poussières et les scories issues du ruban.

La deuxième conséquence, la plus importante, et c'est là que je voulais en venir depuis le début, c'est la possibilité de corriger le passé pour guérir le présent ! Il

293

est bien connu en effet que le futur n'est jamais figé, même si sa trame la plus grossière est bien établie. Chaque événement du présent, chaque décision, modifie l'avenir dans des proportions plus ou moins importantes, et a des répercussions sur les spires supérieures du ruban. De même, le présent est le résultat de l'ensemble des actions et des pensées émises dans le passé. Si ces émissions sont à consonance négative, et provoquent des harmoniques perturbantes sur les incarnations postérieures, nous avons apparition de troubles, voire de maladies, qui sont inexplicables si l'on ne considère que l'incarnation présente.

Le paradoxe, c'est que lorsque l'on sort du référentiel du ruban, qu'on l'observe d'une dimension parallèle comme nous le faisons en ce moment, on voit que la cause et l'effet, le passé et le présent, se déroulent simultanément. On peut alors demander à l'incarnation du passé de modifier un comportement ou une action dont on sait qu'elle sera néfaste, et la correction des troubles du présent est instantanée ! Et on lève du même coup les hypothèques qui pesaient sur les incarnations futures ! C'est ce que nous allons tenter de faire avec Mérit, un des miroirs passés de ton âme... »

Viviane avait bien du mal à intégrer cette somme intense de données. Elle était plongée dans un abîme de réflexion.

« Je suis frappée par l'étonnante similitude qui semble se dessiner entre cette vision du temps et la structure de l'ADN, qui est elle-même une molécule constituée de deux spirales imbriquées, reliées par des acides aminés...

— Excellent ! C'est une remarque fort judicieuse, jeune dame, qui sera l'unique thème de réflexion de bien des générations après toi, tant elle soulève de questions inédites... La question de la ressemblance avec l'ADN est primordiale, car les analogies ne s'arrêtent pas là. La

294

chaîne d'acides aminés qui constitue chaque brin d'ADN est ce qui se rapproche le plus de la forme initiale de vie qui est apparue sur la Terre dans l'océan primitif. Elle est son héritière directe. C'est la brique de base à partir de laquelle se sont développées et complexifiées toutes les autres formes de vie, et elle garde dans certains de ses méandres, qui ne sont plus utilisés depuis longtemps, des traces de l'ensemble de son odyssée depuis le commencement.

Car finalement, qu'est-elle d'autre qu'une longue phrase, écrite dans un alphabet à quatre lettres (G, T, A, C, les quatre types d'acides aminés qui la composent), qui raconte de réplication en réplication, génération après génération, l'histoire de la vie ? Au fil du temps, l'histoire s'allonge, elle change, rajoute des chapitres, au fur et à mesure que les consciences que la chaîne aide à se fixer dans la matière augmentent leurs exigences. Mais toujours dans un coin, des souvenirs et des bribes du début subsistent, et perdureront à jamais, inscrites dans le code génétique des espèces qui se succéderont.

De même, le brin d'ADN contient toutes ses possibilités d'évolution et de mutation, et son état actuel présage déjà de ses capacités futures. Et c'est en cela que tient la ressemblance avec le ruban temporel dont nous avons parlé tout à l'heure : à un instant donné, l'ADN est une image exacte du présent d'un individu, mais contient aussi l'ensemble de son aventure depuis le commencement des temps, ainsi que tous ses pouvoirs potentiels qui se révéleront éventuellement dans le futur !

Viendra un temps, dans ton futur proche, où par sa seule volonté, sans opération chirurgicale ni machine complexe, l'être humain pourra modifier la façon dont se réplique son ADN, libérant des capacités qui sont encore endormies. Lorsqu'il s'en rendra compte, il pourra accéder au prochain stade de son évolution, où la

295

maladie et la décrépitude ne seront plus nécessaires à son apprentissage. Il vivra plusieurs siècles en parfaite santé, en faisant des choses qui lui paraissent encore aujourd'hui insensées ou surnaturelles... »

L'ange montra soudain son poignet gauche à Viviane en le tapotant, signifiant par là qu'ils n'avaient tout de même pas toute l'éternité devant eux :

« Bon, c'est pas le tout ! On va bosser, mamour ?

– C'est toi qui vois, mon chou ! » sourit-elle, toujours surprise par la facilité avec laquelle son « homme » passait des concepts les plus ardus à la plus grande familiarité.

Après un dernier regard vers cet improbable théâtre de lumière, et se tenant toujours par la main, ils replongèrent vers le ruban du temps, en ne visant pas tout à fait le point dont ils étaient partis.

29. Mout

« And the world looks just the same,
And history ain't changed »
The Who, *Won't get fooled again*

Trois semaines après le couronnement d'Horemheb, le peuple égyptien avait senti le vent du changement souffler jusque sur les plus petits villages. Le nom du nouveau Pharaon n'était pas inconnu de la plèbe, et évoquait le souvenir de victoires sur les barbares étrangers, ainsi qu'une réputation de maître incontesté de l'armée, vénéré de ses troupes. Cette image d'homme à poigne n'avait pas tardé à être confirmée par les premiers actes de gouvernement de l'ancien général, qui dès le jour de son accession au pouvoir, avait organisé un défilé militaire imposant, destiné à la fois à rassurer l'Egypte sur ses capacités de défense, et à informer les ennemis héréditaires qu'ils seraient bien reçus s'ils tentaient quoi que ce soit. Cette initiative arbitraire, lors d'une occasion exceptionnelle réservée traditionnellement aux fêtes religieuses, avait fort irrité le clergé, mais le Grand Prêtre de Karnak lui-même avait assuré qu'Amon-Râ voyait d'un très bon œil l'arrivée du fils du faucon sur le trône.

Il fallait rassurer le petit peuple, mais aussi lui faire oublier la légitimité plus que douteuse qui faisait succéder Horemheb au vieux Aÿ. C'est pourquoi des escouades furent envoyées aux confins des Deux Pays, patrouillant sans relâche à travers les plus petites bourgades, afin de démontrer que le pouvoir n'avait connu aucune vacance, et de décourager les mécontents d'élever trop haut la voix. Dès lors, lorsqu'il fut assuré de la paix civile, l'unique obsession d'Horemheb fut de réécrire l'Histoire à son avantage. Il s'était mis en tête d'effacer l'existence de l'hérétique et de ses successeurs, et de faire démarrer son règne directement après celui d'Amenhotep le Grand, c'est-à-dire pas moins de vingt ans plus tôt, si l'on cumulait les règnes de Smenkh, de Toutankhamon, de Aÿ, et les années où Akhénaton avait régné sans son père. Ainsi, une autre armée, faite de sculpteurs et d'artistes cette fois, s'était elle aussi disséminée sur le territoire pour tenter d'éliminer toute trace des quatre pharaons précédents. Jamais auparavant une entreprise de désinformation d'une telle ampleur n'avait été menée !

Lorsqu'un soir, après quelques semaines de règne donc, un prêtre du grand temple d'Amon vint rappeler au nouveau roi qu'il était temps pour lui de régler sa dette envers le Dieu des Dieu, et de lui faire l'offrande promise, Horemheb sentit son sang se glacer. Il avait feint d'oublier le pacte passé avec les forces divines pour reculer le plus possible le geste douloureux, mais il ne pouvait plus s'y soustraire désormais. Il se rendit donc dès le lendemain dans la petite villa isolée où était cloîtrée la reine Mérit depuis tant d'années, afin de savoir si les soins qu'on lui avait prodigués récemment l'avaient rendue plus présentable. Il s'agissait là encore d'effacer les traces des sévices passés pour enjoliver le présent.

Des servantes dociles et muettes amenèrent la prisonnière devant Pharaon, qui en eut le souffle coupé. Portant une perruque aux cheveux longs tombant sur les épaules, délicatement maquillée, habillée d'une robe près du corps faite de lin rouge liseré d'or, elle avait retrouvé le port majestueux, la grâce et le magnétisme de la reine qu'elle avait brièvement été autrefois. Du moment où Amon-Râ lui avait promis la double couronne en échange de la jeune femme, Horemheb avait cessé de fréquenter la villa pour montrer sa bonne volonté aux dieux qui voient tout, et surtout laisser le temps à Mérit, mieux nourrie et bien traitée, de reprendre forme humaine. Cela faisait donc plusieurs mois qu'il ne l'avait vue, et l'apparition en était plus saisissante encore. Il tenta de se la remémorer à vingt ans, lorsque pour la première fois il l'avait si ardemment désirée qu'il s'était senti prêt à tout pour la posséder, et ne trouva pas grande différence. En vérité, Amon avait raison : cette femme valait bien un trône, et certainement beaucoup plus. Le temps et les épreuves avaient bien légèrement arrondi la silhouette et alourdi la poitrine, les maltraitances avaient rendu son regard dur et froid et marqué sa bouche d'une indélébile expression de dégoût, mais malgré cela, elle restait la plus belle d'entre les belles, la digne héritière de Néfertiti. Il semblait qu'une beauté surnaturelle fût l'apanage de cette lignée maudite, qui exsudait de leur sang mêlé dès qu'on lui laissait un peu de répit. Horemheb sentit faiblir sa volonté de se séparer d'un tel joyau. Comment vivre sans elle ? Mais d'un autre côté, comment tricher avec les dieux ?

« Je suis venu vous annoncer que votre séjour dans cette maison s'achevait ce soir, dit-il. Le dieu Amon lui-même, dans sa compassion immense, a conçu de l'affection pour vous, et souhaite vous entrevoir dans les murs de son sanctuaire. Si vous savez vous comporter, on pourrait même procéder à des noces célestes ! Convenez que dans l'état où vous vous trouvez céans, c'est une chance inespérée...Mais ne vous réjouissez pas trop vite, car votre nouveau maître n'a pas une réputation de grande tendresse. Je crains même que vous en veniez à regretter mon hospitalité... »

L'ironie du trait ne provoqua aucun mouvement sur le visage de pierre de la reine. Elle affectait un air distant et indifférent, prenant soin de ne jamais regarder son tortionnaire, jusqu'à tourner la tête lorsque celui-ci voulait se mettre dans son champ de vision. Ce petit jeu, habituel entre eux, finissait toujours par exaspérer le général qui ne supportait pas que l'on nie son existence à ce point.

« Voudriez-vous avoir des nouvelles de notre enfant ? susurra celui-ci avec un mauvais sourire. Ses précepteurs ne tarissent pas d'éloges sur ses capacités, et j'ai de grands projets pour lui... »

Les yeux de Mérit se tournèrent pour la première fois vers son bourreau, déchargeant des éclairs.

« Ce bâtard n'est pas mon fils, et ce qu'il devient ne me concerne en rien, lâcha-t-elle du bout des lèvres. Il est le rejeton putride de votre barbarie et de ma haine, et je le déteste autant que vous ! »

Horemheb s'était habitué à sa froideur qui alternait violemment avec des crises de rage destructrice. Il savait comment répondre à cette volée de bois de vert par une autre, plus douloureuse :

« Voilà bien la preuve de la supériorité d'Amon sur votre Aton : toute sa vie votre père a essayé d'avoir un héritier mâle, sans y parvenir. Quelle ironie qu'il m'en ait finalement donné un, à moi son plus farouche ennemi, par l'intermédiaire de sa fille adorée ! »

300

Le coup avait porté, et laissa Mérit tremblante de colère.

« Au fait, comment va notre nouvelle reine ? », tenta-t-elle pour riposter, car elle savait le sujet sensible. L'épouse légitime d'Horemheb ne lui avait en effet pas donné d'enfant, et il était désormais trop tard pour qu'elle lui en donne jamais. Cet état de fait, qui mettait habituellement le général au désespoir, ne sembla pas l'émouvoir outre mesure ce soir-là.

« Désolé de vous décevoir, ma chère, mais vous ne réussirez pas à m'énerver aujourd'hui : j'ai pris toutes les dispositions nécessaires. Ainsi, je vous annonce que je vais officiellement adopter notre fils, et en faire mon héritier !

La jeune femme n'en crut pas ses oreilles :

« Vous voulez faire de Ramsès votre successeur sur le trône ? Un descendant de mon père ? Un enfant souillé par un sang étranger et impur, contre lequel vous avez perpétré tant de massacres ?

– Il n'est plus de votre sang désormais, mais du mien. Il est mon fils unique, et j'ai mis en lui tous mes espoirs pour continuer la tâche immense de redresser le royaume, et le guérir des errements de votre famille. Loin de votre influence désastreuse, son éducation fait de lui un jeune prince brillant et plein d'avenir. Certainement le plus prometteur que l'Egypte ait connu depuis longtemps ! »

Le petit Ramsès était né dans les premiers temps de la captivité de Mérit, fruit inattendu des violences répétées du général. Celui-ci avait d'abord voulu s'en débarrasser, puis après réflexion, et devant la stérilité de sa femme qui semblait se confirmer, changea d'opinion. Sa virilité n'étant plus à mettre en doute, il était curieux de voir à quoi ressemblerait un rejeton de son sang, et fit prendre toutes les précautions pour empêcher la fille de l'hérétique de commettre un acte irréparable à l'encontre du bébé. Il la laissa même tranquille pendant toute sa grossesse, respectant en cela la tradition égyptienne selon laquelle la femme enceinte était sacrée, et ne devait plus être souillée tant que durait sa mission divine. Mais malgré ce regain d'attention, l'accouchement fut terriblement douloureux et sanglant, et se déroula très mal. L'enfant et la mère furent sauvés de justesse, mais la jeune femme ne pourrait plus jamais avoir d'enfant. Cette nouvelle n'attrista pas Mérit outre mesure, car cela lui épargnerait de porter à nouveau des enfants de l'horreur. Elle ne voulut pas prendre le nouveau né dans ses bras, et ne le nourrit jamais. On lui retira le bébé au bout de quelques jours, et elle ne le revit ensuite que de loin en loin, sans jamais lui prêter la moindre attention. Tout ce qu'elle voulait, c'était pouvoir oublier cette preuve vivante de son infamie. Ramsès avait aujourd'hui une dizaine d'années, et son destin semblait avoir basculé en même temps que celui de son géniteur.

Le Pharaon et la future incarnation de Mout, l'épouse du Dieu des Dieux, sortirent de la villa et se dirigèrent vers deux palanquins richement décorés, portés par de solides guerriers nubiens à la langue coupée, immenses et patibulaires. Un peu plus loin, une escorte armée, qui ne quittait jamais le nouveau roi, surveillait les alentours et s'assuraient de la discrétion de ce déplacement inhabituel. Lorsque le convoi s'enfonça en procession dans la nuit, pour rejoindre le Temple d'Amon au bord du fleuve, Mérit eut l'étrange sentiment qu'elle effectuait là son dernier voyage. Quelles que soient les épreuves qui l'attendaient derrière l'enceinte de sa nouvelle prison, elle savait qu'elle n'y survivrait pas longtemps. Elle n'avait plus l'énergie de se battre, et voulait enfin accueillir la mort comme une délivrance, puisqu'il semblait que c'était la seule issue possible.

*

Dévasté par la fièvre, assommé par des analgésiques de plus en plus puissants, Billand flottait entre deux mondes. Il aurait été incapable de dire s'il était conscient ou endormi, si on était en plein jour ou au milieu de la nuit. A un moment pourtant, sortant de la brume, il sentit son esprit particulièrement clair, et ouvrit les yeux. Pour la première fois depuis des jours, la douleur lui donnait un peu de répit. A sa grande surprise, il put même se redresser sur son lit sans effort. Cela tenait du miracle ! Faisait-il parti du petit nombre d'élus qui guérissaient d'Ebola ? Soudain euphorique, il ne put s'empêcher d'afficher sa joie en promenant un regard circulaire sur sa chambre d'hôpital. Au-delà du rideau de plastique translucide qui l'entourait, il devinait les dessins de ses enfants accrochés au mur.

« Bonsoir, Jean-Paul ! »

Une voix grave, toute proche, le fit sursauter.

Un homme qu'il n'avait pas remarqué était assis à sa droite, dans une chaise qui jouxtait son lit. Il était jeune, athlétique, les cheveux longs tombant sur les épaules ; Billand était sûr de ne pas le connaître. Le plus surprenant était son absence totale de vêtements ! L'inconnu arborait en effet la nudité parfaite d'un éphèbe de la statuaire grecque classique.

« Qui êtes-vous ? Qu'est-ce que vous faites là ? » demanda le malade.

Avec un sourire, le Grec vrilla son regard clair dans le sien :

« Je suis Azraël, et certains me surnomment l'ange de la mort. Je suis venu te chercher. »

Si ce nom n'avait pas déjà été évoqué par Catherine quelques jours auparavant, peut-être Billand n'aurait-il pas réagi aussi vite à cette annonce. Mais il comprit aussitôt ce qui se passait.

« On m'a déjà parlé de vous : c'est vous qui prenez les âmes défuntes par la main pour les emmener au Paradis, c'est ça ? »

L'éphèbe acquiesça. Cette rencontre surréaliste ne semblait pas émouvoir le professeur outre mesure. Il était persuadé qu'on lui faisait une plaisanterie, comme les carabins en ont le secret.

« Vous devez avoir du boulot, dites-moi ! Avec tous les morts qu'il y a chaque jour, vous ne vous reposez jamais ! »

Apparemment, l'ange n'était pas un bavard. Il garda le silence un long moment avant de répondre.

« C'est une tâche d'une importance extrême, dit-il enfin. Et qui n'est pas sans intérêt. Mais rassure-toi, je ne suis pas seul… »

On n'en saurait pas plus.

« Vous ne ressemblez pas à l'image d'Epinal qu'on se fait habituellement de la Mort…

- Un squelette grimaçant enveloppé d'un long manteau noir, tu veux dire ? La Grande Faucheuse, le passeur du Styx, la Parthe des poètes ? Les gens se font souvent des idées qui ne correspondent pas à la réalité, tu sais ! »

Le jeune inconnu afficha un sourire éclatant de blancheur. Décontenancé, Jean-Paul en revint à sa préoccupation première :

« Ne me dites pas que je vais mourir, je ne me suis jamais senti aussi bien ! Repassez plus tard, je suis guéri ! »

Pour joindre le geste à la parole, le professeur s'assit sur le bord du lit, en face de son interlocuteur. Par défi, il commença à faire jouer ses biceps en gonflant ses pectoraux.

L'autre prit un air désolé :

« J'ai bien peur, mon cher ami, qu'il ne soit trop tard. »

Billand fit celui qui n'avait pas entendu, et changea de conversation :

« Je vois, dit-il en se renfrognant. Vous êtes un ange exterminateur, un briseur de rêve. Vous aimez mettre un point final aux histoires. »

L'ange regarda le malade avec douceur :

« Je ne considère pas du tout mon rôle comme ça ! J'adore au contraire écrire « *A suivre* ... » au bas de la dernière page, avec trois petits points. C'est très important, les trois petits points, parce que la dernière page n'est jamais la dernière...

– Pourtant, vous êtes en train de me signifier que je n'ai pas le droit à une prolongation, je me trompe ?

– Pour quoi faire ? Souffrir encore un peu plus ? Tu ne crois pas que dans l'état où tu es, tu ferais mieux de passer à autre chose ?

– Puisque je vous dis que je suis en pleine forme, n'insistez pas ! Mais j'avoue que la mort me terrifie... Vous pouvez peut-être me dire comment ça se passe, pour que je m'y prépare dans les années à venir ? »

Azraël, toujours souriant, désigna quelque chose dans le dos du docteur d'un signe de tête :

« Retourne-toi, et tu le sauras » répondit-il simplement.

Billand assista alors à la répétition exacte de la vision d'horreur qui l'avait saisi dans le métro. Derrière lui, encore étendu sur le lit, il vit son propre corps comme s'il appartenait à quelqu'un d'autre, parcouru de soubresauts de plus en plus violents. De partout, le sang se mit soudain à gicler abondamment, maculant les parois de plastique. Le professeur resta médusé par ce spectacle épouvantable.

« Cette fois, c'est la fin, réussit-il pourtant à articuler en se regardant à la troisième personne, et intimement convaincu maintenant qu'il n'était pas le jouet d'une hallucination.

— *My only friend, the end*, chantonna Azraël, comme dirait Jim Morrison... »

L'autre lui lança un coup d'œil glacial :

« Vous pourriez quand même avoir un peu de décence, je suis en train de crever, merde ! Et de la pire mort qui soit, encore !

— Excuse-moi, ça m'a échappé. Mais à mon sens, l'évènement auquel tu prends part en ce moment n'est pas du tout tragique : c'est une naissance à la vraie vie ! Tu vas redécouvrir ce que tu es vraiment ! Tu vas te rendre compte que toutes les années que tu as passées sur Terre ressemblaient beaucoup plus à la mort que ce que tu vas connaître maintenant ! »

Jean-Paul n'écoutait pas, absorbé par le spectacle étrange de sa propre agonie, dont le rythme se ralentissait à mesure que se rapprochait la fin. A contretemps, la panique apparut sur son visage désincarné :

« Attendez ! Ce n'est pas possible, je ne peux pas partir comme ça ! Mes enfants sont trop petits... Que vont-ils devenir sans moi ?

— La même chose que si tu avais quitté ton foyer pour aller vivre avec Catherine, je suppose...

— Ça n'aurait pas été pareil, je serais resté à côté, on se serait vu souvent... De toute façon, je n'ai jamais vraiment eu l'intention de le faire.

— Tu en as été tenté... et tu en avais l'entière liberté, je ne te juge pas !

— Ça ne résout pas mon problème : je ne veux pas abandonner mes enfants ! »

Azraël fronça le sourcil et réfléchit un instant. L'acceptation du décès était toujours un moment délicat à aborder, qui nécessitait une grande attention.

« Tes enfants ont été mis au courant de ton départ prématuré il y a bien longtemps, avant leur venue. Ils s'y sont préparés dés avant leur naissance. Ils ont accepté cette situation en conscience, car ils savent que malgré les difficultés qui vont se présenter, ton absence leur permettra de grandir différemment et plus vite. Un autre homme traversera la vie de ton épouse, qui les aimera à sa façon. Il leur permettra de faire d'autres expériences de vie, leur apportera des connaissances nouvelles... »

Billand ouvrait des yeux incrédules :

« Ce que vous dites est tout simplement inconcevable ! Selon vous, ma contamination accidentelle était programmée il y a plus de dix ans ? Je n'y crois pas une seconde ! Ça voudrait dire que tout est écrit, qu'on n'a aucune liberté d'action ? Que le hasard n'existe pas ?

— Votre liberté est infinie, mais comme vous l'ignorez, vous restez le plus souvent sur le même rail du début à la fin, sans avoir même l'idée d'en sortir !

— Evidemment, qu'on l'ignore : personne ne nous dit rien ! En fait, si je comprends bien, on ne vit pas, on ne crée rien ; on ne fait que jouer une farce tragique déjà écrite ! Au fait, c'était prévu depuis longtemps, que je meure à quarante ans ?

— Depuis le début des temps..., articula lentement Azraël en soutenant le regard du mortel. De même que chacun des moments importants de ta vie qui t'ont obligé à faire des choix cruciaux. »

Billand marqua une pause, brusquement interrompu dans sa diatribe par l'énormité de ce qui se disait :

« Comment ça... depuis des milliards d'années, vous voulez dire ?

— Absolument ! Et en même temps, si tu avais changé ta vie d'un iota, tu aurais pu vivre jusqu'à cent

307

vingt ans, faire des expériences radicalement différentes...

— Je n'y comprends plus rien ! Mes actions sont déterminées ou pas ? Je suis un pantin ou un homme libre ?

— Tes actions sont prévisibles tant qu'elles ne deviennent pas imprévisibles, c'est aussi simple que cela ! Chez la plupart de tes semblables, il faut des centaines d'incarnations et des millions d'années d'évolution et d'apprentissage avant de devenir imprévisible, c'est-à-dire être libéré des chaînes de l'ignorance et de l'oubli ! »

Ces révélations étaient incompréhensibles pour Billand, et comme lorsqu'il était enfant, il tenta de botter en touche par un trait d'humour :

« Cela me fait penser à ces élèves de kung-fu qui doivent travailler pendant des années avant de pouvoir surprendre leur maître » dit-il, sans trop y croire.

Mais Azraël continuait son explication.

« Ce que tu es, c'est une petite âme qui voyage de vie en vie, de famille en famille, de galaxie en galaxie depuis des millions d'années, cherchant la réponse à la question la plus fondamentale...

— Quel est donc ce mystère qui m'occupe tant ? demanda l'humain, toujours ironique.

— A tous ceux que tu croises, tu demandes : qui suis-je ? Et jamais, jusqu'à ce jour, la réponse ne t'a satisfait. »

Le ton de l'ange fit courir un frisson au long de l'échine désincarnée de son interlocuteur. Celui-ci avait toujours considéré la mort comme un mur définitif et opaque, derrière lequel rien n'existait. Et voilà qu'un avenir vertigineux s'ouvrait soudain sous ses pieds, comme un toboggan sans fin.

Pendant ce temps, l'amas de chair et de sang qui, il y a peu encore, avait été le professeur de médecine « Jean-Paul Billand », avait cessé de s'agiter derrière eux. Les draps étaient devenus rouges, tandis que des litres de liquide vital se répandaient et gouttaient sur le sol. L'âme s'était levée pour observer avec recueillement ce véhicule de matière, désormais hors d'usage, qui l'avait si bien servi pendant trop peu d'années.

« Ça y est, je suis mort » dut-elle finalement admettre.

Azraël se leva à son tour de sa chaise et s'approcha.

« L'épreuve que tu traverses, des milliers d'autres âmes la vivent en ce moment même à la surface de la Terre. Et des milliards de milliards d'autres dans le grand univers...

– On m'avait dit que vous accompagniez tous les mourants durant leur passage. *Tous* et *chacun* d'eux. Pourtant vous êtes dans cette chambre ce soir. Pourquoi m'avez-vous choisi, moi et pas un autre ? Qu'ai-je fait de spécial ? »

Azraël lui fit un large sourire :

« On ne t'a pas menti : à l'instant où nous parlons, je suis avec chacun de ceux qui passent, où qu'ils se trouvent ! »

Le professeur fronça un sourcil circonspect en jetant un regard de travers à son étrange voisin.

« C'est impossible ! dit-il.

– C'est magique ! » répondit l'ange en plissant gaiement les yeux.

Billand resta un long moment debout à côté du lit, à contempler son corps devenu inerte. Azraël lui posa une main amicale sur l'épaule :

« C'est fini, il faut y aller maintenant... »

Le nouveau défunt acquiesça.

309

30. Torgnusson

« Baby, I've been here before
I know this room, I've walked this floor »
Leonard Cohen, *Hallelujah*

« Monsieur le Président, deux messieurs sont dans le hall qui désirent vous voir. Ils disent appartenir à la police... » dit Suzanne à l'interphone. Pour une fois, la secrétaire dévouée s'était abstenue de parler avec la voix d'hôtesse de l'air amoureuse qu'elle s'estimait devoir prendre avec son patron, car la venue de la maréchaussée dans les locaux de la société n'était pas forcément une bonne nouvelle. Certes, les deux hommes qu'elle avait face à elle n'étaient guère impressionnants par rapport aux requins de la finance qu'elle voyait défiler habituellement, leur accoutrement bon marché faisant même un peu tache au milieu des parois de verre, des objets futuristes et des moquettes moelleuses. Pourtant, justement parce qu'ils nuisaient à l'atmosphère feutrée du lieu, Suzanne se méfiait : elle savait par sa lecture assidue des romans noirs que les flics les plus

mal habillés sont les plus dangereux. Non pas qu'elle soupçonnât la MT Corporation de verser dans des opérations illégales, mais les erreurs judiciaires étaient monnaie courante ces derniers temps, et Mr Torgnusson avait dû se faire tellement d'ennemis à cause de ses affaires...

« Faites-les entrer. » concéda enfin le Président à l'autre bout du fil.

Une porte monumentale à deux battants s'ouvrit lentement, laissant l'accès libre au Saint des Saints de la MT Corporation, à la fois le cœur et le cerveau de l'une des plus puissantes multinationales du monde, le bureau de son Président Directeur Général, le Norvégien Malek Torgnusson.

Quand Lelubre et Cadoux pénétrèrent dans la vaste pièce, ils furent frappés par l'impression de puissance et de gigantisme qui se dégageait du décor, sans doute à dessein. La mise en condition d'un interlocuteur est en effet primordiale dans les négociations d'affaire, surtout si l'on reçoit un concurrent à domicile ! Les deux fonctionnaires semblaient écrasés par l'architecture intérieure du bureau, dont toutes les lignes de fuite amenaient savamment le regard vers le large fauteuil de son locataire, imperceptiblement surélevé, en position de force. Comme ils s'avançaient, on aurait cru voir deux paysans remontant l'allée centrale d'une cathédrale vers l'autel, et l'on n'aurait pas été surpris, s'ils avaient eu des couvre-chefs, qu'ils les retirassent révérencieusement pour ne pas corrompre la pureté d'un sanctuaire. On aurait aussi pu croire que leur hôte était le maître du monde. Juste derrière lui, d'immenses baies vitrées montraient Paris la capricieuse qui s'étalait langoureusement jusqu'à l'horizon. Belle prisonnière rétive enfin apprivoisée, otage de prix, que le roi barbare

312

exhibait devant ses vassaux comme preuve de sa toute puissance.

« Que me vaut l'insigne honneur de votre visite, Messieurs ? demanda le président Torgnusson avec une mauvaise fois bien dissimulée. Asseyez-vous, je vous en prie ! »

Les deux fonctionnaires s'installèrent dans des sièges confortables où ils s'enfoncèrent profondément. Sans s'embarrasser des formalités d'usage, le commissaire Lelubre sortit une liasse de photographies qu'il tendit à son interlocuteur, et attaqua de front :

« Nos services ont récemment été pris dans une violente fusillade au cours d'une opération de filature d'un criminel étranger, qui a fait plusieurs blessés dont une femme qui est toujours entre la vie et la mort à l'heure actuelle. Il se trouve que, d'après la vidéo que nous avons faite lors de cette intervention, dont vous avez ici quelques extraits, vous étiez un des acteurs majeurs de cette agression sur des agents de la force publique !

– Je ne suis pas au courant, répondit l'autre avec un aplomb désarmant. Ces photos sont très floues, il pourrait s'agir de n'importe qui !

– Nous savons aussi, ajouta le lieutenant Cadoux, que le bâtiment dans lequel est entré l'homme que nous surveillions est un laboratoire de recherche bactériologique qui vous appartient. *Etait* un laboratoire, devrais-je dire, car il a été complètement détruit par un incendie qui s'est déclenché pendant cette attaque à main armée…

– Oh, je vois ! dit le Norvégien, comme s'il retrouvait brusquement la mémoire. Vous voulez parler du regrettable incident de BioLab Technologies. Vous n'êtes pas sans savoir que nos chercheurs travaillent dans des domaines extrêmement sensibles, et nos résultats prometteurs suscitent de nombreuses

313

convoitises. Nous savions depuis plusieurs jours que nous étions sous la menace d'une intrusion malveillante, et peut-être même terroriste...

— Le mot est lâché, souffla Cadoux à l'attention de son supérieur.

— Le système de surveillance avait détecté un intrus, continua le Norvégien sans s'émouvoir, et l'alarme s'était déclenchée. Compte tenu du matériel très dangereux qui était utilisé dans ce laboratoire, j'ai préféré intervenir immédiatement avec les moyens que j'avais à ma disposition. Nous ignorions évidemment que vous étiez déjà sur les traces de notre espion...

— Apprenez tout de même que l'entretien de milices privées, surtout si elles sont aussi lourdement armées, est absolument prohibé dans ce pays, et que nous en demandons la dissolution immédiate. Qui plus est, d'après les clichés que nous avons pu prendre, certains de vos « employés » sont bien connus d'Interpol, et sont fichés au grand banditisme international ! Plutôt douteuses, vos relations, vous ne trouvez pas ? On serait en droit de penser à une entreprise mafieuse... »

Torgnusson allait expliquer le peu d'estime dans lequel il tenait les polices du monde en général, et la française en particulier, lorsqu'il s'agissait de protéger ses intérêts, mais il s'arrêta dans son élan pour fixer le commissaire, plissant les yeux pour mieux chercher dans de vieux souvenirs.

« On ne se serait pas déjà rencontrés quelque part ? » dit abruptement le Scandinave.

Lelubre haussa le sourcil, étant bien sûr de n'avoir jamais fricoté avec un requin de cette pointure, tandis que Cadoux dressait l'oreille, toujours à l'affût d'anecdotes croustillantes.

« Mais oui, c'est bien ça ! dit le président de la MT Corporation, dont le visage s'illumina. Général, quel

314

plaisir de vous revoir ! Cela faisait longtemps... Décidément, il semble que toute la petite famille soit au complet ! »

Lelubre jeta un coup d'œil surpris à Cadoux, qui avait du mal à dissimuler son hilarité. Si les prunelles du commissaire avaient été des lance-flammes, son pauvre lieutenant serait mort dans d'atroces souffrances.

« Je ne vois pas à quoi vous faites allusion, dit froidement le commissaire. Je n'ai jamais été général, et ce n'est pas ce genre de digression grossière qui sauvera votre tête ! Pas avec moi !

— Voyons, général, calmez-vous, répondit l'autre. Nous sommes entre *gentlemen* ! Je faisais référence à l'une de vos vies antérieures, durant laquelle nous nous sommes bien connus. Vous ne croyez pas à la réincarnation, je suppose ?

— Pas vraiment, non ! Et je ne suis pas venu ici pour prendre le thé avec un gourou mythomane, ni pour disserter sur des fables ésotériques ! »

Cadoux buvait du petit lait. Si le Viking voulait provoquer son commissaire dans une joute oratoire, il allait trouver un adversaire à sa mesure, et le résultat entrerait sûrement dans les annales de la police ! Surtout que Lelubre, très allergique à toutes les « bondieuseries » et autres manifestations sectaires, était particulièrement remonté. Torgnusson semblait pourtant vouloir continuer sur le même registre :

« Laissez-moi tout de même vous apprendre qu'à cette époque vous étiez un grand chef de guerre, vous commandiez à toute l'armée égyptienne. Et figurez-vous que je vous ai même aidé à monter sur le trône du Pharaon, en violant pas mal de règles établies d'ailleurs. Roi d'Egypte, imaginez-vous ?

— Si vous saviez comme je m'en tape, répondit Lelubre, de plus en plus glacial. Par contre, en ce qui concerne la violation des règles, j'ai l'impression que c'est une habitude chez vous, et je prends ça pour un aveu... »

Mais l'officier de police ne put approfondir sa pensée. Un bruit incongru se fit entendre des profondeurs de son imperméable, et il dû sortir de sa poche un téléphone portable qui, comme doté d'une vie propre, lançait un vibrant appel à son propriétaire. Il décrocha en s'excusant : la pression était telle en haut lieu, qui le poussait à résoudre cette affaire au plus vite, qu'il ne pouvait se permettre de rester injoignable, de jour comme de nuit.

Il s'éloigna de quelques pas pour préserver un semblant d'intimité à la conversation, mais on l'entendit bientôt pousser force jurons, sur tous les tons allant de la surprise à la joie, en passant par le dégoût. Au bout d'une minute à peine, qui avait semblé interminable à Cadoux resté seul face au Norvégien qui ne cessait de lui lancer des regards assassins, le commissaire revint vers le bureau en arborant le sourire carnassier de l'hyène qui vient de trouver un cadavre d'antilope.

« Monsieur Torgnusson, annonça-t-il fièrement, j'ai le plaisir de vous annoncer que vous êtes en état d'arrestation, pour négligence et homicide involontaire. C'est tout ce que j'ai pour l'instant, mais je ne désespère pas de trouver mieux ! »

L'autre accusa le coup sans broncher, mais haussa un sourcil circonspect :

« Fichtre ! lâcha-t-il du bout des lèvres. Voilà un revirement des plus singuliers... Pouvez-vous nous éclairer sur ce que vous venez d'apprendre ? Je pense avoir mon mot à dire, non ?

— J'étais en contact avec un des hommes chargés de garder ce qui reste de votre laboratoire après l'incendie et...

— A ce propos, l'interrompit le Scandinave, j'aimerais savoir quand je pourrai à nouveau jouir de

316

mon bien, et le reconstruire : les recherches en cours sont urgentes, et d'un intérêt fondamental pour l'humanité !

– Ce n'est pas demain la veille, croyez-moi : il y a eu un accident ce matin ! Que des dégâts matériels, rassurez-vous, mais une partie des décombres du laboratoire, fragilisée par les flammes, s'est écroulée en découvrant un passage discret, pour ne pas dire secret, dont vous nous aviez soigneusement dissimulé l'existence ! »

Le commissaire s'arrêta là, pour observer les réactions de son adversaire, dont le visage s'était brutalement figé dans le marbre.

« Je ne vois pas du tout de quoi vous voulez parler, dit finalement Torgnusson.

– Moi, je crois que si, reprit le commissaire. D'après ce qu'on m'a dit, c'est un petit couloir des plus récents qui descend profondément dans le sous-sol, jusqu'à... devinez quoi ? »

Il regarda Cadoux avec reconnaissance, car à présent, grâce à son illumination à la Pitié-Salpêtrière, toutes les pièces du puzzle étaient en place.

« Ne me dites pas qu'il descend jusqu'au métro ! demanda le lieutenant sans oser y croire.

– Affirmatif, Denis, répondit Lelubre. Le bâtiment de Biolab communiquait directement avec les tunnels de la RATP, par un escalier qui débouchait dans une vieille impasse souterraine désaffectée depuis des lustres, à deux pas de la station Bastille. La discrétion absolue assurée pour toutes sortes de malversations, vous ne trouvez pas, Monsieur le Président ?

– Je ne suis pas du tout au courant de cet état de fait, dit l'autre en essayant de sourire. Il faudrait consulter le cadastre pour savoir quand a été construit ce passage...

317

– Je ne pense pas qu'on y trouverait grand chose à ce sujet, ni aucune trace des importants aménagements intérieurs que vous avez menés en toute illégalité pour transformer ce vieil immeuble en bunker anti-bactériologique.

– Des esprits mal intentionnés pourraient penser certaines choses, reprit Cadoux, sur un nuage. Ce petit escalier aurait pu permettre à des rats contaminés provenant de votre animalerie de s'échapper dans les couloirs du métro, là où justement on a trouvé le premier malade, à quelques stations de Biolab !

– D'où mes accusations de négligence et d'homicide involontaire » susurra Lelubre.

Malek leur aurait bien suggéré qu'en matière d'esprits mal intentionnés, il pouvait leur en présenter par dizaines, et des vraiment méchants, mais il se retint.

« Ça ne tient pas debout, s'énerva-t-il. Nos animaleries sont les plus sûres du monde ! Elles sont surveillées par caméra en permanence, et chaque cage a un verrou électronique unique. Toutes les portes sont pilotées par un ordinateur central, qui s'assure de l'étanchéité du laboratoire !

– Si vous dites vrai, c'est encore pire, dit Cadoux. Car il pourrait s'agir alors d'un acte volontaire. Imaginons que vous déteniez déjà un vaccin contre le virus Ebola : vous faites monter la pression auprès des gouvernements avec quelques milliers de morts, et hop ! Vous arrivez en sauveur du genre humain en grappillant quelques milliards au passage ! Ce ne serait pas dans les manières de la MT Corporation, ça ?

– Vous n'avez aucune preuve de ce que vous avancez !

– Peut-être, mais le faisceau de présomptions est suffisant pour que vous deveniez notre suspect numéro un, et que je vous place en garde à vue ! » conclut le

318

commissaire en décrochant son portable pour appeler les renforts restés au bas de la tour.

L'apostat se dit qu'il jouait vraiment de malchance, mais il sut aussitôt à Qui il devait cette accumulation d'infortunes. Il ne craignait certes pas d'affronter la justice française, et il s'était déjà sorti de maints guêpiers autrement plus dangereux, mais il redoutait par dessus tout une médiatisation à outrance qui rendrait son action clandestine beaucoup plus difficile. Sans parler du coup de projecteur malencontreux jeté sur ses origines mystérieuses et son parcours hors du commun, qui pourrait le mener beaucoup trop loin...

31. Amon-Râ

« Feel the bile rising, from your guilty past. »
Pink Floyd, *Run like Hell*

Les nuits thébaines étaient douces, et beaucoup plus agréables que celles du désert, pourtant si proche. De l'autre côté de l'enceinte du Grand Temple, on pouvait entendre les grillons qui fêtaient bruyamment l'arrivée de la fraîcheur à l'orée de la ville, à la limite entre la végétation et le sable. Haziel avait choisi de se matérialiser dans une des nombreuses petites chapelles d'offrandes qui s'adossaient à l'intérieur de l'épais rempart, parce qu'elle n'était qu'à quelques mètres du sanctuaire d'Amon, le Saint des Saints de Karnak. C'était là que tout allait se jouer, là que Malek se cachait depuis bientôt trente ans, là que Mérit était amenée par son bourreau Horemheb pour célébrer une union odieuse, en ce moment même. La salle où se trouvait Haziel, allongé nu sur le pavage de granit du sol, était de dimensions modestes. Elle était dédiée à Khonsou, le dieu de la Lune, l'enfant joueur de sistre fils de Amon et Mout, dont le crâne était entièrement rasé à l'exception d'une natte tressée sur le côté, signe de son ascendance royale. Tout autour de l'ange, sur l'ensemble de la surface des murs, des bas-reliefs faiblement éclairés par quelques lampes à huile vacillantes relataient les principales étapes de sa vie mythique. Le sol était jonché des objets les plus divers, offrandes faites à Khonsou par les croyants pour attirer ses bonnes grâces. Au milieu des colliers de fleurs, des bijoux, des parfums et des encens, Haziel avisa une robe de cérémonie du lin le plus fin, qu'il revêtit aussitôt. Il était seul, car Viviane n'avait pas la possibilité de l'accompagner dans la matière. Il lui avait simplement conseillé de rester près de lui, de l'autre côté du miroir, et de suivre ses instructions pour retourner dans son époque si l'opération tournait mal. Haziel était tendu, car il redoutait une confrontation avec Malek. Cela faisait maintenant trente années qu'il vivait au milieu des mortels, souffrant pratiquement des mêmes limitations qu'eux et sans aucun contact avec Le Patron. Nul ne pouvait savoir quel effet avait eu sur lui ce traitement de choc qu'aucun ange avant lui n'avait subi, alors qu'il n'en était encore qu'à ses débuts. Ses choix de confrontation directe avec Le Patron, qui allaient s'affirmer dans les millénaires suivants, étaient-ils déjà clairement établis ?

Haziel franchit rapidement les quelques mètres qui le séparaient du sanctuaire, sans se laisser arrêter par les épaisses murailles qui se trouvaient sur son chemin, et déboucha au milieu du Saint des Saints. C'était une vaste salle éclairée par des flambeaux fixés aux murs, où le plafond était si haut qu'on le distinguait à peine dans la pénombre. Les quatre énormes colonnes qui le soutenaient semblaient ne porter rien d'autre que le ciel nocturne. Sur les parois richement ciselées et colorées, on pouvait voir l'ensemble du panthéon égyptien rendre hommage à Amon-Râ, le dieu tutélaire de Thèbes l'orgueilleuse, le roi des Dieux. L'ange se glissa silencieusement derrière l'un de ces immenses lotus de pierre, le plus proche de l'entrée, et vit que le Pharaon Horemheb et Mérit, sa captive, étaient déjà arrivés. Ils remontaient l'allée centrale vers le naos, une immense armoire faite d'or pur qui contenait la statue du dieu, et dont seul le grand prêtre et quelques rares initiés alloués à sa toilette avaient le droit d'ouvrir les portes. L'homme tenait fermement le bras de sa prisonnière pour la faire avancer, et de loin on aurait dit de futurs mariés se présentant devant l'autel.

L'incarnation du dieu apparut alors, sortant de derrière le naos. Il portait une simple robe de prêtre couleur de nuit, et son crâne rasé luisait faiblement à la lueur des flammes. Horemheb commença à s'incliner pour rendre hommage à son protecteur, mais s'interrompit en voyant que Mérit n'avait pas du tout l'intention d'en faire autant.

« Agenouille-toi devant ton seigneur et maître, lui souffla-t-il, et rends hommage à ton sauveur, qui a bien voulu poser le regard sur ton insignifiante personne. »

Il voulut mettre la jeune femme à genoux de force en lui appuyant sur l'épaule, mais elle se dégagea d'une secousse, cracha au visage d'Amon, et parla d'un ton glacial :

« En tant que dernière représentante du culte d'Aton, moi Mérit-Aten, la bien-aimée d'Aton, reine d'Egypte et grande prêtresse, je t'exècre et te nie. Tu n'es qu'un homme déguisé sous les oripeaux d'un faux dieu ! »

La reine croisa les bras en signe de défi, et releva le menton pour jeter un œil méprisant sur Amon-Râ malgré sa petite taille. L'ancien général fut ébranlé par le courage et le charisme de la fille d'Akhénaton, et la considéra différemment. Elle faisait preuve d'un panache dans l'adversité dont la plupart de ses soldats auraient été incapables. Malek vit le trouble dans les yeux du Pharaon, et perçut immédiatement le danger. Jamais un humain n'avait parlé sur ce ton à un dieu, et il ne pouvait tolérer que cela se reproduise sans mettre sa position en péril, sans perdre toute crédibilité. L'ange déchu devait réagir immédiatement comme le ferait Amon, et écraser la fronde dans l'œuf. Dans un accès de fureur divine, il saisit d'une main la fille par le cou, et la souleva de terre. Ses doigts crépitèrent et s'enfoncèrent sous la peau, coupant la respiration de Mérit.

« Petite catin ! hurla-t-il d'une voix terrifiante. Ne provoque pas la colère de ton Dieu si tu veux vivre ! Je te remettrai sur le chemin de la vraie foi, de gré ou de force, et tu me seras docile jusqu'à ton dernier souffle ! Et si cela ne suffit pas, je te briserai comme j'ai brisé ta traînée de mère ! »

Privée d'oxygène et terrassée par l'intensité de la douleur, Mérit tenta un instant de desserrer l'étreinte de son agresseur avant de tomber dans l'inconscience. D'abord stupéfait de la cruauté dont faisait preuve son ancien ami, Haziel se décida enfin à intervenir devant la gravité et l'urgence de la situation, et sortit de l'ombre :

« Au nom de la Vie et de l'Amour, Malek, je t'en conjure, souviens-toi de qui tu es ! »

Surpris, Malek relâcha sa prise et envoya le corps inerte de Mérit dans un coin de la salle.

« Haziel, mon frère, quelle surprise inespérée ! Le Patron s'intéresserait-il enfin à moi ?

– Je suis désolé, mais je ne suis pas venu abréger ton épreuve, et j'ignore ce que Le Patron attend de toi. C'est la fille que je veux : laisse-moi partir en paix avec elle.

– Tu plaisantes, je suppose ? Elle est à moi, elle est mon épouse dans les cieux de toute éternité !

– C'est faux, et tu le sais. Elle a un rôle essentiel à jouer dans l'évolution de l'humanité, son destin nous dépasse tous. »

Dubitatif, l'apostat considéra un moment le corps féminin écroulé le long d'un mur, puis se mit à rire :

« Ça y est, j'ai compris : tu veux l'utiliser pour relancer le culte d'Aton ! Hé, Général, reconnais-tu cet homme ? », dit-il en pointant un doigt accusateur sur l'ange.

Horemheb ne pouvait détacher son regard de Mérit. Malgré tous les sévices qu'il lui avait fait subir, il lui était très attaché, et la voir torturée par un autre, fusse un dieu, le retournait. Il avait une grande envie de lui venir en aide, mais n'osait pas montrer sa faiblesse à Amon-Râ. Tout à son angoisse, il tourna la tête vers Haziel. En effet, ce visage si particulier lui disait quelque chose.

« Il était un des sbires de l'hérétique, un de ses plus proches conseillers, poursuivit Malek-Amon. Appelle la garde, que tes soldats l'abattent comme un chien ! Je veux voir son corps immonde percé de mille traits !

– Mais comment a-t-il pu pénétrer dans l'enceinte sans éveiller les soupçons ? demanda l'ancien chef suprême des armées, désarçonné, en avisant les boucles blondes de Haziel.

– C'est un chien, mais aussi un serpent, répondit Amon. Il use de magie et de ruse pour endormir les hommes et les transformer en esclaves. Comment crois-tu que l'infâme culte d'Aton ait pu s'imposer si vite et si longtemps ? Va sans délai, je le retiens ici ! »

En reconnaissant ce vieil ennemi, Horemheb sentit renaître en lui une haine qu'il croyait éteinte, et, serrant les poings, se précipita dehors pour rameuter sa garde d'élite. Il se maudit intérieurement de ne pas avoir

325

gardé son épée avec lui, car il aurait préféré tuer l'homme de ses mains.

« Vole, mon fils, car dans quelques instants, le triomphe d'Amon-Râ sera complet !» cria le dieu au Pharaon. Lorsque les deux anciens compagnons angéliques se retrouvèrent seuls, Malek changea de ton et éclata de rire :

« As-tu vu comme il est facile d'être un dieu au milieu de ces cloportes ? A nous deux, nous pourrions aisément soumettre le monde à notre volonté, mettre enfin un terme à la dictature du Patron !

– Et la remplacer par une autre ? Non merci. Je reconnais avoir des doutes sur le bien fondé de notre action depuis quelque temps, et je me demande même si Le Patron n'a pas perdu le contrôle de sa création, mais...

– Tu vois ! Tu y viens, toi aussi ! Il nous abandonnera tous, un jour ou l'autre. C'est maintenant qu'il faut agir pour reprendre les choses en mains !

– ... mais je crois que la colère et la haine t'égarent. As-tu oublié que c'est pour avoir trop voulu aider les hommes que tu es resté prisonnier de la matière ? Tu les aimais tellement que tu voulais accélérer le processus de leur évolution ! Maintenant, par retour de balancier, tu les tiens pour responsables de ta captivité, et tu voudrais tous les détruire !

– Si tu les supportais au quotidien, comme je le fais, tu déchanterais vite ! Ils ne valent rien, n'apprennent rien, retombent sans fin dans les mêmes bassesses, les mêmes mesquineries, les mêmes errances. Non, crois-moi, j'en suis venu à penser que rien de bon ne sortira jamais de l'humanité. J'ai enfin compris que les hommes n'étaient qu'une matière première malléable et corvéable à merci, tenue prête et disponible pour celui qui voudra s'en servir ! Et un jour viendra, je te le dis, où j'aurai les moyens de rationaliser leur élevage, et où

326

ils me permettront d'avoir tout pouvoir sur cette planète ! Alors il n'y aura plus à la surface de la Terre qu'une nation, une langue, une monnaie, et un dieu : moi !

— Tu es devenu complètement fou ! », murmura Haziel, choqué de constater à quel point Malek avait changé.

C'est alors que la troupe de soldats nubiens, vêtus de tuniques rouges doublées d'une cote de cuir tressé, pénétra au pas de charge dans le sanctuaire, emmenée par Horemheb, qui venait encore de briser un tabou en faisant entrer des militaires dans l'enceinte sacrée du temple. En un instant, Haziel se retrouva encerclé par une trentaine de géants couleur d'ébène, le crâne rasé, pointant leurs arcs bandés droit sur lui.

« Alors, mon frère, dit enfin Malek. Es-tu avec moi, ou contre moi ?

— Malek, toi qui dis être mon frère, dit Haziel, réfléchis avant de commettre un acte irréparable, et de t'enferrer dans l'erreur. Il est encore temps, et tout peut être pardonné ! »

L'apostat rit de nouveau :

« Ton aplomb me sidère, Haziel. A ta place, si j'avais une trentaine de flèches prêtes à me rentrer dans le corps, je ferais moins le fanfaron ! Mais à présent, la plaisanterie a assez duré : pour la dernière fois, es-tu mon ami ou mon ennemi ?

— Je n'ai pas d'ennemi, mais je ne peux adhérer à tes projets puérils et ridicules. Je ne serai jamais ton complice... »

Malek eut une grimace de dégoût, et fit un geste de la main qui signifiait la fin de la discussion. Il se retourna vers les soldats, toujours prêts à décocher leurs traits, et leur donna l'ordre de tirer :

« Débarrassez-moi de ce minable, il n'y a plus rien à en espérer. »

327

Les Nubiens s'exécutèrent aussitôt, mais au moment où les flèches allaient transpercer l'ange de part en part, celui-ci disparut soudain, pour réapparaître auprès du corps toujours inconscient de Mérit, loin au-delà du cercle des soldats.

« Je ne te veux pas de mal, répéta Haziel. Laisse-moi la fille, et je partirai en paix.

– Pas question, répondit le maudit. J'avais oublié tes petits tours de passe-passe, mais tu n'as aucune chance ! »

Une deuxième salve nubienne partit en direction d'Haziel, pour s'écraser contre le mur de granit, car l'ange s'était de nouveau volatilisé.

Une voix terriblement grave s'éleva alors dans le sanctuaire, si forte qu'elle fit trembler les murs :

« J'entends que l'on se joue de moi dans ma propre maison ! », dit-elle, et tous s'interrompirent brusquement, cherchant son origine. Chacun était persuadé de l'avoir entendue résonner dans sa propre poitrine.

Puis on vit un petit nuage de vapeur laiteuse sortir des portes closes du naos, pour se concentrer au centre de la grande salle. Le nuage grossit rapidement pour prendre une forme humanoïde gigantesque, et constituer enfin un colosse d'un blanc lumineux et translucide de plus de quatre mètres de haut ! Au bout de quelques instants, lorsqu'il eut fini de se matérialiser, l'être immense regarda lentement de droite et de gauche les créatures qui s'agitaient en tous sens à ses pieds avant de se prosterner sur le sol pour quémander sa grâce.

L'immense coiffe à double plumes d'autruche qu'il arborait ne laissait en effet guère de doute quant à son identité : il s'agissait d'une apparition spectaculaire du dieu Amon-Râ lui-même, dans son corps de gloire immortel, réveillé après des siècles de silence par les

328

péripéties qui se succédaient dans son sanctuaire. Ses yeux vides étaient dénués de vie, mais projetaient sur la scène une lumière aveuglante qui se fixait sur chaque homme présent, un à un. Il semblait chercher quelqu'un. Enfin il braqua son regard sur Malek, le seul avec Haziel à être resté debout, et resta fixé sur lui. Une légende disait qu'il pouvait peser la valeur d'une âme en un instant, simplement en la contemplant.

« Ainsi, voici l'usurpateur, dit-il lentement, celui qui pendant toutes ces années se fit passer pour moi. Tu vas savoir ce qu'il en coûte, petit mortel, de vouloir endosser la chair des dieux ! »

Puis il détourna la tête et s'intéressa au Pharaon, qui s'aplatissait le plus possible pour tenter de se faire oublier :

« Va en paix, Horemheb mon fils, car tu n'as pas démérité. L'Egypte a besoin d'un grand roi, et ton règne sera à la hauteur de ses espérances. Toi et Ramsès, le successeur que tu t'es choisi, êtes à l'aube d'une nouvelle dynastie, dont la gloire et les édifices grandioses vaincront les éternités, et transmettront le nom des Dieux à des milliers de générations. Mais à présent laisse-nous, car ce qui va se passer ici ne peut être contemplé par des yeux mortels. »

Horemheb, le front toujours posé sur le sol et le cœur battant, n'en croyait pas ses oreilles. Il n'espérait certes pas s'en tirer à si bon compte après avoir fait pénétrer la troupe dans le Saint des Saints et provoqué de tels esclandres ! Il ne doutait plus que cette dernière apparition fût vraiment Râ, le Soleil dans toute sa gloire. Et, après avoir cru être soutenu par son usurpateur, il ne doutait pas non plus d'être aimé par le vrai dieu. Oui, en vérité, son règne allait être grand, car malgré tous ses crimes, il avait vu la face d'Amon, et elle lui avait souri !

Pharaon et ses hommes se dirigèrent vers la sortie du sanctuaire sans demander leur reste, à reculons et avec force courbettes et signes de soumission. Alors, lorsque le dernier d'entre eux eût disparu, la main lumineuse d'Amon-Râ se leva vers l'unique porte à double battant qui permettait l'accès au bâtiment, qui se referma dans un bruit sourd en jetant un voile de mystère sur la vengeance divine.

32. Azraël

« In an interstellar burst,
I'm back to save the universe. »
Radiohead, *Airbag*

Lorsqu'il fut assuré qu'aucun mortel ne pouvait plus le voir, le spectre immense se transforma à nouveau, changeant d'aspect tout en reprenant taille humaine. Ayant toujours l'apparence laiteuse d'un fantôme, ce fut bientôt un homme d'une trentaine d'années, aux cheveux longs tombant sur les épaules, qui se redressa au milieu de la salle. La régularité de ses traits ne trompait pas : c'était bien un ange qui venait de se matérialiser dans le sanctuaire de Karnak !

« Salut à vous, frères marginaux ! dit-il en riant. J'ai produit mon petit effet, il me semble !

– Azraël ! Mais que fais-tu là ? » s'écria Haziel, toujours sur le qui-vive, car le nouvel arrivant ne pouvait être qu'envoyé par Le Patron.

« Je viens exécuter une décision du Conseil des Archanges, expliqua l'ange de la mort. On m'avait prévenu de ta présence en ces lieux.

– J'ai une affaire personnelle à régler, et je souhaite que tu ne t'en mêles pas, prévint l'autre nerveusement.

– J'ai entendu parler de tes déboires, et j'espère que tu n'es pas en train de faire une bêtise… Mais dis-moi, ton affaire concerne-t-elle notre frère Malek, ici présent ? Car c'est pour lui que je viens.

– Pas vraiment. J'ai une dette envers cette femme », précisa Haziel en désignant Mérit allongée sur le sol.

Azraël jeta un coup d'œil soupçonneux vers le coin sombre qu'on lui désignait. Pour lui qui avait la réputation de toujours suivre le règlement avec rigidité, ces opérations simultanées n'annonçaient rien de bon. Mais l'affaire qui l'amenait ce soir-là était d'une telle importance qu'elle ne devait pas être retardée par les petites magouilles d'un ange d'intervention, qui n'allaient jamais bien loin du reste.

« Nous sommes entre nous, à l'abri de ces murs épais, loin des regards indiscrets, dit Azraël. Le Conseil a sans doute jugé que nous pouvions régler tous nos problèmes cette même nuit, en interférant le moins possible avec l'histoire des hommes. »

Il sourit à Haziel, et concéda finalement :

« Va en paix, cela ne me concerne pas. »

Haziel remercia son confrère en s'inclinant respectueusement, et se précipita pour tenter de sauver la jeune Egyptienne.

« *Tous nos problèmes* ? intervint Malek. Comment puis-je être un problème, moi qui ne suis plus qu'un ver grouillant dans la boue ! »

Azraël se tourna alors vers l'apostat, et les deux êtres surnaturels se firent face quelques instants, en une confrontation tendue et silencieuse.

« Je vais peut-être enfin avoir droit à une explication ? s'enquit Malek sur un ton faussement enjoué, derrière lequel on sentait une pointe de fébrilité.

– C'est cette nuit que tout bascule, et que tu abandonnes définitivement tes hautes ambitions angéliques. Avec le sacrifice de Mérit, tu prends conscience de ton pouvoir sur l'humanité, et tu vas commencer à envisager des moyens de l'asservir. C'est pourquoi je suis venu exécuter la sentence du Conseil des Archanges, qui met fin aujourd'hui à ta période d'apprentissage privilégié dans la matière, dit l'ange de la mort sur un ton protocolaire.

– Apprentissage privilégié ? Tu te fiches de moi ! Dis plutôt que vous m'avez jeté aux oubliettes, ou enterré dans un asile d'aliénés ! Je peux savoir quel crime a suscité une telle condamnation ?

– Après ta prise de position très personnelle durant la mission « Akhénaton », il est apparu que ton indépendance d'esprit et tes manières de franc-tireur, que nous avions tolérées jusque-là, ne correspondait plus à notre mandat, et pouvait même nuire à la cohésion de notre groupe.

– Par conséquent, vous m'avez jugé indigne de faire partie du cénacle, et m'avez envoyé au Tartare, à la fois pour me punir et vous débarrasser de moi !

– Pas tout à fait : le Conseil a considéré que ta façon de traiter les affaires humaines était due à une mauvaise connaissance des rouages de leur incarnation, et…

– Mais c'est impensable ! Je suis un ange, qui mieux que moi maîtrise ces rouages ?

– De nous tous, tu étais celui qui s'était le plus incarné au milieu des hommes, celui qui avait accompli le plus de missions. Tu étais le meilleur, le plus efficace, notre modèle. Mais nous avons compris trop tard que ces séjours répétés dans la matière n'étaient pas sans danger.

A chaque voyage, tu t'impliquais un peu plus émotionnellement, tu prenais fait et cause pour les mortels, et tu oubliais les véritables motivations de ta présence au milieu d'eux, jusqu'à perdre la vision objective des évènements. Tu étais déjà en train de devenir un mortel de façon naturelle, quand nous avons décidé de t'offrir cette chance originale de faire le tour de la condition humaine, afin de pouvoir t'en rassasier une fois pour toute, pour mieux reprendre tes esprits ensuite. Tu ne le sais pas encore puisque tu n'en es qu'au début de ton expérience, mais nous t'avons laissé agir à ta guise durant plus de trois mille ans, dans une totale liberté. Cependant, tu n'as jamais fait le moindre pas vers nous, obsédé que tu étais par l'acquisition de puissance. Nous t'avons observé sans intervenir jusqu'à ce qu'il devînt clair que nous avions choisi la mauvaise solution. Mais trêve de discussions oiseuses ! »

Avant que Malek ait pu réagir, l'envoyé du Conseil des Archanges lui imposa sa main au creux de la poitrine.

« A présent, viens et suis-moi, ordonna Azraël, car ton incarnation, qui n'a plus de raison d'être, s'achève céans. »

L'instant d'après, tous deux avaient disparu dans un éclair éblouissant et silencieux, ne laissant flotter dans l'air surchauffé du temple qu'un nuage de poussière, vite dissipé.

Resté seul dans la vaste salle de pierre, Haziel s'agenouilla auprès de celle qui avait été autrefois reine d'Egypte. La respiration de la jeune femme était rauque et irrégulière, plaintive. Sa vie ne semblait tenir qu'à un fil. L'ange imposa sa main sur le cœur de Mérit pour lui insuffler un peu d'énergie vitale, et elle ouvrit les yeux.

« Seigneur Haziel, souffla-t-elle en reconnaissant l'homme penché sur elle. Je vous ai attendu si longtemps…

334

– Ne parlez pas, économisez-vous. Toutes vos souffrances sont terminées, je suis venu vous chercher. Je vous emmènerai où vous voulez...

– Il est trop tard, je crois. Je n'irai pas plus loin. Ma vie n'aura été finalement qu'une suite de cauchemars. »

L'Egyptienne jeta un regard perdu à celui en qui elle avait mis tous ses espoirs, comme si elle voulait en graver l'image dans son âme pour l'éternité. Le froid de la mort s'emparait peu à peu de ses membres, et avec lui le renoncement.

« J'en ai assez, reprit-elle au bout d'un moment. Je suis trop fatiguée pour continuer. Je préfère mourir et me fondre enfin dans la lumière d'Aton, connaître la félicité éternelle...

– Mais je suis un envoyé d'Aton ! J'ai le pouvoir de vous guérir, de vous rendre à la vie. Je peux vous emmener loin d'ici, dans un jardin paradisiaque où vous vivrez encore de nombreuses années de bonheur ! Vous pourrez tout recommencer, oublier votre passé !

– Mais vous ? Viendrez-vous ? Les passerez-vous avec moi, ces années de bonheur ? »

Pendant un instant, il plongea dans les yeux adorables finement soulignés de noir, se demandant ce qu'il devait répondre. Il était facile, évidemment, de promettre n'importe quoi, mais il ne voulait plus lui mentir.

« Je ne le peux, hélas, car Aton est exigeant. Cependant où que je sois, je veillerai sur vous, et vous n'aurez plus jamais rien à craindre. Je vous rendrai souvent visite !

– Alors mieux vaut mourir plutôt que d'être encore éloignée de vous... Ce n'est pas une vie que vous me proposez là, et le bonheur ne peut coexister avec votre absence. »

La respiration de Mérit se fit soudain plus difficile, pour ne plus devenir qu'un filet imperceptible. La jeune femme partait, et devant sa détresse, l'ange ne trouvait pas d'argument pour la convaincre de rester.

« Père, me voici, je viens vous rejoindre ! » exhala-t-elle enfin, avant que ses yeux ne se troublent et que sa tête ne retombe, semblant plus lourde sur l'épaule de Haziel. Vaincu, celui-ci se laissa aller au découragement. Une fois de plus, il avait échoué lamentablement dans sa mission. Il serra le petit corps inerte durant de longues minutes en le couvrant de baisers, ne pouvant se débarrasser de l'impression d'un horrible gâchis. Décidément, rien ne se passait comme prévu, et l'ange ne savait plus désormais comment arranger les choses.

*

Sur une spire supérieure du temps, une autre incarnation de la princesse égyptienne galopait à bride abattue pour rejoindre Bonaparte sur le front qui s'était ouvert en Italie, contre les Autrichiens. Nous étions au début de juin 1800, et le général Desaix, parti du Caire en mars, venait de mettre plus de trois mois pour regagner l'Europe. Capturé par les Anglais, puis mis en quarantaine à cause de la peste, il avait rongé son frein et n'en pouvait plus d'inaction. Il avait hâte de rejoindre l'armée pour se jeter dans la mêlée.

A force de cavalcade, il finit par retrouver le Premier Consul qui, enchanté, lui trouva aussitôt une affectation. Dès le lendemain, il prenait la route vers Novi à la tête d'un corps d'armée. Mais en chemin, près de la petite ville de Marengo, un bruit de canonnade le fit se détourner vers un champ de bataille improvisé. Il y

336

découvrit un spectacle insoutenable : les Français se repliaient devant les Autrichiens victorieux !

Sans réfléchir une seconde, il chargea les troupes ennemies, en hurlant aux fantassins qu'il croisait de se ressaisir, qu'il fallait tenir cette position coûte que coûte, et que de nombreux renforts arrivaient. Galvanisés, les troupes françaises firent alors volte-face et passèrent à la contre-offensive, suivant ce diable d'homme qui chantait en allant au feu.

En un instant, la situation changea radicalement et, contre toute attente, les soldats de Desaix écrasèrent les troupes autrichiennes. Ils allaient donner à Bonaparte ce qui resterait dans l'Histoire comme une de ses victoires les plus célèbres, Marengo.

Cependant, alors qu'approchait la fin de la bataille, l'Auvergnat s'écroula soudain, touché en plein galop par une balle ennemie, au même endroit que la blessure mamelouk l'année précédente. Mais cette fois, rien ne viendrait contrecarrer La Faucheuse dans ses desseins, car le géant d'Arras qui tenait encloses dans son pourpoint les larmes du Christ, le seul baume miraculeux qui eût pu le sauver, faisait route en cet instant vers Paris, à plusieurs centaines de lieues de là. La sombre prédiction du moine copte s'était réalisée.

Desaix ferma donc les yeux pour la dernière fois dans la boue de Marengo, à trente-deux ans, rattrapé par un destin que, finalement, il n'avait rien fait pour éviter. Par un curieux hasard, c'était l'âge auquel Mérit rendait, dans un passé inimaginable, son dernier souffle sur une dalle du grand temple de Thèbes ; c'était aussi celui de Viviane, touchée par un autre projectile dans une ruelle parisienne d'un futur à peine plus concevable.

Ce même 14 juin 1800, journée décidément d'une intensité historique rare, le général en chef Kléber était assassiné au Caire par un fanatique islamiste. Cet acte, puni avec une extrême sévérité (le criminel serait empalé en place publique), sonnait le glas de la présence française en Egypte, qui perdurera pourtant dans les pires conditions, et sous la pression grandissante des Britanniques, des Turcs et de la peste, pendant près d'un an encore, jusqu'au printemps 1801.

*

Toujours fermement guidé par Azraël, Malek franchit allègrement de nombreux méandres du temps pour se retrouver flottant dans un paysage qu'il ne connaissait pas. Le soleil se couchait sur un décor qui évoquait la savane africaine : des arbres épars, perdus dans une plaine de hautes herbes disparaissant à l'horizon.

« Pourquoi m'amènes-tu ici ? demanda l'apostat à son juge. Cette scène n'appartient pas à mon histoire, je n'y ai jamais mis les pieds !

— Il y a un début à tout, répondit l'ange de la mort avec un air malicieux. Nous sommes ici pour rencontrer des gens très importants pour toi... »

Les deux anges survolèrent la vaste prairie pendant quelques instants, pour s'arrêter au-dessus d'un promontoire rocheux qui surplombait d'une dizaine de mètres l'océan végétal. Des silhouettes sombres se déplaçaient un peu maladroitement au sommet du massif, qui était surmonté d'un immense bloc de pierre en pente douce. Apparemment, des singes y avaient élu domicile, car cette forteresse naturelle offrait une bonne protection contre les fauves et les autres dangers de la nature.

« Ce ne sont pas vraiment des singes, expliqua Azraël. Ils valent mieux que ça, si l'on peut dire. Nous

338

nous trouvons dans une région de la Terre que les hommes appelleront plus tard Kenya, dans les temps anciens qui préparent la venue de l'humanité. Ces êtres primitifs que tu vois évoluer en ce moment constituent les prémices, ils forment les premiers maillons de la longue chaîne de l'histoire humaine. Ils sont évidemment à mille lieues d'imaginer ce que leurs lointains descendants seront capables de faire, mais ils portent en eux tous les espoirs des hommes, tous *nos* espoirs. Te souviens-tu qu'ils ne sont alors que quelques dizaines d'individus à avoir ce potentiel sur la planète ? Qu'il suffirait d'un revers de main de la nature pour les balayer à jamais ? Un coup de vent un peu trop froid, une épidémie un peu trop virulente, un groupe de guépards un peu trop affamés, et le genre humain est tué dans l'œuf, le patrimoine génétique de ces hominidés disparu à jamais, et une grande partie du processus qui nous a amené jusqu'ici est à refaire ! Tu comprendras donc que nous veillions sur eux comme des trésors inestimables !

– Je veux bien partager tes inquiétudes, dit Malek d'un ton passablement lassé, mais je ne comprends toujours pas ce que je fais là…

– Viens, je vais te présenter quelqu'un. »

Ils s'éloignèrent du rocher pour s'enfoncer dans un bosquet d'acacias particulièrement touffu. Au-delà de la barrière d'épines, ils surprirent deux membres de la tribu en train de se compter fleurette !

« Ce sont ces deux là que tu voulais que je voie ? Ils ont l'air de pouvoir se débrouiller très bien sans moi ! dit Malek avec un brin d'ironie.

– Comme tu le constates, ce sont deux jeunes adultes qui découvrent l'amour, et ils ont voulu se déclarer à l'écart du groupe, en toute discrétion. Ils ont déjà des comportements qui se différencient de l'animal.

Le mâle s'appelle Ban, et la femelle Ngô. Ils ont envie de fonder une famille, et c'est ce qui m'amène à toi. »

Malek regarda Azraël d'un air soupçonneux, ne sachant où il voulait en venir.

« Car voici qu'à présent t'est délivrée la décision du Conseil des Archanges, reprit celui-ci en utilisant une dialectique plus protocolaire. Pendant des dizaines de siècles, tu as vécu au milieu des humains la même vie qu'eux, et cependant tu n'as jamais ressenti de l'amour pour eux, car tu t'estimais différent et supérieur. En conséquence, tu vas maintenant devenir mortel, portant le fardeau d'un homme et naissant du sein d'une femme…

— Non, pas ça ! cria Malek paniqué. Je n'ai rien fait de mal ! Rien qui mérite une telle punition ! »

L'apostat se jeta aux pieds de l'ange de la mort, l'implorant d'intercéder en sa faveur, mais celui-ci continua, inflexible :

« Tu appelleras Ban ton père, et tu embrasseras Ngô ta mère, et tu seras leur fils premier né. Et tu les aimeras. Et tu aideras à l'évolution de la race des hommes, car tu seras un homme. Et comme tous les hommes tu naîtras et mourras de nombreuses fois pour retrouver dans ton âme, et jusqu'aux tréfonds de tes cellules, ta divinité perdue. Et tu resteras ainsi dans la ronde sans fin des incarnations du Samsara jusqu'à ce que tu te souviennes de qui tu es vraiment. »

Pendant ce temps, Ban et Ngô avaient atteint le sommet de leurs ébats et, après avoir goûté à l'ivresse des altitudes, retombaient doucement dans les bras de Morphée. Malek sentit alors un grand trouble l'envahir, et se mit à se contorsionner pour se débarrasser de son malaise.

« Il ne sert à rien de te débattre, mon frère, lui dit Azraël avec compassion. C'est un phénomène naturel, et absolument indolore.

– Espèce de salaud ! Tu m'as attiré dans un traquenard, articula l'ange déchu avec peine. Que se passe-t-il ?

– Rien que de très banal : Ban vient de féconder Ngô, et en tant que leur future progéniture, tu te retrouves lié à eux de manière indéfectible. A partir de ce moment, et pour les quelques mois qui viennent, commence ta lente descente vers la matière, et ton acclimatation progressive à ton corps de chair en train de se construire.

– Non, je ne veux pas ! » hurla Malek, mais il était trop tard. Une mécanique subtile était déjà en marche, que rien désormais ne pourrait stopper.

*

Dans le bureau de Torgnusson, au dernier étage d'une tour de La Défense, Lelubre et Cadoux virent soudain disparaître Malek dans un tourbillon de particules lumineuses, laissant vide le large fauteuil présidentiel. D'abord bouche bée, les deux hommes se jetèrent un coup d'œil incrédule avant de se lever d'un bond. Ils parcoururent fébrilement le bureau en tous sens pendant plusieurs minutes avant de se rendre à l'évidence : ils étaient seuls dans la pièce !

« Qu'est-ce qu'on fait alors, mon Général ? demanda le lieutenant Cadoux complètement désarçonné.

– On ne dit rien de ce qui vient de se passer, et on lance un mandat d'arrêt international. Cette fuite est un aveu, même si je dois admettre qu'il a fait très fort ! Et si

341

tu m'appelles encore une fois comme ça, je te fais muter en Ardèche, c'est compris ?
— Oui, Majesté ! »

33. Guérison

«And the strains
Coming from my blood
Tell me go back home! »
The White Stripes, *Seven nation army*

Après quelques instants de désorientation totale, Mérit s'était retrouvée à flotter au milieu du sanctuaire de Karnak, à plus de trois mètres au-dessus du sol ! Regardant sous elle pour comprendre ce qui se passait, elle s'était vue allongée, inerte, sur une des énormes dalles de granit qui pavaient la grande salle. Elle n'avait d'abord rien ressenti, observant avec détachement cette scène qui aurait dû la concerner au premier chef. Puis elle avait remarqué Haziel, penché sur ce corps qui était le sien, qui mêlait sanglots et baisers en la serrant convulsivement contre lui. Elle supposa qu'un drame s'était produit. Alors seulement, elle comprit qu'elle devait être morte, et que son *ka*, son âme, s'était éloignée de son *ba*, son enveloppe matérielle ! L'espace d'un instant, elle fut tentée de revenir habiter sa chair pour rassurer l'homme qui la pleurait, lui dire qu'elle était toujours là et que tout allait bien. Mais elle se trouvait dans un tel état de félicité, tous ses cauchemars ayant complètement disparu, son calvaire étant enfin définitivement terminé, qu'elle décida finalement de n'en rien faire. Après tout, elle l'avait attendu suffisamment longtemps pour qu'il souffre un peu à son tour. Et puis elle était persuadée qu'il ne porterait pas son deuil longtemps.

Ainsi donc, ce n'était que cela, mourir ? On faisait bien du bruit pour pas grand chose, finalement. Ce qu'elle expérimentait ressemblait tout à fait à ce que les prêtres enseignaient aux scribes novices en détaillant le Livre des Morts : le *ka* du défunt était un oiseau qui quittait le corps par la bouche ou par le nez, pour aller continuer son travail dans des contrées paradisiaques. Elle aurait été incapable de dire si elle avait quitté son corps par la bouche !

Pour la première fois de sa courte vie, elle éprouvait un sentiment de liberté vertigineux, et se mit à errer entre les colonnades, ne sachant trop où aller. L'âme de Mérit flottait telle une barque à la dérive. Comme elle ne pouvait contrôler ses mouvements, elle se retrouva dehors après avoir traversé, à sa grande stupeur, les épaisses parois du Saint des Saints ! Elle s'éleva encore plus haut dans les airs et vit à l'horizon, le long du fleuve, la procession des soldats qui ramenaient au pas de charge Pharaon dans ses appartements, à l'abri des frayeurs de cette nuit de folie durant laquelle les dieux semblaient vouloir changer l'ordre du monde.

A la simple évocation du visage de Horemheb, l'Egyptienne fut submergée par une bouffée de haine irrépressible. Ne contrôlant rien, elle vit soudain la scène autour d'elle changer du tout au tout, comme si elle se déplaçait à une vitesse folle. Interloquée, elle se retrouva assise en face de son tortionnaire, dans une litière bringuebalante ! Etait-elle en train à nouveau de faire un mauvais rêve ? Ou son désir de vengeance avait-il agi comme un aimant qui l'avait précipitée vers la personne qu'elle détestait le plus ? Elle ne tergiversa pas longtemps, et se jeta comme une furie sur l'homme qui avait détruit sa famille, ses idéaux, et jusqu'à sa vie. Elle voulait l'étrangler, le frapper, le griffer, le dépecer, lui faire le plus de mal possible. Il ne paierait jamais assez, de toute façon !

Malheureusement, elle se rendit très vite compte que son état de trépassée nuisait beaucoup à sa capacité d'action sur les êtres et les choses matérielles : malgré son déchaînement de colère, le maître des Deux Terres ne bronchait pas, et ne ressentait aucun des coups qu'elle lui portait. Il ignorait même sa présence, en fait !

« Je ne peux peut-être pas provoquer ta mort, chien galeux, mais j'attendrai patiemment le jour ou tu passeras de mon côté du miroir, promit le fantôme de Mérit. Et je te jure qu'alors tu regretteras de ne pas être envoyé directement aux Enfers, car ce que je te ferai subir dépassera en horreur tout ce qu'ont pu imaginer jusqu'ici les bêtes immondes et les créatures maudites qui grouillent dans les royaumes inférieurs ! »

Une voix chaude et amicale retentit alors, comme venue du plus profond de son être. Une femme l'appelait, et tentait de la distraire de ses noirs desseins.

« Mérit ! Belle Mérit ! M'entends-tu ? Ne te laisse pas submerger par de basses pensées ! Il faut t'élever, quitter cet endroit où tu n'as plus rien à faire.

— Qui êtes-vous ? Que me voulez-vous ?

— Je suis une amie, venue faciliter ton passage dans l'autre monde. Laisse cet homme qui ne mérite pas que l'on s'attarde sur son sort. Laisse là ton passé et rejoins-moi !

345

– Je ne demande pas mieux, mais comment m'y prendre ? demanda Mérit, agréablement surprise que quelqu'un s'intéresse à elle dans ce monde parallèle inquiétant.

– Laisse agir ton désir, il n'y a rien de plus simple ! Concentre-toi sur ma voix et souhaite sincèrement me rencontrer, en faisant abstraction de tout le reste. Tu te retrouveras instantanément à mes côtés ! J'ai moi-même eu du mal au début, mais on s'y fait très vite, tu verras ! Tu vas te déplacer à la vitesse de la pensée ! »

Après quelques essais infructueux, Mérit vit à nouveau le décor autour d'elle disparaître. Elle se retrouva immédiatement devant une jeune femme d'à peu près son âge qui lui ressemblait comme une sœur, et qui l'accueillit avec un sourire rayonnant.

« Salut à toi, jeune reine ! Sois la bienvenue dans l'antichambre de ta nouvelle vie ! dit l'inconnue.

– C'est curieux, votre visage m'est familier. J'ai l'impression de vous connaître !

– C'est assez difficile à expliquer… Je m'appelle Viviane, et je viens d'un autre temps, un futur très lointain ! *Je suis toi*, ou plutôt ce que tu seras dans de nombreux siècles !

– Je ne comprends pas. Sommes-nous du même sang ? Etes-vous déesse ou mortelle ?

– Je suis l'âme d'une mortelle dont la vie ne tient plus qu'à un fil, ce qui me donne la possibilité de te parler. Mais je ne suis pas vraiment morte non plus, ce qui va m'empêcher de t'accompagner vers les contrées de l'au-delà où tu dois te rendre maintenant.

– Comment est-ce possible ? A quoi cela rime-t-il ?

– Je ne le sais pas moi-même, à vrai dire ! Je suis simplement venue te demander de ne pas maudire les années que tu viens de passer. Tu as l'impression de n'avoir rien construit, et d'avoir souffert inutilement plus que de raison. Pourtant ce que tu as vécu résonne

346

encore en moi après des siècles de siècles ! Tu m'as modelée, tu es une partie de ce que je suis ! C'est comme si un lien invisible nous liait à travers le temps, et que nous tissions ensemble la même histoire... J'ai pensé qu'il était important que tu saches que tu n'étais pas seule, et que beaucoup de gens t'aimaient à ton insu ! »

Un nuage passa dans le regard de Mérit, et elle se mit à pleurer. Viviane la prit dans ses bras :

« Tu n'as plus rien à craindre, tes souffrances sont terminées. Ne pense plus au passé, le meilleur est à venir...

— En vérité, je ne suis pas mécontente de laisser cette vie de misère derrière moi. Mais quand je te vois, ma sœur du futur, par je ne sais quel prodige, je prends la mesure de mon ignorance ! L'Univers est immense, et il obéit à des lois si complexes que jamais les hommes ne pourront le comprendre.

— Moi-même, je ne comprends rien à ce qui nous arrive, admit Viviane. Mais tout ceci doit avoir un sens. Peut-être n'avons tout simplement pas à le comprendre... ou pas encore.

— Ce qui m'attriste vraiment, vois-tu, c'est d'avoir assisté au triomphe d'Amon, qui dans sa gloire à assuré Horemheb de sa protection éternelle. Je suis désespérée, car preuve m'a été donnée que tout ce pour quoi ma famille s'est battue n'avait aucun sens. Avec moi, c'est Aton qui est mort ce soir, et tout espoir de voir régner la justice et l'équité à la surface de la Terre a disparu à jamais ! Tant d'énergie gaspillée en luttes vaines, tant de blessures en pure perte, tant de sang versé pour une utopie... A présent, le criminel étend sa main sur l'Egypte, et son dieu cynique et sanguinaire possède le monde. Le cosmos serait-il régi lui aussi par la loi du plus fort ? »

Les deux femmes se serrèrent plus fort, et Viviane ne sut que dire devant la tragique évidence. Elle avait bien compris que pour sa propre guérison, elle devait remettre l'action de Mérit dans une perspective positive, mais cela semblait impossible dans un tel contexte. Au bout de quelques instants, pourtant, une lueur lui fit entrevoir une issue :

« Le nom de ton père est connu, à mon époque, dit-elle simplement, surprise elle-même de cette constatation miraculeuse. Aton n'est pas mort, puisqu'on en parlera encore dans plus de trente siècles !

– Dis-tu vrai ? s'enquit l'Egyptienne, incrédule. Raconte-moi ! Adorez-vous encore Amon-Râ ?

– Oh non ! dit Viviane en riant. Cela fait belle lurette qu'il a disparu, ainsi que l'ensemble du panthéon égyptien, qui doit bien compter plusieurs milliers de divinités, si je ne m'abuse !

– Ainsi mon père avait raison, qui prédisait la fin prochaine des faux dieux et la victoire d'Aton, la seule vérité ! Mais comment le vénérez-vous, alors ? La liturgie composée par Akhénaton est-elle toujours scrupuleusement respectée ?

– Nous ne vénérons plus Aton à proprement parler, expliqua Viviane, qui cherchait ses mots pour ne pas froisser Mérit. Mais la grande majorité des peuples de mon temps croit en un dieu unique, même s'il porte des noms différents selon les contrées. Tout le monde est plutôt d'accord, en théorie au moins, pour avancer que c'est un dieu de pardon et d'amour, qui préfère la paix à la guerre, et qui veut que les richesses soient réparties équitablement entre tous…

– C'est incroyable ! C'est tout à fait ce que préconise Aton ! Tu dois vivre dans une société merveilleuse ! s'extasia la jeune reine.

– Hélas, ma pauvre sœur, dit la psychiatre avec un air pincé, la guerre existe toujours, et il semble que les

348

hommes ne pourront jamais s'en passer... Ils se battent pour un lopin de terre ou pour de l'argent, parfois simplement pour déterminer le nom correct de leur dieu, alors qu'à mon avis ils croient tous en la même chose ! Ce qui préoccupe chacun, au fond, c'est de mettre sa famille à l'abri des épreuves et du besoin, rien de plus. Là-dessus tout le monde est d'accord, mais on dirait que cela ne suffit pas...

— Tu veux dire que tous les siècles qui nous séparent n'amèneront pas de solution à la division des hommes, à leur peur de la différence, à l'exclusion, à l'incompréhension mutuelle ? C'est désespérant !

— Il semble en effet que tout cela fasse partie intégrante de notre condition humaine... J'en suis venue à penser que nous n'avions peut-être que cela à dépasser pour devenir des dieux nous-mêmes, semblables à Aton dans sa lumineuse perfection, mais que c'était tout simplement impossible, malgré la facilité apparente de cette ultime étape. Peut-être n'en sommes-nous pas dignes, voilà tout ?

— Quoi ? Qu'ouïs-je ? Veux-tu bien retirer ça tout de suite, malheureuse ? »

La voix tonitruante de Haziel s'était brusquement fait entendre, interrompant la conversation de Viviane et Mérit. Il apparut à leurs côtés, et les serra contre son cœur, frêles créatures dans ses bras de géant.

« Alors, petites gazelles, on se laisse aller au pessimisme dès que j'ai le dos tourné ? »

Tout à sa tristesse, l'ange s'était souvenu qu'il avait laissé Viviane seule dans le proche au-delà, depuis un bon moment déjà. Quand il l'avait retrouvée en grande conversation avec Mérit, un autre visage d'elle-même, il s'était immédiatement ressaisi : non, décidément, la partie n'était pas jouée.

« Seigneur Haziel, vous ici ? s'étonna Mérit. Vous êtes décidément doté de pouvoirs extraordinaires, si vous pouvez vous jouer ainsi de la vie et de la mort !

– Je suis plein de ressource, en effet, répondit malicieusement l'intéressé.

– Je ne comprends rien à ce qui m'arrive, mais je suis soulagée de vous savoir à mes côtés, puisque nous devons gagner le royaume d'Aton par je ne sais quel moyen... Resterez-vous enfin avec moi pour l'éternité, lorsque que nous serons à destination ?

– Hélas, je ne pourrai pas non plus demeurer longtemps là où vous allez, car j'appartiens à un autre royaume, encore plus éloigné. Mais je ferai tout pour faciliter votre voyage ! De quoi parliez-vous donc, qui vous rendait si amère ?

– Vous m'avez dit être un envoyé d'Aton, il me semble, ce qui expliquerait la puissante magie dont vous êtes capable, se souvint la jeune reine. Si c'est bien le cas, peut-être pourrez vous m'expliquer l'incompréhensible, et me faire pénétrer le secret du Dieu : pourquoi les assassins et les tortionnaires comme Horemheb ne sont-ils pas punis? Pourquoi leurs crimes se voient-ils au contraire récompenser par le pouvoir et les honneurs ?

– Pour répondre à cette question, il faut avoir deux choses à l'esprit, répondit l'ange. La première est que nul ne peut juger de la valeur d'une âme humaine, ni de la noirceur de ses crimes. Et même Dieu ne le fait pas. Il n'y a que des consciences plus ou moins aveugles qui tâtonnent sur des chemins pierreux sur lesquels nombreux sont ceux qui sont tombés avant elles. Et qui peut dire d'un homme qu'il est entièrement mauvais, qu'il n'a pas une once d'humanité enfouie au plus profond de son être, qui suffit à lui éviter le châtiment éternel ? Tel assassin n'est-il pas dans le même temps un bon père de famille ? Et cet autre homme qui bat ses enfants, n'est-il

350

pas aussi un artisan unique, un génie passionné, apprécié et irremplaçable dans son savoir ? Quel homme peut assurer qu'il ne tombera pas dans la même ornière que celui qu'il condamne, s'il est exposé aux mêmes conditions ? Est-il seulement conscient du mal qu'il peut causer ? Horemheb, qui fut la source de tous vos maux, fut par ailleurs un bon père pour Ramsès, qu'il a élevé comme un fils légitime avec tout l'amour dont il était capable. De même il fut un général compétent, vénéré de ses hommes, desquels il a toujours su améliorer le quotidien par des attentions répétées.

— Je ne peux pas croire que cet homme ait un cœur ! cracha Mérit avec mépris.

— Tout le monde a un cœur, même si parfois il est bien caché. Les raisons qui peuvent faire basculer une âme dans la tragédie et l'horreur sont innombrables, et parfois ridicules. Le plus souvent, c'est sa propre souffrance qu'elle déchaîne autour d'elle, parce qu'elle ne conçoit rien d'autre.

— Cela n'excuse en rien les monstres, et ne devrait pas les soustraire à la punition ! se révolta l'Egyptienne.

— Et quelle est donc cette deuxième chose qu'il faut avoir à l'esprit ? s'enquit Viviane, que le sujet intéressait.

— C'est que le criminel, tôt ou tard, est mis face aux actes qu'il a commis, répondit l'ange. Peut-être ne sera-t-il pas jugé et condamné par la société dans laquelle il vit, par les lois de son temps qui sont sensées lui faire prendre conscience de ses torts. Mais il pourra retrouver sur sa route, dans des incarnations suivantes, les protagonistes de ses crimes passés. Ils se vengeront alors, ou lui feront comprendre par de multiples moyens, et suivant leur bon vouloir, la gravité des souffrances qu'il a causées.

— Ainsi, je pourrais me retrouver face à Horemheb dans des vies futures ? demanda Mérit incrédule.

351

— Absolument, mais seulement si vous le souhaitez. Libre à vous, alors, de continuer la spirale sans fin des vengeances et de la violence, ou au contraire d'y mettre un terme définitif avec un peu de bonne volonté de part et d'autre !

— Mais le reconnaîtrais-je, alors ? Je suppose qu'il n'aurait pas du tout le même visage…

— Vous avez raison. Il apparaîtrait sans doute dans votre vie dans un contexte qui vous permettrait d'inverser les rôles, par exemple vous en homme et lui en femme ! Ou bien au contraire rejoueriez-vous tous les deux la même partition, peut-être même pendant plusieurs vies, jusqu'à ce que vous trouviez ensemble une issue à votre liaison problématique. »

Mérit médita un moment sur ce que venait de lui apprendre Haziel. Tout cela était révolutionnaire pour elle, et éclairait d'un jour nouveau la complexité des relations humaines.

« Je ne sais plus que penser, avoua-t-elle enfin. Mais je veux croire à ce que vous venez de me dire, car cela signifie que la justice finit toujours par se faire jour, quel que soit le temps que cela prenne. Il est évident qu'une seule existence est très insuffisante pour apurer les dettes que nous pouvons contracter avec nos contemporains, et que de même, certaines rencontres paraissent inexplicables si elles n'ont pas leurs racines dans des vies précédentes. Je pense saisir la logique de tout cela, même si les mécanismes mis en jeu semblent infiniment complexes ! »

L'ange s'approcha de Mérit, et prit sa main dans les siennes.

« Je suis heureux de vous voir dans un meilleur état d'esprit, car je sens votre colère qui s'apaise. Ne pensez plus à Horemheb comme à un monstre destructeur, mais comme à une âme qui a une

352

compréhension limitée de la vie, et qui a besoin de vous pour lui ouvrir les yeux... »

La jeune femme secoua la tête en pinçant les lèvres :

« Il faudrait être Aton lui-même pour penser de cette manière, et j'aurai sans doute besoin de temps pour y parvenir. Mais si c'est vraiment le chemin de la sagesse, je l'emprunterai sans doute un jour... »

Il amena les petits doigts graciles à ses lèvres, et y déposa un discret baiser, pour la remercier.

« Alors, tout est bien. Cela me suffit. Vous allez pouvoir vous engager avec sérénité dans un nouveau grand voyage ! »

L'immortel étendit le bras devant eux, comme pour désigner une porte invisible :

« Et voici que s'ouvrent maintenant pour vous les portes du Royaume des Morts, qui n'ont de morts que le nom ! »

Une fissure de lumière haute de plusieurs mètres s'ouvrit alors dans le décor, permettant un passage vers une autre dimension. Lorsque leurs yeux se furent habitués à la blancheur extrême qui les nimbait, Haziel, Viviane et Mérit purent distinguer des formes humaines qui s'avançaient vers eux. Quand elles se furent suffisamment approchées, ils les virent sourire avec chaleur et tendre les bras pour accueillir celle qui allait devoir les accompagner. Haziel reconnut Akhénaton et Néfertiti, Toutankhamon et Ankhesen, Smenkh et ses autres sœurs, qui entourèrent la nouvelle arrivante avec affection.

« Va, petite fille, dit l'ange, et profite d'un peu de repos. Prends le temps qu'il faudra avant de plonger dans de nouvelles aventures ! »

Alors Mérit, après avoir jeté un dernier regard de reconnaissance à l'envoyé d'Aton et à sa compagne du futur, prit la main de ses parents et s'avança vers la porte lumineuse du Royaume des Morts, qui se referma bientôt.

Haziel put enfin pousser un soupir de soulagement, car cette fois la mission était bel et bien accomplie : l'ensemble des incarnations suivantes de Mérit, qui menaient jusqu'à Viviane, était maintenant en passe d'être libéré de cette haine et de cette rancœur tenaces qui avaient pesé jusqu'alors sur sa confiance en elle et sur ses relations avec autrui. La fille d'Akhénaton ne s'enfermait pas dans une gangue hermétique de colère vengeresse, mais laissait une porte ouverte à l'apaisement, puis au pardon qui viendrait en son temps.

Cette dernière réflexion mit brusquement fin à son euphorie, car elle le ramenait au destin de Viviane, et à Mikaël, l'enfant à venir. Il se retourna vers l'âme voyageuse en se demandant comment il allait tourner ce qu'il avait à lui apprendre. Les discussions délicates se succédaient décidément à un rythme qu'il avait du mal à soutenir, et celle qui s'annonçait revêtait, encore une fois, une importance cruciale.

« Avant que nous repartions vers ton époque, il faut que je te dise quelque chose de grave, commença-t-il.

– Tu veux m'annoncer que tu ne reviendras pas vivre avec moi, c'est ça ? s'enquit Viviane avec anxiété.

– J'avoue que je ne sais plus où j'en suis, avoua l'immortel. Je ne sais pas du tout quoi faire. Mais ma décision va dépendre de toi et de ce que je vais t'apprendre. »

Viviane lui jeta un regard inquiet, et Haziel prit son courage à deux mains :

« Et bien voilà : notre histoire, pour brève qu'elle ait été jusqu'à présent, a déjà porté des fruits. Tu attends un enfant de moi. Je t'assure que si j'avais pu imaginer les conséquences, jamais je ne…

354

– Tais-toi, tu vas dire des bêtises ! » souffla doucement la jeune femme en arborant une mine radieuse. Elle posa son index sur les lèvres de l'ange et se blottit contre lui. Ils se serrèrent longuement.

« C'est curieux, dit-elle, mais je crois que je le savais déjà. Je le sentais au fond de moi. Ou bien je le désirais tellement que la nouvelle ne me surprend pas... Je suis heureuse, tu sais ? Je t'aime comme une folle ! Tu ne pouvais pas me faire un plus beau cadeau ! »

Haziel resta silencieux pour ne pas montrer son trouble. Loin de lui indiquer le chemin à suivre, cette belle déclaration ne faisait au contraire que renforcer son incertitude. Les rencontres successives avec Mikaël et Azraël lui avaient rappelé l'importance des missions angéliques, leur caractère sacré, et il ne pouvait plus se défaire d'un sentiment de culpabilité qui à la longue devenait obsédant. Que deviendrait l'univers si tous ses compagnons empruntaient son chemin et privilégiaient leurs satisfactions égoïstes ? Les anges étaient somme toute bien peu nombreux en regard du travail à accomplir, et la disparition de l'un d'entre eux était lourde de conséquence. Mais parallèlement, comment laisser cette femme seule, alors qu'il l'avait chargée à son insu d'une responsabilité énorme ?

Prenant conscience du débat intérieur qui préoccupait son compagnon, Viviane le regarda intensément, pour le faire parler. Haziel plongea dans les grands yeux interrogateurs de la jeune femme, tentant d'y trouver des réponses, mais il ne put que faire le rapprochement avec une scène identique qui s'était déroulée avec Mérit sur un ponton flottant de la Cité du Soleil, la rencontre qui avait tout déclenché. Cette fois, la boucle était bouclée, et il fallait que l'histoire se termine d'une manière ou d'une autre.

« Je crois que j'ai compris ton problème, dit Viviane.

– Ah bon ? Tu as bien de la chance, parce que moi...

– J'ai l'audace de penser que tu es heureux avec moi...

– Et tu penses bien !

– ... mais en fait, tu n'es tout simplement pas heureux sur Terre ! »

Devant une telle évidence, l'ange ne put qu'acquiescer.

« Tu peux partir, tu sais, ajouta-t-elle.

– Pardon ?

– Je ne veux pas que tu te gâches pour moi. Je t'aime trop pour supporter de te voir t'étioler jour après jour, et t'aigrir en regrettant ton choix jusqu'à la fin des temps.

– Et l'enfant ? Qu'en ferais-tu ?

– J'avoue que la nouvelle est un peu trop récente, et je n'y ai pas réfléchi. Mais si tu dois partir, fais-le tout de suite, ça fera moins mal. Après tout, je ne serai pas la première mère célibataire de l'Histoire ! Avec le temps, j'arriverai sans doute à me faire à l'idée que nos deux mondes ne sont pas faits pour se mélanger... Du moins pas de la façon dont nous avons tenté de le faire. Et si ce que nous avons vécu n'était qu'un rêve, finissons sur cette belle image, et ne la salissons pas !

– Tu es incroyable ! » murmura l'ange.

Et en vérité, il fallait être plus qu'humain pour consentir un tel sacrifice. Haziel se dit qu'à ce moment précis, Viviane était plus proche des anges, de leur amour inconditionnel et de leur abnégation, que lui-même.

34. Départ

« Do you think you'll be the guy,
To make the Queen of Angels sigh ? »
The Doors, *Hello, I love you*

Viviane et Haziel étaient revenus dans la chambre d'hôpital où le corps de la psychiatre était toujours plongé dans l'inconscience. Ils flottaient au niveau du plafond, au-dessus du lit, à regarder le visage de madone à la beauté si pure, resté inaltéré malgré la blessure et le coma. En leur absence, l'état de la jeune femme s'était considérablement amélioré, et les machines qui l'entouraient naguère avaient pratiquement toutes disparu, y compris le respirateur. Libérée de cet arsenal bruyant et disgracieux, elle semblait dormir paisiblement. Si sa guérison était aussi rapide, c'était que les soins prodigués par les habitants du monde invisible n'avaient cessé à aucun moment. Par la graine de vie qu'elle portait en elle, elle représentait maintenant un formidable espoir pour l'humanité, et un trésor inestimable pour les forces angéliques qui formeraient désormais une protection insoupçonnable mais infranchissable contre les dangers de la matière, jusqu'à ce que l'enfant soit en âge d'assumer seul sa destinée.

Il semblait clair que Viviane allait se réveiller dans peu de temps, et que les deux amants vivaient leurs derniers instants privilégiés :

« Que vas-tu faire, alors ? demanda doucement Viviane.

— L'intervention d'Azraël m'a ouvert les yeux. La voie est claire pour moi à présent : je suis le seul à pouvoir mener à bien la mission qui m'a été assignée. Je ne peux pas renoncer sans entraîner des conséquences dramatiques, y compris pour toi, ma reine…

— Tu sais, quand je t'ai dit que tu pouvais t'en aller, je jouais les dures… J'ai tellement besoin de toi ! Je ne pourrai jamais survivre si tu pars !

— Alors achève vite ce que tu es venu faire dans la matière, et rejoins-moi ! Souviens-toi enfin de qui tu es, retrouve le chemin de ta divinité ! Ce ne sera pas long, tu es sur le bon chemin.

— Mais combien de temps devrons-nous être encore séparés ? Je veux que tout cela s'arrête…

— Bien peu, je te l'ai dit. Encore quelques incarnations… Et je viendrai te voir souvent, dans ton sommeil ! Tu n'auras qu'à m'appeler, et je serai là ! Je serai toujours attentif cette fois, ne t'en fais pas !

— Et je vais retomber dans mes problèmes d'antan, incapable de construire une relation durable à cause de ton souvenir…

— Sois sans crainte: maintenant que tu connais la cause du problème, il n'a plus de raison d'être. Lorsque tu ouvriras les yeux, tout à l'heure, tu m'auras oublié.

— Je te promets que non !

— Eh ! Il n'y a pas qu'avec moi que tu as des vieux comptes à régler ! Donne une chance aux autres !

– Tu me pousses dans les bras d'autres hommes ? Ça me paraît inconcevable que tu dises une chose pareille !

– Les anges ne sont pas jaloux : l'amour dont nous parlons n'a rien à voir avec ce qu'un mortel peut imaginer. Tu ne crois pas que le petit bout qui pousse en toi aura besoin d'un père attentionné pour le chérir et le protéger ? Ainsi que toi, d'ailleurs ?

– Je n'avais pas pensé à ça…

– Ton corps, là en bas, y pense, lui. Il a besoin qu'on apaise son obsession animale de sécurité. Tu n'as qu'à le laisser faire !

– Je ne vais quand même pas me jeter sur le premier venu !

– On parie ? Regarde…

– Mais qu'est-ce que tu me chantes ? »

La porte de la chambre s'était ouverte, et un homme en blouse blanche entra furtivement, en prenant bien soin que personne dans le couloir n'ait remarqué son intrusion. Rassuré, il referma silencieusement derrière lui et s'approcha du corps inerte étendu sur le lit. De là où ils étaient, Viviane et Haziel voyaient des volutes d'un rose bonbon du plus bel effet s'échapper de l'aura de l'inconnu.

« Mais qu'est-ce que c'est que ça ? demanda Viviane éberluée.

– En voilà un qui est raide dingue de toi, par exemple ! sourit l'ange.

– Ce n'est pas possible, je ne l'ai jamais vu ! »

En regardant différemment l'intrus, ils commencèrent à recevoir des informations à son sujet, qui défilaient autour de lui comme des petites séquences filmées. En fait, il avait repéré Viviane sur sa civière lors de son arrivée avec le SAMU. Un coup de foudre immédiat et incurable, malgré l'agitation des urgences et

359

les vociférations du commissaire Lelubre complètement déchaîné, malgré la gravité de la blessure qui semblait la condamner à court terme. C'était pour lui comme une apparition, une révélation. Elle était un ange. Son ange. Elle paraissait si fragile, si perdue, si incroyablement parfaite, comme tombée du ciel dans un monde de fer et de sang.

Il s'appelait Joseph, et terminait son internat de chirurgie. Il était souvent venu la voir dans les jours qui avaient suivi son admission, et constatait avec un fol espoir ses progrès miraculeux. A chaque visite, son attachement pour la belle inconnue, dont il sentait bien qu'il était totalement irrationnel, ne cessait de s'enraciner en lui plus profondément, jusqu'à lui ôter l'appétit et le sommeil. Aujourd'hui il n'y tenait plus. Il fallait qu'il fasse quelque chose, mais il ne savait pas quoi. Si seulement il pouvait être là au moment où elle se réveillerait ! S'il pouvait être la première personne qu'elle voit, qui lui parle, elle en concevrait certainement un sentiment particulier qui lui donnerait sa chance…

Il s'était assis sur une chaise à côté du lit, et caressait doucement la main adorée, délicate et menue, qui restait sans réaction.

« Il a l'air vraiment accro, susurra Viviane avec un petit sourire où se mêlaient l'attendrissement et l'orgueil. Et il est plutôt beau mec…

— C'est un type bien, ne lui fait pas trop de mal…

— Non mais dis donc, ça te va bien de dire ça !

— Quoiqu'il en soit, je crois que l'heure de ton réveil est venue.

— Oh… déjà ? »

Elle lui jeta un regard plein d'effroi.

« Je ne veux pas y aller ! Garde-moi avec toi !

— Ce ne serait pas une bonne idée, je crois. Mais je serai toujours à tes côtés : je t'enverrai des petits signes

360

que toi seule pourra reconnaître. Nous vous en envoyons en permanence, pour vous réconforter ou vous mettre en garde, ou tout simplement pour vous faire un coucou amical, mais vous ne remarquez jamais rien. Vous êtes tellement désespérants...

— De quels signes parles-tu ?

— Je ne sais pas moi, tout ce qui peut te paraître insolite : une photo qui tombe d'un mur, un coup de téléphone sans interlocuteur, des craquements de vieux meubles, la vaisselle qui fait soudain du bruit sur ton évier alors que tu n'y a pas touché depuis deux jours, une lampe qui se met à clignoter... on ne manque pas d'imagination, tu sais !

— Mais c'est du hasard, tout ça ! On peut toujours trouver des explications rationnelles à tout ce que tu décris là !

— Bien sûr que c'est le hasard : nous sommes le hasard ! Si le signe que tu perçois intervient à un moment qui est psychologiquement important pour toi, où lors d'un événement particulier dans ta vie, s'il te rassure, te redonne confiance, ou bien t'empêche de commettre un geste néfaste, alors tu peux être certaine que je suis près de toi. Tiens, on va faire un marché : quel est ton chanteur ou ton groupe de musique préféré ?

— Aïe ! Qu'est-ce que c'est encore que cette question ! Attends que je réfléchisse, il y en a beaucoup... Je suis plutôt restée scotchée dans les années soixante-dix, en fait. Je ne sais pas moi... j'aime beaucoup les Doors, par exemple !

— Excellent choix, j'adore aussi. Mon marché est le suivant : à chaque fois que tu entendras une chanson des Doors à la radio, dans la rue, dans un magasin ou dans la salle d'attente de ton dentiste, c'est moi qui aurai provoqué sa diffusion, et cela voudra dire que je suis juste à côté de toi, que je ne t'oublie pas, et que je t'aime très fort. Ça te va ?

361

– Tu peux faire ce genre de chose ?

– Bien sûr, je peux tout faire !

– Bon... OK, ça me va... à défaut de mon ange préféré, j'aurai Jim Morrison... Hé ! Mais qu'est-ce qu'il fait, l'autre, en bas ! »

Pendant ce temps, Joseph s'était levé de sa chaise et se penchait sur le corps de Viviane. N'y tenant plus, il s'était décidé à l'embrasser, comme si elle était la Belle au Bois Dormant. D'abord timide, il s'enhardissait rapidement, et semblait prendre beaucoup de plaisir à cet étrange bouche à bouche.

« Mais c'est dégoûtant ! s'écria le corps éthérique de la psychiatre. Je ne peux pas me défendre, c'est du viol !

– Je crois que tu n'as plus choix, il faut que tu y ailles !

– Et comment, que j'y vais... »

En un éclair, elle s'était approchée du lit, et sans un regard en arrière, avait réintégré son corps matériel. Lorsque, tout à son affaire, Joseph regarda machinalement les yeux de Viviane, il eut un brusque mouvement de recul en constatant qu'ils s'étaient ouverts !

« Oh merde ! Je... je suis désolé ! Je ne voulais pas vous... enfin, je pensais que... » bégaya-t-il complètement paniqué. Elle lui fit un sourire à embraser l'antarctique.

« Vous m'avez réveillée, on dirait. Vous devez être mon prince charmant... » chuchota-t-elle d'une voix un peu rauque, abîmée par l'intubation, tout en le couvant d'un regard qui rendit le pauvre garçon tout chose. Il n'avait pas imaginé ça, même dans ses rêves les plus fous !

Au-dessus d'eux, l'ange jugea qu'il était temps de s'éclipser. Apparemment, son petit bout de femme

362

avait retrouvé tous ses moyens, et elle saurait se passer de lui. Il disparut à son tour dans un tourbillon de particules lumineuses, en se demandant bien ce qu'il allait raconter au Patron.

*

Catherine était nue devant le miroir de sa salle de bain, et jugeait l'état de son corps sans complaisance. Les traits creusés, son visage laiteux de rousse devenu livide, une collection de valises sous les yeux, elle était plus qu'épuisée. A trois heures du matin, elle aurait dû dormir comme une pierre, profiter des deux jours de pause qu'elle venait de décrocher, les premiers depuis le début de l'épidémie, pour recharger un peu ses batteries et se refaire un semblant de santé. Mais elle ne trouvait pas le sommeil.

Comment avait-elle pu plaire à Cadoux avec une tête pareille ? A peine était-elle rentrée chez elle la veille au soir, qu'elle l'avait appelé. Il était arrivé moins d'une heure plus tard, et elle s'était jetée sur lui. Ils s'étaient aimés là, sur le sol, rapidement, comme des désespérés, comme des condamnés à mort qui n'ont plus rien à perdre. Il s'était avéré que l'inspecteur était un amant exceptionnel, insatiable et gourmand, tour à tour doux ou violent quand il le fallait. En l'espace de quelques heures, plusieurs assauts s'étaient succédés dans divers coins de l'appartement, et Catherine avait été comblée. Puis, repu, ce membre éminent de la force publique (« son » membre, s'amusa-t-elle à préciser) s'était endormi par surprise, et ronflait maintenant bruyamment dans le lit de l'infirmière.

Elle se pinça les hanches, le ventre, passa les mains sur ses cuisses. Un petit examen de routine qu'elle

363

faisait régulièrement et qui, jusqu'ici, la rassurait. Malgré ses trente-six ans révolus, elle était encore potable ! Machinalement, elle caressa ses seins, sa plus grande fierté. C'était sa façon de les remercier d'être toujours fidèles au poste. Imposants, ils étaient plus que parfaits, et la plupart des hommes, en la regardant, ne voyaient qu'eux. Elle était consciente de leur devoir la majeure partie de ses aventures, la richesse et la variété de ses relations sentimentales, mais aussi leur brièveté. En effet, tels une enseigne aux néons multicolores, ils attiraient une foule de prétendants toujours renouvelée, mais ce faisant, repoussaient au dixième rang les hommes intéressants, les sensibles et les fidèles, toujours plus timides, qui devenaient ainsi inaccessibles.

Elle se dit qu'avec Denis Cadoux, elle avait peut-être tiré le bon numéro, mais dans le contexte délétère des jours derniers, c'était sans doute trop tard. Brusquement rattrapée par la lassitude, elle eut enfin envie de finir calmement la nuit à ses côtés.

En ouvrant la porte pour regagner sa chambre, elle étouffa un cri de stupeur : un fantôme se tenait debout au bord du lit ! Il avait l'apparence d'un homme jeune, sans aucun vêtement, de près de deux mètres, qui baignait dans un halo blanc et lumineux. Paisible, l'air satisfait, il regardait Cadoux dormir. Ses cheveux longs tombaient en boucles lâches sur ses épaules, et l'infirmière crut d'abord à une apparition du Christ. Mais l'ectoplasme était imberbe. Comme il n'avait pas l'air méchant, elle s'avança d'un pas malgré son cœur qui battait la chamade. Le fantôme se tourna alors vers elle, et la regarda en souriant.

« Salut à toi, Catherine, dit-il en s'inclinant légèrement. Bénie sois-tu entre toutes les femmes ! »

Pétrifiée, Catherine écarquilla les yeux.

« Qui êtes-vous ? Que me voulez-vous ? murmura-t-elle en tremblant de tous ses membres.

364

– Je suis Gabriel, l'ange messager. Je suis venu t'annoncer une grande nouvelle ! »

Comme elle était très croyante et férue des choses spirituelles, la jeune femme comprit immédiatement ce qui lui arrivait. Elle tomba à genoux, les mains jointes en prière :

« Oh mon Dieu, l'ange Gabriel ! Comme la vierge Marie ! Vous êtes venu me dire que...

– Oui, ma très chère enfant, dit l'ange avec compassion. Le Très-Haut t'a bénie, et tu vas avoir un fils...

– Oh mon Dieu ! » répéta l'infirmière, alors que les larmes lui montaient aux yeux.

Mais une autre main lumineuse sortit brusquement du néant et se posa sur l'épaule de Gabriel.

« Euh, excusez-moi, dit une voix inconnue, mais je dois vous interrompre... »

Un autre fantôme se matérialisa dans la petite chambre, qui devenait vraiment surpeuplée.

« Par la malepeste, Haziel ! jura Gabriel en perdant toute contenance. Qu'est-ce que tu fais là ? »

Haziel prit Gabriel par le bras et commença à le tirer vers le fond de la pièce.

« Viens avec moi, lui dit-il tout bas. Il faut qu'on parle, il y a un contrordre.

– Quoi ? s'insurgea l'autre. Tu te fous de moi ?

– Je vous le rends tout de suite, reprit Haziel avec un air affable à l'adresse de Catherine, qui était toujours à genoux dans la simplicité de sa nudité. Ce ne sera pas long ! »

Décontenancée, celle-ci regarda les deux anges s'éloigner et se lancer dans un conciliabule animé. Le visage du nouvel arrivant, ainsi que son nom, lui disaient vaguement quelque chose, mais où avait-elle pu le rencontrer ?

La discussion entre les deux êtres surnaturels, aussi nus l'un que l'autre, sembla durer un temps infini à Catherine, qui cru entendre, par bribes, qu'il s'agissait en fait de négociations.

« Bassiste, ça irait ? demandait Haziel.

– Ça ne va pas non ? Et pourquoi pas batteur, pendant que tu y es ? répondait Gabriel. Chanteur ou rien, c'est mon dernier mot ! »

Le dialogue s'éternisait, et le ton montait, quand il sembla arriver dans une impasse définitive.

« C'est n'importe quoi ! dit enfin Gabriel, furieux et excédé. Je vais dire deux mots au Patron ! »

Et il disparut aussitôt dans une volute de particules rouges de colère.

Haziel, un peu gêné, jeta un coup d'œil de travers à Catherine.

« Bien, dit-il enfin après avoir réfléchi quelques instants. Je crois que je vais terminer cette Annonciation tout seul. »

Il s'approcha de la jeune femme, qui s'était assise sur le bord du lit, bras croisés.

« Mais que se passe-t-il, à la fin ? s'impatienta-t-elle.

– Ma chère enfant, reprit l'ange, comme Gabriel te l'a dit, Le Très-Haut a posé des yeux pleins d'indulgence sur toi, et t'a jugée digne d'accomplir non pas une, mais deux missions pour Sa plus grande gloire. Pour commencer, il est vrai que tu donneras au monde un fils bienheureux entre tous, et tu l'appelleras Jean-Baptiste. Mais il ne sera pas le Messie. Il sera Son précurseur, Son éclaireur, Son compagnon le plus proche. Il préparera Son chemin et L'accompagnera dans sa mission. Il sera Son *lead* guitariste… »

L'infirmière fit une drôle de tête.

« Pardon ? Son quoi ? demanda-t-elle éberluée.

366

– Ça ne te convient pas ? s'enquit Haziel, inquiet. C'est un rôle très important ! Ensemble, ils vont faire des miracles...

– Ah ? Bon... Si vous le dites, dit la jeune femme pas très convaincue. Et la deuxième mission ? »

Une vieille fiole de verre pas plus grosse qu'un doigt, contenant un liquide huileux et jaunâtre, apparut alors dans la main translucide de l'être de lumière.

« Voici un sérum d'une puissance incomparable à tout ce qui existe sur Terre, expliqua-t-il. En diluant une seule goutte de cette huile sainte dans trois cents litres d'eau, tu pourras sauver des milliers de vie. Si tu travailles bien, ce petit flacon peut à lui seul stopper l'épidémie qui ravage ta cité, en approvisionnant l'ensemble de ses hôpitaux ! Mélange cette eau à la nourriture, mets-la dans les perfusions, utilise-la en cataplasme sur les plaies, et tu verras la volonté du Seigneur s'accomplir ! »

Catherine prit le lacrimoire qu'on lui tendait comme s'il s'agissait d'une éprouvette et, incrédule, en observa le contenu :

« Mais c'est presque vide ! Je ne vais rien pouvoir faire avec ça ! »

Les yeux de Haziel se plissèrent.

« Aie la foi, ma sœur, et tu seras toujours dans l'abondance, dit-il en posant sa main sur le front de la jeune femme. En vérité, il y a assez là-dedans pour sanctifier toutes les piscines de France ! »

– Et d'abord, pourquoi moi ? Je suis loin d'être un modèle de vertu ! Qu'est-ce que j'ai fait pour attirer votre attention ?

– Il se trouve, mademoiselle, que j'ai gardé un souvenir très ému d'une toilette que vous m'avez faite avec une attention et une délicatesse hors du commun, au tout début de cette aventure. Que cela reste entre nous, mais depuis lors, j'ai gardé une tendresse toute particulière à votre endroit ! »

Un sourcil dressé, l'ange balaya alors d'un regard teinté de perversité la parfaite nudité de son interlocutrice.

« Oh mon Dieu ! répéta Catherine pour la troisième fois, mais sur un autre ton. L'homme sans nombril ! La voiture piégée ! Mais vous n'avez rien vu, vous étiez dans le coma...

– Vraiment ? » répondit l'autre avec un rictus sournois.

La jeune femme, au comble de la honte, porta la main à sa bouche, tentant vainement de se rappeler ce qu'elle avait fait exactement ce matin-là.

C'est ce moment gênant que l'inspecteur Cadoux choisit pour se réveiller. D'abord ébloui par la lumière inhabituelle qui régnait dans la petite pièce, il reconnut soudain Haziel, l'ennemi public numéro un qui l'obsédait depuis des mois.

Il chercha son arme du regard, mais s'aperçut avec horreur qu'elle était posée sur une chaise juste à côté du terroriste. Il n'avait aucune chance de l'atteindre avant lui. L'ange avait suivi son regard.

« C'est ça que vous cherchez ? demanda-t-il en tendant la main vers le pistolet.

Cadoux se maudit intérieurement. Comment pouvait-on être aussi con ? Cette fois, il était fichu. Il s'était fait avoir comme un bleu.

Mais alors que la main blafarde allait saisir l'objet de mort, le policier la vit soudain continuer sa course et s'enfoncer littéralement à travers le fond du fauteuil. Les yeux écarquillés, Cadoux esquissa un mouvement de recul. Son flegme légendaire était mis à rude épreuve. Peut-être après tout n'était-il pas encore réveillé ? Ce type ne pouvait *pas* être *vraiment* un fantôme !

368

« Vous ne pourriez pas me faire grand mal, j'ai l'impression ! » dit Haziel en narguant le fonctionnaire.

Il balançait sa main en tout sens, faisant de grands moulinets qui traversaient sans coup férir l'arme, la chaise et le lit.

« Vous vous êtes trompé de coupable, dit finalement l'ange à l'inspecteur. Mais je vous pardonne, vous ne saviez pas ce que vous faisiez. Je vais maintenant disparaître, et vous n'entendrez plus jamais parler de moi. »

Il regarda Catherine, et c'est comme si une bouffée d'amour universel enveloppait la future maman et la soulevait de terre.

« Cet homme est bon jusqu'au tréfonds de son être. Il s'occupera bien de toi et de l'enfant. » lui prédit-il.

L'infirmière acquiesça et sourit avec reconnaissance.

« Quand à vous, dit l'apparition en désignant Cadoux d'un doigt menaçant, j'exige que vous veilliez à la tranquillité de Viviane Lanson. Plus rien désormais ne doit l'incommoder !

— Ne vous en faites pas, répondit l'inspecteur. Le seul qui aurait pu lui chercher noise, c'était Lelubre, et il vient d'être muté en Nouvelle-Calédonie pour surveiller les jeunes Kanaks. Autant dire qu'on l'a envoyé se faire voir après avoir laissé filer Torgnusson !

— C'est curieux, s'étonna l'ange. Vous aussi, vous l'avez laissé filer, il me semble... et vous n'avez pas été inquiété ?

— Euh, non, non, admit le fonctionnaire en regardant ailleurs, l'air gêné. C'est un vrai miracle, mais personne ne m'a rien dit ! »

Haziel lui fit un sourire d'acteur hollywoodien dans une publicité pour dentifrice.

369

« Réfléchissez-y donc ! » conclut-il avec un clin d'œil.

Après une dernière révérence, l'ange disparut comme un rêve qui s'estompe, et la chambre replongea dans l'obscurité. Un long silence incrédule prolongea cette scène inédite. Un peu mal à l'aise, Cadoux fut le premier à oser reprendre contact avec le réel :

« Ouais…, maugréa-t-il. Si ne serait-ce qu'un centième de ce qu'il dit se réalise, je jure de croire en Dieu. »

Encore sur un nuage, Catherine lui passa le revers de l'index sur la joue.

« Tu ferais bien de t'y mettre tout de suite, si tu veux vivre avec moi, murmura-t-elle. Après tout, je suis une sainte, maintenant ! »

Ils s'embrassèrent.

Epilogue – 25 ans plus tard

Le public était au rendez-vous. Il s'était déplacé en nombre pour venir applaudir sa nouvelle idole lors de son premier grand concert parisien. Michaël pouvait sentir les mouvements de la foule, si proche, alors qu'il s'apprêtait à monter sur la scène. Il avait encore du mal à réaliser que tant de gens se soient déplacés pour lui. C'était insensé, cette folie déclenchée par son image, sa voix, ou par son simple nom !

Dans son entourage, tout le monde l'appelait Mick maintenant, en référence au chanteur des Stones, le désormais indétrônable Dieu du Rock. A mesure que l'heure fatidique approchait, il entendait le tumulte augmenter, lui arrivant en vagues sourdes. Des filles hurlaient, et on scandait « Mi-cky ! Mi-cky !» de plus en plus impatiemment. On commençait même à percevoir des sifflets énervés, comme si le concert était déjà en retard. Tout cela était géré à la seconde près par la production, qui savait parfaitement jouer avec la multitude pour faire monter son excitation.

Les projecteurs s'éteignirent soudain, plongeant la salle dans le noir total, et provoquant un raffut indescriptible. Puis, lorsqu'un semblant de calme fut revenu, des stroboscopes laissèrent entrevoir un instant l'immense silhouette de Mick, les bras en croix, projetée en ombre chinoise sur un écran géant. La réaction du public fut bien entendu immédiate, qui hurla sa joie de retrouver enfin le héros en chair et en os. Dans la nuit revenue, Michaël s'approcha du micro.

« Je dédie ce concert à mon Père ! » dit-il simplement, relayé par les milliers de watts de la sono. Nouvelle salve de hurlements extatiques, et premiers évanouissements dans les rangs compressés au bord de la scène, évacués tant bien que mal par les services de secours. D'instinct, Mick savait ce que tous ces gens attendaient de lui. Ils étaient venus voir un prophète, leur prophète, et ils réagissaient au quart de tour.

Car c'était bien d'une cérémonie religieuse qu'il s'agissait, savant mélange de grande messe, de transe chamanique et de rite vaudou. Une liturgie bien rôdée, méthodiquement orchestrée, soigneusement peaufinée pour que les adolescents aiment Mick, s'habillent et pensent comme Mick, écoutent du Mick, et surtout achètent du Mick. Mais derrière l'industrie bien huilée du show-business, qu'il laissait faire pour l'instant, Michaël voyait autre chose. Chez tous les jeunes qui venaient le voir, il sentait le besoin immense de rêve, de merveilleux, la soif d'absolu. Il connaissait leurs questions et leurs recherches. Il voulait les aider dans leurs tâtonnements, et se sentait capable de leur donner des réponses.

En fait, il se savait né pour les guider, depuis sa plus tendre enfance. Tous ses efforts, du plus loin qu'il se souvienne, tous ses apprentissages et tous ses choix avaient été orientés vers cet unique but : devenir un éclaireur. Cela n'avait pas été conscient au début, bien sûr, mais il s'était rendu compte de ses dons au début de l'adolescence. Il pouvait voir et faire des choses que personne d'autre que lui ne pouvait voir et faire !

374

Il percevait des champs énergétiques colorés autour des gens et comprenait leur signification ; il pouvait soigner par imposition des mains ; il pouvait quitter son corps de chair pendant la nuit, et rencontrer des entités désincarnées dans des décors féeriques, des « anges », qui lui enseignaient les arcanes de l'univers, du temps et de l'Histoire. Gabriel, Raphaël, Hésédiel, mais surtout Haziel, celui qu'il préférait, avec lequel il se sentait le plus d'affinités, le guidaient, le conseillaient sans relâche afin qu'il ne tombe pas dans les pièges les plus grossiers de la matière.

Pour l'heure, dans ce temple consacré à sa gloire, avec des milliers de fans à ses pieds, la seule chose à laquelle il devait faire attention était son ego. Comment résister à une telle impression de puissance ? A une telle débauche d'amour et d'argent déchaînée sur son nom ? Et combien avaient échoué avant lui ? Michaël connaissait les risques et les avait acceptés. Il lui faudrait composer pendant quelque temps encore avec les rouages du marketing, jusqu'à ce que sa renommée soit telle qu'il puisse agir seul, et mener son action comme il l'entendait. Quelques années encore pour se préparer, établir le discours, choisir les compagnons...

Et dans cinq ans... mon Dieu, dans cinq ans... viendrait le temps des miracles...

Incarnations

Sommaire

Prologue..7

Incarnation 1...13

  1. Haziel 15
  2. Le commissaire 23
  3. Viviane 31
  4. L'asile 43
  5. Malek 49
  6. Le Patron 57
  7. Mérit..65
  8. Alexander..77
  9. Au troisième jour… 85
  10. Ether..93
  11. Fleur de lotus...99

Incarnation 2..109

  12. Paris...111
  13. Toulon..117
  14. La Concorde 129
  15. Chambre noire...137
  16. Le professeur..149
  17. Aphrodite 159
  18. Horemheb..175
  19. La Pitié 187
  20. La Défense 197
  21. Intervention 209
  22. Oasis...227
  23. Desaix 235

Incarnation 3..**249**

24. Monterey 251
25. Thèbes 259
26. Mikaël 269
27. Catherine 279
28. Le ruban 289
29. Mout..297
30. Torgnusson...311
31. Amon-Râ..321
32. Azraël..331
33. Guérison..343
34. Départ..357

Epilogue – 25 ans plus tard..**373**

Conception graphique : Les Eclosions Asynchrones Studio

ISBN n° 978-2-7466-3334-6
Dépôt légal : avril 2011